U0140520

目　录

重提徐光启—利玛窦，再续中西文化交流之缘

一、 徐光启—利玛窦的时代意义

2010 年，复旦大学宗教学系的教授、研究生们一起，为徐光启—利玛窦做了两件重要的事情。5 月，由我和魏明德（Benoit Vemender）教授一起，合作创办了复旦大学哲学学院"徐光启—利玛窦文明对话研究中心"（简称"利徐学社"）。这个研究中心，以徐光启和利玛窦的名字命名，其意义在于推动中西方之间的文明对话，以化解宗教冲突。但是，我们不擅长做抽象的"文明对话"。我们的工作是具体的，翻译出版专著，主办研讨会，开展宗教人类学研究，召请博士后，等等，也借此推动宗教学系的整体建设。

第二件重要的事情，是我和我的老师朱维铮教授一起，编辑出版了《徐光启全集》。《徐光启全集》在 2010 年 12 月 31 日的最后一刻赶印出来，完成了出版社、学者和读者多年的心愿。全集共 10 册，我自己重新编辑了王重民先生的《徐光启文集》，增订了梁家勉先生的《徐光启年谱》，还收录了一

些徐光启著译的、多年未有印制的稿本、印本,如《毛诗六帖》《灵言蠡勺》,成为迄今为止最为完整的一部徐光启集。

之所以用徐光启、利玛窦的名义做研究,是看重他们两人在400多年前开始的事业,是中西两大文明跨文化交流的先驱。在今天的世界上,用徐光启、利玛窦的名字命名的研究机构的有巴黎"利氏学社"、台北"利氏学社"、澳门"利氏学社"、旧金山大学"利玛窦中西文化历史研究所"、马切拉塔"利玛窦研究中心"。现在,上海复旦大学哲学学院的文明对话研究机构,也以"利玛窦"的名义冠称,还加上"徐光启",称为"利徐学社",表明我们沟通中西文化交流的宗旨。在十六、十七世纪,徐光启—利玛窦的重大意义或许还没有被当时的中国人和欧洲人认识清楚,但在今天二十一世纪"全球化"的时代,在所谓"文明冲突"的环境中,两人在不同文化传统中寻找共同信仰,调和儒教和天主教的差异,发现人类在不同教义之间存在着的普遍精神,其意义越发显得重要。在"跨文化"中间追求"普世价值",是"利徐"两人的先见之明。

徐光启(1562—1633),字子先,号玄扈,上海人。天主教徒,洗名"保禄",中国天主教"三柱石"之一。另外两根"柱石"是杭州人李之藻(1565—1630,余杭)、杨廷筠(1562—1627,杭州)。在明代天启、崇祯年间,以徐光启为首,由上海陈于阶、嘉定孙元化、陕西王徵、山西韩霖、四川刘宇亮等天主教徒,组成了一个"西学"集团,治历、造炮,努力拯救明朝。

对明代士大夫来说，徐光启在中国和西方互相隔绝的时代，开创了中西文化交流的局面，打开了明清士大夫的精神境界，一直是个正面形象。在中国人的心目中，徐光启是科学家（天文、数学、农学、军事学等）、政治家（爱国抗清）、儒者（经学家、汉学家）。最近二十年，经过这一代学者和文史工作者的努力，徐光启的天主教徒身份又得到了重新的承认。他的姓氏，嵌刻在"徐家汇"、"徐汇区"的地名中，2003年，徐汇区为他建造了一个"徐光启纪念馆"，修复了墓地，墓前十字架也被重新安置。徐光启被称为中国第一代"儒家天主教徒"（Confucian Christian）。

利玛窦（Matteo Ricci，1552—1610），字西泰，意大利马切拉塔人，为四百多年前来华的意大利籍天主教耶稣会传教士。对意大利、欧洲和西方人来说，利玛窦是"第二个马可波罗"，他带回了遥远中国的大量信息，使中国的文字、经典、思想开始为西方人了解。一个儒教的国度，被耶稣会士和欧洲思想家美化成"理想国"。对中国人来讲，利玛窦更是一个传奇人物。他身前就获得了极大赞誉，身后也没有任何恶评，大家记得的只是他对中西文化交流的贡献。死后经过特别申请，安葬在北京大栅栏墓地。历史有过曲折，在1900年"义和团"、1966年"文化大革命"中，利玛窦的墓地受到毁坏。但在中国再一次进入"全球化"运动的时候，利玛窦的重要意义逐渐显现。2008年，在北京市政府举办的奥运会宣传材料中，修复后的利玛窦墓地是一个重要亮点，它是中西文化和解的象征。利玛窦是一个确凿无疑没有负面形象的文化交流人物,至今还没有人能够取代。徐光启和利玛窦等人翻译的《几何原本》《泰西水法》等一系列著作,惠泽中国。中国人的近代观念从耶稣会士来华开始。同样,欧洲人对中国文化的爱好,也是从徐光启—利玛窦的关系开始。

近年来,利玛窦再一次在意大利、欧美和西方被发现,成为宗教界、外交界、旅游局的代表形象。利玛窦的家乡马切拉塔,向中国派遣耶稣会士的那不勒斯、威尼斯,都以利玛窦、马国贤、卫匡国和其他耶稣会士为媒介,做了大量工作。听说,利玛窦封圣的事情,也在筹备之中。在上海,1930年代,南京天主教主教区就启动过徐光启立品的程序,后因战乱变故而中止,这些文献,在我们编辑的《马相伯集》中有所披露,马相伯(1840—1939)著有《求为徐上海列品诵》(1933)。最近,上海教区又开始启动这项事业,为徐光启"封圣"。如果意大利、上海,以及中国、世界上的天主教徒,拥有"圣徐光启"、"圣利玛窦",对他们来说是个福祉。同样,对于爱好和平、主张跨文化交流的一般民众和教外学者来说,也是一个非常好的信息。圣徐光启—圣利玛窦,可以帮助我们拉近不同文化之间的距离,友好合作,开启全球化时代的新友谊。

然而,对当代中国知识分子来说,要不要继续文化交流,克服民族主义情绪,借鉴西方的科学、文化、宗教和意识形态?还有,要不要和西方文化和谐相处,避免"文明的冲突"?

这些都是非常重要的课题。中国必然要转型为一个文明昌盛，对人类承担更多正义、平等、公正、自由和人权事务的国度，现在是个很重要的关节点。当前中国的意识形态，既有共产国际的"国际主义"，又有近代形成的民族主义的"传统文化"。当代一部分中国知识分子推动的儒教复兴运动，并不是像徐光启、利玛窦定义的那种开放式的"普世主义"，主张全人类的"心同理同"。把儒教狭义地定义为"中国性"（Chineseness），中国未来的文化走向，就有可能陷入亨廷顿提出的"文明的冲突"。儒教和基督教确实有过冲突，1900年的"义和团"是一个非常负面的例子。那一次，利玛窦是无辜的受害者，他的遗骨被挖出来暴露，虽然后来西太后不得不出面立碑谢罪，但给中西文化交流留下了非常负面的影响。交流和理解，可以避免冲突。近几年，我们在上海几次纪念徐光启，认定他是"中西文化会通的第一人"，就具有这样的意义。我们认为，徐光启的信仰经验，平衡了儒教和基督教的关系，表明这两种信仰方式，完全可以"会通"，并真正地和平相处，走向融合。

二、 徐光启跨信仰身份的再确认

中国社会近三十年来在宗教政策上的进步，某种程度上可以由徐光启跨教身份确认过程来代表。自清初以来，徐光启是个经常被提起的重要人物。但是，他的教徒身份也一直具有争议。有意无意地掩藏徐光启的信仰，在 1950 年代以后尤其严重，而这种情况在 1980 年代"改革、开放"以后开始改变。作为一个从业多年的历史学者，我见证了重新确认徐光启天主教徒身份的全过程。1983 年，我已经在历史系本科毕业，正逢徐光启逝世 350 周年，徐光启墓地得到修复。主持修复工作的是上海市文物工作专家、时任上海市文化局局长方行（1915—2000）先生。他在主持编辑《徐光启著译集》的同时，果断地将已经夷为平地的徐光启墓塚加以整修。方行先生是"文革"后恢复徐光启天主教徒身份的早期推动者，也是我们今天应该加以纪念的有功之臣。

徐光启的多重身份在几十年里一步步得到澄清和确认。1983 年，方行局长请复旦大学校长、著名数学家苏步青（1902—2003）教授题字"徐光启墓"。苏教授对方局长说："我不认识这位古人。"方局长说："他是你的同行，做'几何学'研究。"于是，苏教授欣然题字，认定了徐光启的"自然科学家"身份。1986 年，我研究生毕业，到离徐光启墓地一百米处的上海社会科学院历史研究所工作。当时的徐光启墓已经升级为全国重点文物保护单位，方行局长另请复旦大学著名历史学家、时任全国人民代表大会常务委员会副委员长的周谷城（1898—1996）教授题写墓碑。于是，社会上承认了徐光启"著名政治家"的身份。方行先生曾任复旦大学历史系中国思想文化史研究室的兼职教授，他曾对我们说，他这一辈子最大的心愿是能够在徐光启墓前竖立一块石碑，上面刻上徐光启"中国天主教徒"的身份，这样徐光启就是一个真实完整的先贤人物了。方行先生于 2000 年染病去世，他的遗愿在徐汇区文化局再次修复工程中实现。2003 年，宋浩杰副局长主持，听从学者的建议，徐光启墓前的十字架按 1903 年的样子竖立起来。马相伯写的徐光启赞文，镌刻在十字架的基座上。鲁汶大学学者杜鼎克（Ad. Dudink）帮我们找到了 1641 年、1903 年两块拉丁文墓碑，徐光启的信仰身份以墓前十字架的形式得到昭示。这一个案例，非常积极地注释了当代中国社会的一些重大转折。尽管还有旧意识的残余，只要不出现重大的倒退和曲折，中国当代社会的主流思想，正一步步向更加温和与全面和解的方向变化。

把徐光启的一生成就，和他的教徒身份联系起来，是一个历史主义的态度。徐光启一生的成就，离开了他和利玛窦、耶稣会和天主教的关系是不能想象的。我们不能想象，没有利玛窦，徐光启能够翻译《几何原本》。同样，我们也不能想象，没有徐光启，利玛窦会对儒家思想有那么深刻的理解，从而开始翻译"四书"。对历史人物的信仰加以承认，可以说是一种"承认的政治"。"政治上承认"和"学术上坚持"，产生了良好的社会效应。有记者不解地问我们："承认徐光启的信仰身份对社会有何益处？"我们回答说：修复徐光启墓前的十字架，承认他宗教身份的合法性，这很重要。这可以使得当代中国人知道：一个中国人，可以在不同宗教（儒教、天主教）中兼具双重身份。同样，一个欧洲人，也可以在东西

方不同文化中有多种认同。所谓的"跨文化认同"(Cross
Culture Identity),最终是可以实现的。

中国社会科学院欧洲研究所前所长陈乐民(1930—
2008)先生,是另一位徐光启研究的推动者。在他生命的最
后几年里,一直在促进对于徐光启天主教徒身份的确认工
作,他说得好:"我认为这很重要,它体现了对历史的尊重,也
是对徐氏本人的尊重。"陈乐民先生曾参与过国务院的外交
工作,接待了很多来自意大利的客人,他们都提出拜谒利玛
窦墓的要求,都提到利玛窦的老师"徐保禄"。这触动了陈先
生对徐光启生平意义的思考,并认识到以耶稣会士为中介的
明清中意文化交流,对当代中国文化走向世界,具有重大的
借鉴作用。

历史上,现位于北京市委党校大院内的"利玛窦墓"两次
遭难。一次在清末,被"义和团"成员拦腰砸断,利玛窦的尸
骨散失离乱。另一次是在"文革"中,被红卫兵破坏。"文革"
后,就像方行先生在上海修复徐光启墓园一样,陈乐民先生
为利玛窦墓的修复做了贡献,终于接待了来自他意大利家乡
的客人。1980年代,陈乐民先生和法兰西学院的著名汉学
家谢和耐(Jacques Gernet,1921—2018)教授探讨,他们都认
为利玛窦和徐光启的关系,是不同文明对话的例证。
1990年代,陈乐民先生在北京接待来访的哈佛大学教授亨
廷顿(Samuel Huntington,1927—2008),在讨论"文明冲突"
的理论时,他用利徐关系做例子,修正"亨氏理论"。2005年

陈先生和资中筠先生一起来上海约见我，鼓励我们的徐光启研究。我和陈、资两位先生三次交谈，最后一次邀请他们参加徐汇区文化局主办的"徐光启学术纪念会"，陈先生抱病来上海，赞扬在徐光启墓地建造"徐光启纪念馆"，还鞭策我们尽快编辑《徐光启全集》出版。

徐光启皈依天主教，和原来的儒家身份并不冲突。他是以"儒家"思想之种种去诠释基督教义，以"儒"释"耶"，同时补充中国传统文化的不足，所谓"易佛补儒"。同样，耶稣会士也在西方赞美中国文化，翻译介绍中国的经典。十八、十九世纪的西方文明，也得到了儒家学说的滋润，欧洲学者对此说得很多了。这样的中西政治，是一个善的交融，不是恶的争斗。和一般人理解的不一样，徐光启既是一个合格的天主教徒，又是一个完整的中国人。二十世纪说的"多一个基督徒，少一个中国人"，这种说法不合适于徐光启，因为他的天主教徒身份，和他的儒家信徒的身份不矛盾。

在深入探讨徐光启身份问题的时候，上海的学者们大胆提出，徐光启深深地卷入中西文化交流之中，他才是近代"中西文化交流第一人"。徐光启比历史教科书肯定的所谓"睁眼看世界的第一人——林则徐"更早，更全面，更深入信仰和文化地带，更加了解中国以外的欧洲世界。二人之间另一个差别是：林则徐已经无可避免地站在与西方势力对抗的地位上，他的"睁眼"是被迫的；徐光启则是充满自信地与西方人士对等地交谈，自愿地学习，热忱地传授，他的行为都是主动的。徐光启和林则徐，代表了中国近代社会的两种走向，两条思路，两种价值，常常也产生两种不同的结局。徐光启、利玛窦路线的结局是文明的交流，是中文《几何原本》、拉丁文《四书五经》的互相翻译；相反，鸦片战争以后的"文明冲突"，其结果是进一步的"中国礼仪之争"，是不可收拾的"义和团"运动，是万劫不复的"文化大革命"。于是，"政治承认"的问题，变成"政治选择"的问题。如果不承认有一种善的宗教和信仰，就会有一个恶的宗教和信仰来填充。"政治承认"是要选择有益于人群相处的宗教，而不是挑起人群冲突的信仰。经过 400 年风风雨雨的历练，徐光启、利玛窦无疑已经成为一个人类文明交融的形象，是互相表达善意的标志，理应得到承认。

三、 徐光启—利玛窦的思想方法

徐光启、利玛窦发明的学术传教和文化对话的方法，对当代人类坚持文化交流、反对宗教战争、避免"文明冲突"有积极作用。当代西方重要哲学家查尔斯·泰勒（Charles Taylor）在《天主教现代性》（*Catholic Modenity*）中推崇徐光启、利玛窦的作风，称为"利玛窦路线"（Riccian Approach），论证人类可以用利玛窦的方法来解决冲突，作为他"多元文化主义"（Muti-culturalism）的例子。"利玛窦路线"，就是主张跨文化交流，主张信仰间的共融。这一点，对于今天处于

"文明冲突"中的世界,具有警醒的意义。

"利玛窦路线"在历史上已经有过概括。清朝的康熙皇帝(1654—1722)在"中国礼仪之争"中,称之为"利玛窦规矩"。我们把"利玛窦规矩",还有泰勒说的"利玛窦路线",合称为"徐光启—利玛窦主义",即我们复旦大学"利徐学社"的主张。我们认为,"利徐"跨文化交流的永恒价值是:一,提倡在别的民族文化之内,发现自我文化,实现自我价值,而不是轻视、歧视和敌视与自己不同的文化,此所谓"存异";二,在尊重他人文化差异,保存"文化多样性"的同时,又不断地寻找人类生活的共性,以便为一种"全球人"(Global Man)的出现,实现全人类的"普世价值"(Universal Values)作出努力,此所谓"求同"。

对徐光启、利玛窦来说,"求同"、"存异"的归指,既是天主教的"大公主义"(Catholicism),也是指儒家的"天下大同"。也就是说,徐光启、利玛窦认为这个世界,最终可以用儒教、天主教的教义来统一。徐光启、利玛窦都抵制佛教、道教,徐光启的《辟妄》,利玛窦的《天主实义》都表达了这个倾向。他们两人共同提出了一个"补儒易佛"的想法,即用天主教补充儒家之不足,变易佛教、道教之荒谬。在四百年前,他们主张东、西两教的融合,"补儒"表现出利、徐两人的进步思想。但是,"易佛"的想法在当时就有它的局限性,在今天则更显出其错误,需要修正。在目前人类"跨文化交流"的时代,佛教、道教也应该和儒教、天主教平等对待,相互学习。

11

人类的精神和谐与普世价值,应该是在全人类文化的基础上实现,而不只是限于一、二种宗教,或者某种价值上实现。

查尔斯·泰勒和当今欧洲、美洲坚持的"多元文化主义"(Multiculturalism),是一种进步主义。学者们提出:在民族—国家(Nation-state)政治形态之后,人类的"大同"实践,不能采用"认同之同"(Unity-through-identity),而是要采用"社群主义"和"普世主义"相结合的"多元文化主义",是一种"存异之同"(Unity-across-difference)。当代人类的"大同",同样也不能采取儒家的"帝国"(Empire)理想,所谓"车同轨,书同文,行同伦,大道公行于天下……"这是"文化专制主义",不是"文化普世主义"。"普世主义"强调"大同",却一定会承认文化差异性。大部分学者理解的"普世主义",也不是"民族主义者"理解的西方"霸权"和"专制",而是在一种基本共识基础之上的,可以协商的"对话"和"交流",是一种稳定性、共通性和一致性。我们一直在中国的思想环境中说明:天主教"梵二会议"以后,西方神学家在"系统神学"、"公众神学"中发展宗教对话理论,寻找"最低限度的人类基本伦理",发展"大公主义",是二十世纪的极大进步。这时候,我们也会顺便地夸耀一下,这种宗教对话的理论,事实上是徐光启、利玛窦开创的。早在明清之际,欧洲的耶稣会士和中国的儒家学者,就开始了"文化多样性"的实践,今天看起来仍然不无启发。

翻译中西经典,是"徐光启—利玛窦路线"的重要实践。

在中国,徐光启和利玛窦等人翻译了欧几里得的《几何原本》、亚里士多德的《灵言蠡勺》。这次翻译,非常重要。它在中国学者中间激活了一种形而上学的思维方法,邀请儒者重视逻辑学的方法,发挥"几何学精神"。十九世纪以来,从黑格尔到德里达,都说中国人没有逻各斯思维方式,只有"实用主义"。这个说法有很大的偏差。在先秦,在汉代,在明清,中国也有严密的思维。徐光启—利玛窦时代,中国士大夫急切地引进西方式的"逻各斯",数学、历法学、天文学、自然科学、神哲学,什么都想要知道。他们的目的,显然并非是要"全盘西化",或者说用西方知识来取代中国知识。他们的目的,是要借西方学问,复活中国古代已有的类似学问,即所谓"汉学"——汉代的学问。我们可以看到,这样的思路虽有局限,却仍然是一种"中西会通"。它肯定了中国知识和西方知识之间的平衡交流,相互激励,共同进步,在真理的层面上达成一致。

徐光启从耶稣会士那里获取的西方知识,不止是"科学",还有"神学"。他还和另一位来自意大利的耶稣会士毕方济(Francesco Sambiaso,1582—1649)一起,翻译了《灵言蠡勺》,这是亚里士多德的《论灵魂》(De anima),是中世纪神学和哲学的基础,为托马斯·阿奎那所重视。徐光启的想法,是把古代希腊、罗马人采用的"anima"说法,和中国周、秦、汉代就流传的"魂魄"论作一个比较。这部经典作品,被徐光启、毕方济他们翻译成一种融通宋明理学和天主教神学

13

的中文著作,非常神奇。一般学者都以为,中国学者翻译亚里士多德等古希腊作家的作品,是二十世纪的事情。《亚里士多德全集》,晚至 1997 年才由苗力田(1917—2000)教授主持翻译完成,并由中国人民大学出版社出版。非常可惜的是,在该全集第三卷收录的《论灵魂》中,没有提到徐光启、毕方济的《灵言蠡勺》译本,中国哲学界已经完全遗忘,四百年前,亚里士多德的"灵魂"学说,已经为中国学者所知晓。当一门知识被意识形态的偏见屏蔽以后,后世学者一叶障目,会看不清历史,也难以了解自己工作的状况,当然更不能对未来文化发展的大趋势有所把握。

四、 徐光启—利玛窦的精神感召

1933 年,上海教会和政界、学界联合纪念徐光启逝世300 周年,纪念活动的痕迹,可在徐汇区的"徐光启纪念馆"的碑刻中依稀看到一点。蒋中正、孙科、宋子文、孔祥熙、张元济、张伯驹、张家树等人的题词,如今被发掘出来,镌刻在侧壁上。正是在这次纪念活动中,上海教会启动了"封圣"程序,申请为利玛窦、徐光启立品,准备进一步申请,册封为"圣人"。但是,因为中国发生战乱,以及欧洲教会内部的分歧,1930 年代给徐光启、利玛窦的封圣没有成功。前几年,意大利又重新启动"封圣"程序,要把利玛窦单独封为圣人。近几年,徐光启"封圣"立品的事务,也在上海开展。天主教上海教区的主教发出号召，要广大信徒以徐光启的名义祷告，求天主显灵，为"封圣"申请寻找"圣迹"。

在中国和世界的思想、文化、学术界，徐光启、利玛窦作为中西文化交流的桥梁人物，越来越受到各方面的重视。2000年以后，围绕着利、徐，有很多400周年的纪念活动。比如：2000年利玛窦进京400周年、2003年徐光启入教400周年、2007年《几何原本》翻译出版400周年、2010年利玛窦逝世400周年，在上海、北京、罗马、马切拉塔、那不勒斯，都有纪念活动。意大利政府把利玛窦作为意中文化交流的桥梁；马切拉塔地方政府把利玛窦作为旅游形象代表，徐光启、利玛窦已经是世界谈论中国文化熟悉的人物。当前重新研究徐光启、利玛窦，对于促进中西文化对话，消解民族主义，减少宗教摩擦，避免正在上演的"文明的冲突"，具有借鉴和警示作用。

上海是徐光启的家乡，也因为徐光启，上海在明清之际就成为中国最早接触西方文化的城市。十九世纪以后，欧风美雨，上海又一次成为中西文化交流的中心。利徐翻译了《几何原本》（1607）的前六卷，由伟烈亚力（英国人，Alexander Wylie，1815—1887）和李善兰（海宁人，1811—1882）在上海翻译了后九卷，成《续几何原本》（1856）。翻译《几何原本》和其他西方经典著作的历史表明，上海，以及长江三角洲的江南地区，自明清以来一直充当了"西学"中心。上海文化和欧洲文化有着悠久的交流传统，深厚的对话基础。徐光启和利玛窦一起制定的"翻译—会通—超胜"的文化理想，至今还可以作为我们奉行的基本原则。现在中国有一股民族主义的思潮，主张中国可以从世界中孤立出来，有的人甚至把中国的一些现实主义做法，称为"中国模式"。"中国崛起"，不应成为孤立主义。重新回到"闭关"道路的做法，肯定是行不通的。中国文化不能走这条路，上海文化更不能走这条路。

因为有徐光启在，"文化交流"成为了上海文化当中的一个重要传统，中国人常喜欢讲"文化特色"，国外学者也能接受"文化多样性"。"文明对话"既是上海文化的突出特点，也是上海文化的立身之本。在这方面，上海复旦大学哲学学院的利徐学社，还有上海市徐汇区文化局做了很好的工作，修复徐光启墓，建立徐光启纪念馆，筹备徐光启研究会，出版《历史上的徐家汇》《徐光启全集》，建立土山湾博物馆……我们愿意做更多的工作，把转型中的中国社会，导向能够与国际社会更多合作、更好交流的"和谐"状态，而不是那种糟糕的、掉入陷阱的"文明冲突"状态。

本文为竺易安教授编译意大利文《徐光启论教文集》(Elisa Giunipero, *Xu Guangqi e Gli Studi Celesti*, *Dialogo di un letterato cristiano dell'epoca Ming con la scienza occi-centale*, Guerini E Associani, 2020)序言的中文底稿。

几代学人的不懈事业

徐光启,字子先,号玄扈,曾入教,洗名保禄(Paul)。嘉靖四十一年(1562)生于上海县城厢太卿坊,即今黄浦区乔家路228—244号徐光启故居(俗称"九间楼")所在。万历三十二年(1604)进士,入翰林院。历任礼部右侍郎、左侍郎、尚书,东阁大学士、文渊阁大学士。徐光启是万历、天启、崇祯年间的廉臣、名相,更是明末士大夫独立思考、探究学问、放眼全球,努力救中国的代表。徐光启和利玛窦交往,率先接触西方文明,他不仅是上海地方史上的杰出先贤,更是中西文化交流史上的划时代人物。

编辑一部完整的《徐光启全集》,是百多年来好几代学人的不懈事业。从李杕《徐文定公集》(1896)开始,继之以徐允希《增订徐文定公集》(1908)、徐宗泽《增订徐文定公集》(1933)。因为徐光启在中国天主教会和地方历史上的重要的地位,这三次编订的徐光启集,均由上海徐家汇的教会人士从事,乃是自然之事。二十世纪中期,随着近代科学在中国的大学、研究机构里真正确立,徐光启的近代科学先驱地位愈发彰显。科学界、文化界人士也开始对徐光启在中西科学、文化交流方面的成就，致以敬意。近代科学家更重视《几何原本》《泰西水法》这一类"自然科学"翻译著作。研究数学史、天文学史、农学史、科技史的学者，侧重研究徐光启的"科学"，而这些著作都没有收录在当时的徐光启集中。

1949年以后，徐光启在中国教会史上的地位，受到了主流意识形态的怀疑，但他在科学史、政治史上的地位，仍然被学者铭记。轻重权衡，徐光启的地位依然高企，如竺可桢的《近代科学先驱徐光启》，曾把徐光启推崇为"中国的弗朗西斯·培根"，侯外庐《中国思想通史》提到徐光启，也曾认为"这种精神和方法与文艺复兴意大利的科学家们是极其相似的"。在1960年代那种环境下，王重民仍然编订了《徐光启集》（1963年出版），梁家勉完成了《徐光启年谱》（迟至1981年才出版），均由上海古籍出版社出版。明清文献学家陈垣曾关注王重民、梁家勉的工作，并推动《徐光启集》的出版（事见陈智超编《陈垣来往书信集》）。王重民、梁家勉已经约定，在各自的文集和年谱完成之后，"二人合撰一部更完备的带校注性质的《徐光启新集》"（事见王重民编《徐光启集·凡例》）。然而这个约定，因"文革"骤起而破灭。

1980年代以后，徐光启研究趋于活跃，且全面发展。方行、顾廷龙、胡道静、朱维铮（统稿）等利用上海图书馆、上海博物馆、复旦大学图书馆、北京图书馆等馆的善本收藏，收集、整理和影印了徐光启著作，有手稿、抄本、刻本和辑本。这次整理，披露了大量未刊文献，学界曾以为失传的《毛诗六帖讲意》等著作,重现于世,收集在上海市文物保管委员会主编的《徐光启著译集》(1983 年上海古籍出版社出版,线装,二函),这大大推动了徐光启研究,唯因印制量少、定价较高、函装不便,未能普及。

《徐光启著译集》出版之后,近三十年过去了。在国内外学者的大力推动下,徐光启研究有了长足的进步。近年来,明清中西文化交流研究领域不仅是新见迭出,而且是新史料纷呈。许多新发现的中西文献,都和徐光启研究有关。海内外学者从上海图书馆、复旦大学图书馆、北京图书馆、巴黎法国国家图书馆、梵蒂冈教廷图书馆、罗马耶稣会档案馆、葡萄牙阿儒达图书馆,以及台北"中研院"历史语言研究所傅斯年图书馆所保管原徐家汇藏书楼的文献中发现了不少徐光启佚文。当明清中西文化交流研究在成为当今学界显学时,更加全面地研究徐光启生平和著述就显得愈发的重要;在这么多的新文献发现后,编订一部《徐光启全集》就变得可能,也比较容易。

此次编订《徐光启全集》,首先把历次徐光启集不收的西学翻译著作,一并收入。徐光启参与翻译的著作,如《灵言蠡勺》《几何原本》《泰西水法》《测量法义》《简平仪说》等,虽然都有"泰西"署名在前,但作为"笔受"(翻译)者的徐光启,为此做了大量的工作。明清之际的中西文献的翻译,是文化史上的始创,其中的文字、概念、名词、逻辑内涵对应和解释,需要反复斟酌,仔细确定,因而具有创造性。"翻译—会通—超胜"的连贯事业,作为译者的徐光启,居首创之功。将翻译著作列入《全集》,对于徐光启这样的"跨文化"人物,既特殊,又恰当。

其次,王重民《徐光启集》删去了宗教文献,经考虑,这次恢复收入。王重民编《徐光启集》时认为:"李杕、徐允希、徐宗泽所收徐光启的宗教论文,多出后人伪托,今亦酌为删去。"(《徐光启集·凡例》)所谓"宗教论文",即为李杕、徐允希、徐宗泽《徐文定公集》曾收,王重民《徐光启集》不收的礼赞文辞,所涉篇目有《耶稣像赞》《圣母像赞》《正道题纲》《规诫箴言》《世界箴赞》《克罪七德箴赞》《真福八端箴赞》《哀矜十四端箴赞》等。其中的《耶稣像赞》曾收入他人文集,或可疑问。但是,徐光启去世不久,这些作品已经为天主教会所认定,而且二十世纪的马相伯、方豪也曾辨析,并加肯定。在教论教,应该算作徐光启的作品。王重民删除这些作品,和他文献学家的一贯风格不符,因"宗教"而顾忌的成分居多,因此恢复收入。相似的情况是,另外一些和徐光启天主教信仰相关的作品,或曾经王重民寓目而未收,或近年来新发现而未及编入的宗教文献,如《辟妄》《天主垂像略说》等,也一并增补,加以收入。

第三,历次徐光启集均收录徐光启著述的序、跋文章,本次《全集》将这些序跋归至原书,《全集》中新编的《徐光启诗文集》不再收入相关序跋。如《刻〈几何原本〉序》《〈几何原本〉杂议》《题〈几何原本〉再校本》《〈泰西水法〉序》《〈简平仪说〉序》《题〈测量法义〉》《〈勾股义〉序》《〈勾股义〉绪言》等，都放回原书位置。还有，历次徐光启集中的不少疏牍、书信，来自《徐氏庖言》。这次乘编辑《全集》之便，据《徐氏庖言》影印本整理，单行印行，原来《徐光启集》中的相关篇章，都回归《徐氏庖言》。

第四，把多年来陆续发现的徐光启遗作佚文，补充进这次的《全集》中来。新编入《全集》的文献篇目，择其要者，有：《毛诗六帖讲意》《诗经传稿》《徐氏庖言》《兵机要诀》《选练条格》《灵言蠡勺》《考工记解》《农遗杂疏》《农书草稿》等。另外还有一些新发现的文章、诗作和译文，收入在新编的《徐光启诗文集》中。

《徐光启全集》共分十册。排列次序，以《毛诗六帖讲意》等著述在先，《几何原本》等译著随之，《农政全书》等编撰之作又次之，再则以《徐光启诗文集》殿后，最后以《增订徐光启年谱》附之。《全集》整理过程中，遇原文误而当删改者，外加圆括号"（ ）"；增入或校正的文字，外加方括号"〔 〕"。校改文字一般出校勘记说明。各书的具体情况，在该书的"点校说明"中予以交代。

朱维铮、李天纲主持了《徐光启全集》的全部编订工作。全集篇目的选定、编目的次序、编辑的体例，都由他们裁决。1980 年代初朱维铮参与主持编订上海市文物保管委员会主编之《徐光启著译集》，1990 年代末又主编了《利玛窦著译集》，有香港城市大学出版社和复旦大学出版社版本，各方称便。李天纲自1983年就读复旦大学研究生起，就选择以中西文化交流史为突破口，切入中国近代思想史、中国基督教会史、上海地方史等研究，1987年发表《徐光启和明清天主教》后，渐渐进入明清天主教、基督教文化事业的研究，有《明末天主教三柱石文笺注》(2007)出版。

复旦大学历史系、宗教学系的教师、研究生参与了《徐光启全集》的标点整理工作。邓志峰标点整理了《毛诗六帖讲意》《诗经传稿》，李天纲标点整理了《徐氏庖言》《兵机要诀》《选练条格》《灵言蠡勺》《测量法义》《测量异同》《勾股义》《定法平方算术》《简平仪说》《考工记解》《泰西水法》《甘薯疏》《农遗杂疏》《农书草稿》，王红霞标点整理了《几何原本》；王定安等人据石声汉《农政全书校注》本重作整理。另外，张湛、田国忠、张旭辉等人协助整理了部分内容。上海古籍出版社编辑童力军、刘海滨在承担了大量编辑事务的同时，还统筹督促，掌控进度。社长王兴康、总编赵昌平、副总编吕健，以及前副总编张晓敏、王立翔为《徐光启全集》也投入了颇多精力，在此表示感谢。

《徐光启全集》的编纂，还得到了学术界和社会各界人士的襄助。香港汉语基督教文化研究所提供了《徐光启全集》整理项目启动时的部分编辑费用；复旦大学哲学学院利徐学社随后也给予了专项资金支持，用于编辑、整理和活动方面；

徐光启故乡的各方人士,得知《徐光启全集》即将出版,更是主动提出给予资助,上海市徐汇区文化局、徐汇区徐家汇街道办事处赞助了部分编辑费用。在此一并表示感谢。

　　本文为朱维铮、李天纲主编《徐光启全集》(上海古籍出版社,2011年,全十册)编纂说明。

"与阁老为邻"

　　王成义先生,东北辽阳人,幼年因避战乱,1932年便入籍上海,居沪渎之西南。成义先生家于徐家汇,"与阁老坟山为邻",凡七十年。行止虽不出方圆十里,见闻则常在百年之外,恂如长者,亦谨然学者也。揆之缘由,先生既得徐家汇风雨沐浴砥砺,复与教内外有学人士多所交往,因知沪上掌故甚悉。先生于乡前贤徐光启之事迹,并徐氏宗族之源流,用力甚勤,考订尤详。晚岁积十数年之功力,编成《徐光启家世》书稿八章,自视为毕生之功业,周围同仁闻之,亦无不为之欢欣。全书付梓之前,有幸先睹。读是书,果然拾遗补阙,条分缕析,图文并茂,俨然可观。

　　王著《徐光启家世》一书,以上海图书馆独家收藏之《徐氏宗谱》为经,用积年之调查见闻作纬,辅以诸家之说,对四百年来上海地区首要之望族——徐光启家族稽考钩沉,深描细写,确有可观。上海后乐堂徐氏,因明代崇祯年间大学士暨天主教徒徐光启(号玄扈,1562—1633)而兴旺。俗称"潘半城,徐一角"者,以上海城内"阁老徐"、"豫园潘"两族最为显赫,而尤以徐光启廉洁低调为誉。世称"徐阁老"者,则因光启晚年入值文渊阁,官居次辅(相当于近世第一副总理)而名。徐光启堪称上海之先贤,建模垂范,广受景仰,传之久远。先光启四世,高祖徐广文(竹轩)携家迁居上海。徐光启,并其父思诚,其子骥,三世单传,惕惕然不绝如缕。讵料万历年间,如有天宠,乃至光启孙儿一辈,尔觉、尔爵、尔斗、尔默、尔路,五男并传,徐氏宗族遂繁衍于南吴各县,于上海、于华亭、于松江、于川沙、于青浦、于嘉定,均有后裔传祚焉。徐光启和四个男孙,合葬于上海县城厢西郊江河港汊汇聚地,世人称此,遂有"徐家汇"之名。徐光启之于上海,重要若此。

徐光启于上海社会之重要性,更有进者。光启制定《崇祯历书》,为生民改历设元;光启翻译《几何原本》,向国人介绍数学;光启又编定《农政全书》,助推明清之"绿色革命";光启更引介《灵言蠡勺》《泰西水法》,西哲亚里士多德、阿奎那之神、哲、科学之说,渐次融入中华文教。近世学者称徐光启为"中国的弗朗西斯·培根"、"中西文化交流第一人",允有据也。借徐光启之宏富著述,诠释上海精神,展现城市文化,促进族类融合,消弭文明冲突,善莫大焉。

二年前,初识王成义先生于徐家汇。垂暮之年,常携资料一摞,为编写《徐光启家世》劳顿奔波,舍家忘我。成义先生毕业于漕河泾上海第一师范学院,退休前为徐汇区中国中学历史教师。以民间之学者,记本地之事史,是热情,是责职,惟独不是便宜生计之事,周围学者因以赞叹系之。"文武之道，不坠于地"，学不分朝野，识无论大小，总以民心为要。余生也晚，考证不及，知徐家汇及徐家掌故事少。先生嘱余为序，后学岂敢轻率为之。唯以此小识作书跋，附骥于尾，以表敬意。

本文为王成义著《徐光启家世》（上海大学出版社，2009 年）跋。王成义先生早年居徐家汇怀安街安吉村，1958 年毕业于上海第一师范学院，曾担任南郊中学历史教师，后在徐汇区中国中学退休。晚年倾其精力和财力，从事徐光启生平和家世研究。

百年之子马相伯

　　1875 年，一位 35 岁的中年神父告别了孤寂的教会生活，离开了耶稣会在徐家汇的住院，走进了正在蓬勃发展的上海洋场。这位神父一身儒雅，十分了得，当时已经精通法、英、拉丁、希腊、意大利文，后来在外交场合又学会了日文、朝鲜文。这位中年"下海"的神父、天主教会培养的江南才俊，实际上是被急需洋务人才的李鸿章用强硬手段挖掘出来的。举目清朝十八行省，很难找出第二个"精通七国语文"的人，除了他的弟弟马建忠。李鸿章搞洋务，办外交，最需要这样"一以当十"的"西学"人才。从此，李鸿章的幕府人才库中，又多了一位全才人物，他就是和"五口通商"以后中国之命运相终始的马相伯先生。

　　马相伯活了一百岁，被称为"人瑞"，实在是当代中国的"百年之子"。1840 年，马相伯诞生在江苏省镇江府丹徒县的一个天主教商人家庭，原籍是同府丹阳县的马家村。那一年，林则徐开始在广州禁烟，鸦片战争即将爆发；1939 年，马相伯参与抗战，从上海辗转到越南谅山，在一座荒凉山洞里逝世。那一年，中国东部的大片疆土沦陷在日军的炮火中。

按中国传统的记岁方法,马相伯整整活了一百年,是一位不折不扣的"百岁老人",称得上是"人中之瑞"。但是,中国人受着清朝以下的专制统治,拖着辫子艰难曲折地走向世界,道途并不顺利。在内忧外患的环境中长寿,对本人来说并不全是一件幸事。马相伯常常不喜欢自己的高寿,自陈是"寿则多辱"。1939年,抗战大后方的《中央日报》《扫荡报》《新华日报》用大幅版面为这位"人瑞"祝寿,历经沧桑的马相伯却自嘲地说:"我是一条狗,只会叫。叫了一百年,还没有把中国叫醒。"

拿破仑有一个著名预言,说"中国是一头睡狮,醒来将震动世界"。马相伯生活的一百年里,中国文化发生了剧烈的变动,但是没有"苏醒",更谈不上"振兴"。一百年里,变则变矣,皇帝、总督和巡抚不见了,变之以军阀、省长和大总统;县学、书院和翰林不见了,变之以中学、大学和科学院;秀才、举人和进士不见了,变之以学士、硕士和博士……不断的社会运动,并没有解决中国的根本问题,贫困、混乱、腐败、贪婪、不公正、不负责任的现象到处都是,中国仍然是一盘散沙。但是,"多难兴邦","乱世出英雄",激荡的一百几十年里,中国出现了一大批仁人志士,他们担当起"振兴中华"的大任。在"三千年未有之大变局"中,特立独行,艰难问学,最终卓然成家。

说实在,作为一个学者和思想家,马相伯完整的著述并不多。尽管《马相伯集》是厚厚的一本,但与他学富五车的中西学问相比,实在还是太少。作为学者,他留下的系统作品只有一部哲学教材《致知浅说》,还有就是几部圣经翻译作品。1903年,他创办的震旦学院开学,即行编写了这部西方哲学的教材。从《致知浅说》来看,马相伯确实是二十世纪初难得的一位真正理解"哲学"含义的中国人。他借用朱熹《大学章句集注》中对"致知"一词的定义,来翻译"Philosophy":"'致,推极也;知,犹识也。推极吾之知识,欲其所知无不尽也。'殆即西庠所谓 Philosophia,译言'爱智学'者欤。"按 Philosophy 的本义"爱智慧",明末李之藻翻译的《名理探》用了"爱知学"。清末学者倾向于用"格致学"来对译"科学"(Science)而不是哲学,如英国传教士慕维廉(William Muirhead,1822—1900)在《万国公报》上把培根的《新工具》翻译为《培根格致新机》,傅兰雅(John Fryer,1839—1928)主编《格致汇编》,收入的是声光化电的新技术。马相伯受天主教耶稣会训练,他能区分科学和哲学。"格物"是科学,"致知"是哲学。马相伯是按照《大学》"格物致知"的顺序,主张先练习科学,后研读哲学,哲学是科学之母,是高级阶段。马相伯对 Philosophy 的理解比较传统,具有经院哲学的印记,但在今天"科学主义"思潮过后的哲学史观点来看,倒是比较全面,比较深入,因而也蛮有意义的。

1851年,马相伯从家乡江苏丹徒来上海,先是投亲在姐夫朱家,当年就进入了刚刚创办的上海天主教耶稣会举办的"依纳爵公学"。这所学校对外也称"徐汇公学",后来就发展为有名的"徐汇中学"。此前,除了马六甲、澳门和香港有新教传教士举办的西式学校之外,中国内地的西式中等学校以"徐汇公学"为最早。按耶稣会的本土化策略,也为给天主教会储备人才考虑,徐汇公学让中国孩子参与科举考试。因此,公学除了研习"西学"之外,也积极教授"经学"。马相伯在家乡已经发蒙,"四书五经"有些功底,便在那里带教其他学生。值得一提的是,他最亲近的老师,意大利耶稣会士晁德莅(Angelo Zottoli,1826—1903)是一位汉学家。晁德莅精通中国经典,一生的功业就是把"四书五经"、诸子百家中的重要作品翻译成了一套拉丁文《中国文化教程》(*Cursus litteratur sinic*,1879—1882)。马相伯帮助晁德莅解读"四书五经",晁德莅也教会了马相伯从欧洲学术传统来理解中国经典。这种跨文化的学问互动增进了师生间的友谊,两人是一生的朋友。马相伯、马建忠之所以能够比其他学者更早地会通中西学问,写出《马氏文通》,这是一个很重要的原因。

1862 年,马相伯升入徐家汇耶稣会神学院,成为修士,决心投身教会事业。经过了 20 年的通商、传教,上海人已经注意到"坚船利炮"背后的"西学"。据后来的回忆,这一时期的马相伯和三弟马建忠仍然尝试举业,但学问取向已经西化。法文、拉丁文、希腊文、意大利文打下基础,神学、哲学和科学方面的知识也是造诣不浅。按教会资料,徐家汇的耶稣会神学院办学水准相当高,课程水平已达到巴黎标准。上海徐汇公学和耶稣会神学院训练的欧洲哲学和科学知识,在远东没有第二家。马相伯的高水准"西学",并非个案。他的同班同学李杕(字问渔,1840—1911)神父后来在徐汇公学、震旦大学都担任科学、哲学教习,同光年间也做了大量"西学"研究、教授和传播工作,只是外界很不了解。

1876 年,马相伯在按立为神父之后,终于因为各种原因脱离了教会,离开了徐家汇,转而投身到淮军系统将官们主持的洋务事业。此前,马建忠已经于 1874 年脱离教会,加入李鸿章的幕府,留学巴黎,看上去前程远大。马相伯的学问兴趣,也在这几年里从抽象的神学和哲学,转向了天文学、几何学和力学等应用学科。马相伯刻苦钻研,到了夜不能寐,昼生幻觉的程度。"同光中兴"时期,科学是"新政"的学问,可见马相伯的思凡之心已萌,经世之志已定。他决计步他兄弟的后尘,加入如日中天的淮军系统,充当幕僚。

在淮军系统当幕僚,马相伯到过神户、平壤,也去过美国、英国、法国、意大利,所有工作,就是写公文,办洋务,处理中外纠纷,推动新式事业,不需要著述做学问。马相伯够得上大学问家和思想家的标准,他的长处在于能够从欧洲古典文明的脉络来理解西方的崛起,还能够从近代欧洲国家与国家之间的不同经验看清朝的现代事业,这在当时不说是绝无仅有,也是凤毛麟角。美国学者柯文(Paul Cohen)把马相伯列为与王韬、郑观应、马建忠、伍廷芳同列的"沿海型改革家"(Littoral Reformer)是完全正确的。但是,如果按后来的教科书,把他们称"早期改良派",落在康有为、梁启超思想的后面,则完全扭曲。他们是同光年间少数真正懂得世界事务,又对改革有切实主张的几个人。可惜的是,作为一位大学问家,马相伯这一时期留下的著述很少。作为一位重要的思想家,他出众的洞察力和广阔的世界观也没有得到应有发挥。与马建忠《适可斋记言记行》类似的著述,马相伯只留下了寥寥数篇。1896年之前的作品,我们暂时还只有方豪先生收集到的《上朝鲜国王条议》、《致朝鲜京畿道金宏集书》、《改革招商局建议》(残稿)三篇。马相伯投入李鸿章及各淮军将官幕府之后,和三弟马建忠一起经历过无数风浪,《中法新约》(1885)、《马关条约》(1896)、《辛丑条约》(1900)的签订都和两兄弟有关。1895年,马建忠将自己拟过的游记、日记、奏折、条陈、电稿、书信集中,刊印了《适可斋记言记行》,马相伯却没有留下自己的"记言记行"。据说马相伯也有一部出使高丽日记,1937年在丹阳县相伯图书馆毁于日军战火。

马相伯"述而不作"的个性,大概和耶稣会中注重口头宣道,不鼓励著述立说的神父训练有关。但是,马相伯早期著作缺失的更重要原因,恐怕还在于天主教会与清朝士大夫社会悬隔太深,耶稣会的学问社会上不需要、不理解。同光年间,西方教会和中国社会之间还隔着一堵墙,马相伯的"西学"只能在教会研习,它的社会传播却被隔离了。上海是"五口通商"以后"西学"传播最充分的城市,但在1870年代江南制造局翻译西书之前,"西学"并不流行。英、美基督新教传教士的医疗、学校、出版、新闻等"间接传教"事业早就举办,也只是在"戊戌"前后才普及开来。所以，马相伯或有著述，但没有刊刻并留下早期著作，和这样保守的大环境有直接关系。

1893年以后，马相伯连遭厄运。当年，他的妻子携襁褓中的幼子回山东娘家探亲，因海轮失事罹难；1895年，虔诚信教的母亲沈氏去世，对他离开教会深有责备；1896年，《马关条约》签订，马氏兄弟再次被"清流党"舆论指为汉奸。外患内忧，马相伯很是沮丧，终于决定在离开耶稣会22年以后，回到徐家汇，息影在土山湾孤儿工艺院老楼。这时候的马相伯，决心抛开红尘，一心著述。马相伯的归来，一定程度上打破了中西隔阂的这堵墙，他可以把"西学"传播到社会，也可以把外界对"西学"的需求引入教会。可惜，马相伯这样的著述开始得太晚！更可叹者，60多岁的马相伯，不久又复出了！人在徐家汇，心在愚园、张园、福州路，他全身心地投入到"立宪"、"光复"运动。辛亥革命以后，马相伯又北上参政，经年不归。种种活动中形成了不少政论文字，但也令他不遑教课、写作，很遗憾没有写成更多的学术作品。

马相伯深厚的中西文化学养，未能充分彰显，这是中国学术的重大缺憾。马相伯是一流学者，这一点既可以从《致知浅说》中看到，也可以在他审定、刊印的《马氏文通》中印证。学界对记在马建忠名下的《马氏文通》评价甚高，认定是汉语言学的奠基之作。我们相信，马相伯是本书的作者之一，马氏兄弟的感情、经历、学问和思想，几乎一致。马相伯的学识,不在他弟弟之下。马氏"难弟难兄"(王韬语)的学识,如当时学者承认的"严马辜伍"(章太炎语)一样,均属于第一流。

原是想避开红尘,避静、反省、著述,终老于此。然而,"风动"、"幡动",终而"心动",马相伯并不能逃离政治。无论是住在市区梅福里附近的马家豪宅,还是躲在土山湾慈母堂附近的一座三层楼房里,一直都有青年学生来叩门,向他求教"西学"。到八仙桥、法租界、徐家汇跟马相伯老人学拉丁文,听他讲"西学"、"洋务"掌故,谈未来中国社会的理想,这是从"戊戌"到"辛亥",乃至"抗战"前上海学界的时髦。从梁启超、蔡元培、于右任、王造时、史良等,连续有二三代人向马相伯执弟子礼,拜这位老人为师。1902年,蔡元培主持南洋公学(今交大)师范"特班",带领全班24个学生,天天到徐家汇来跟马相伯学拉丁文。清晨五点,蔡元培带着学生从公学步行来到土山湾,等候马相伯醒来,做完晨祷,跟着老人的口型练习外文。无论寒暑,毕恭毕敬,当得上"程门立雪"的故事。这批学生中,有后来彪炳中国文化史册的黄炎培、胡敦复、胡仁源、李叔同、谢无量、于右任、邵力子等。为了给这些教外学生传授拉丁文,马相伯编写了《拉丁文通》,应该就是中国第一本通行的拉丁文教材。

1898年春天,康有为、梁启超骤得光绪皇帝的信任,6月11日发布《定国是诏》,开始了"百日维新"。曾经在上海跟马相伯学习拉丁文的梁启超,从北京急电徐家汇,邀请已经退隐的马相伯出山主持议定了的"译学馆"。马相伯搭架子，以年老为由不愿北上，要求把译学馆迁来上海，与徐家汇的耶稣会合作，居然也在书信往返地商议着。梁启超向光绪皇帝推荐这位奇才，主持全国教育、科学、文化领域的新学科建设。因为"百日维新"的夭折，这些事业没有成功，否则马相伯就是第一任的"中国科学院"院长了。1907年，梁启超在日本东京筹办立宪团体"政闻社"，特请马相伯前往担任总务员，主持社政。清末民初，严复是"西学大师"，章太炎是"国学大师"。这两位"学界泰斗"，都尊敬马相伯的中西学识。章太炎是"革命文豪"，谈起"西学"，他只佩服"严、马、辜、伍"四个人。"严"是严复，"辜"是辜鸿铭，"伍"是伍廷芳，"马"就是马相伯。马相伯是西学大师，"戊戌变法"前后，梁启超办《时务报》(1896)，张元济办商务印书馆(1907)，都曾到市区马寓，甚至驱车到徐家汇，追随马相伯的"西学"。

60岁之前，马相伯把自己的才智贡献给了清朝。为了一个扶不起的清朝，马相伯贴进去二十多载的壮年生涯。1900年天下大乱的时候，马相伯已经不在漩涡中心。马建忠卷入太深，签订《辛丑条约》的时候，又被李鸿章找去，和八国联军代表没日没夜地谈判。陷在翻译不完的英、法、德、俄、意、日文的谈判文件堆中，累死在案桌前。甲午战争前，朝鲜危亡。李鸿章曾对马相伯说："大清国我都不敢保他有二十年的寿命，何况高丽？"清朝从内里腐败掉了，快要灭亡，李鸿章、马建忠、马相伯这样参与机密的官员看得最清楚。

60岁以后,马相伯决计离开官场,为中国的年轻人,为民族的新文化作一点贡献。

"国之大事,在祀在戎",对于古代君主来说,军事和宗教是根本大事。强大的军队,宏大的宗庙,就是王朝强盛和繁荣的象征。但是,中国要走出专制制度,步入文明社会,需要王朝之外的公共领域。十九、二十世纪的中国万事待兴,开辟、继承和传播现代知识的学术机构——大学才是最为重要的。大学是民族之魂,国家之本。现代社会的基础是文化和教育,而不是军事和宗教。没有大学的引导,中国走不出传统的王朝社会。在传统的私塾、书院和县学里,背"四书",查"五经",不学外语,不读数、理、化,国家没有出路。更重要的是,没有大学,不培养专业精神,不鼓励独立人格,青年人蒙昧、成年人颠顸、老年人固执,正在把这个传统文化深厚的民族拖入深渊。大学之道,是使中国摆脱困境的正途,老马识途的马相伯,是最早认识这一点的中国人。

中国最早的新式高等教育,起源于基督教传教士举办的教会学校。1903年,马相伯决心举办自己的大学时,他的周围已经有了几所"私立学校"。1879年,美国圣公会从本国募来巨款,在上海创办了"圣约翰书院"。1901年,美国循道会传教士合并了几所中等学校,在苏州创办"东吴大学"。此外,在北京、武汉、杭州、长沙等地都陆续出现了一些"教会学校",成立了中国最早的"私立大学"。另一方面,面临崩盘的清朝政府为了挽救局势,不得不在甲午战败后创办新式高等教育。1895年，由李鸿章策划，盛宣怀筹办了天津的"北洋大学堂"；1896年，盛宣怀又筹建了上海"南洋公学"；1898年，为了落实"维新"条例，朝廷创办了"京师大学堂"。这些学校，只能传习一些简单的英、法、俄、日文字和零星的"声光化电"知识和洋务、商务、师范课程，程度不高，但已经算是最早的"国立大学"了。

十九世纪以后，欧洲国家是由政府接手举办高等教育，美国则是以私立办学为主。从官场上退出来的马相伯深知朝廷做事，十九不成功。历次挫折，他对清朝早已失望，便决心以一己之力创办大学。马相伯要办一所欧洲样板的私立大学。搞实业赚钱，办学校烧钱，大笔资金哪里来？中外人士目睹了一场令人惊诧的豪举：1900年，"即光绪庚子又八月一日"，马相伯立下了《捐献家产兴学字据》，把自己名下的财产全部献了出来，作为办学基金："愿将名下分得遗产，悉数献于江南司教，日后所开中西大学堂，专为资助英俊子弟资斧所不及……"这笔财产不是小数目，它们是位于松江、青浦等地的三千亩良田，上海法租界的十几亩地产，还有其他零星的工商业资产。用这些基金，办一所"私立大学"绰绰有余。马相伯是震旦学院的出资人，复旦公学的筹款人，也是两校的首任校长，称他为"震旦之父"、"复旦之父"恰如其分。马相伯一本淡泊名利的教友性格，没有留下多少二校文件作为自己的荣耀。除了捐献字据之外，我们只收集到1905年震旦、复旦分裂之际发表在报纸上的《前震旦学院全体干事中国教员全体学生公白》和《复旦公学章程》二份资料。此外，马相伯在北京参与了辅仁大学的筹建，也有不少捐助，他还一度代理北京大学校长。这些他都寡淡视之，只在别人保留的书信中偶尔提及，自己并不炫耀。

马相伯是一介书生，两袖清风。当修士和神父的时候，穿道袍，吃食堂，手不摸钞票。"下海"后虽然给李鸿章当幕僚，参与"洋务"，却从来不掌管经济实权。马相伯是富家子、士大夫和出家人的洒脱性格，无心为自己私蓄财富。他晚年得到了巨额财富，但并不是他自己赚来的。财富来自家族，来自他父亲、大哥和大姐继承的善贾家风。马氏兄弟中，二哥马建勋从太平天国动乱时期就给李鸿章的淮军采办军火、粮草，是淮军的"粮台"。战乱期间，马家在上海八仙桥地区开商号，财富不下于在杭州为左宗棠"粮台"的胡雪岩。大姐嫁给了董家渡朱家，马相伯的外甥朱志尧，是上海最大的民营机器业主求新造船厂的老板，担任过上海总商会会长。马家、朱家，为同光时期上海商界翘楚。二哥去世后，没有子嗣，全部财产都分给了二位弟弟。在官场，马家兄弟是淮军的智囊，深入到朝廷机密；在商场，马家是上海开埠后少有的成功者，富甲一方；在学界，马相伯、马建忠是公认的人才，在外语、洋务和西学方面罕有匹敌。马相伯完全可以留在政界、商界，充分享受权力和金钱带来的俗世快乐。但是，就在人人都为财富奔忙，个个都嫌收入太少的上海，马相伯拿出巨额的财富，抛却洋场的繁华，毁家兴学，重归教会。

马相伯是"裸捐",财产捐光后,留下儿子马君远在法租界独立生活,只身回到徐家汇,重过隐修生活。息影徐家汇,马相伯开始翻译《圣经》。天主教会对《圣经》的翻译比较谨慎,巴黎外方传教会的白日升(Jean Basset,1662—1707)曾翻译过一部《四史攸编》,耶稣会士贺清泰(Louis de Poirot,1735—1814)也曾有过一部《古新圣经》,但是都没有公开出版,只供神父自己参考用。二十世纪中,罗马教廷对《圣经》的翻译逐渐放松,马相伯带着中断教会生活二十多年的补赎心理,发愿以他的中西学识来完成这项事业。从1897年开始,历时十数年,他翻译的《新史合编直讲》终于在1913年由上海土山湾印书馆印行。无论如何,这是第一次由中国人翻译、出版的中文《圣经》。马相伯忠诚于教会,这是无疑的。1897年,他撰写了《利玛窦遗像题词》《徐光启遗像题词》《汤若望遗像题词》《南怀仁遗像题词》。1915年,土山湾工艺院用此题词,创作了中国天主教四大人物画像,参加了旧金山巴拿马世界博览会,真迹尚存在旧金山大学图书馆阅览室。

本想推却尘缘,在郊外教堂的钟声中摩挲《圣经》,了此残生。但是,马相伯没有料想他会长寿,还有相当长的四十年生命路程要走。1900年以后,中国发生了那么多的变故,把他这位老人又拉了出来,卷到冲突的中心。徐家汇的土山湾离市区有七八里路,上海不断引进西式马车、轿车,交通已不是问题。张謇办江苏教育会、中国图书公司,蔡元培办中国教育会、爱国学社,都来请教马相伯。《中国图书有限公司招股缘起启》(1906)中透露出马相伯和辛亥革命前的上海精英人物融合在一起。在中国图书公司的股东中,除了发起人张謇(状元、实业家、江苏巨绅)之外,严信厚(中国通商银行总董,总商会会长)、周晋镳(总商会会长)、曾铸(总商会会长)、李平书(上海县自治运动领袖)、席裕光、席裕成、席裕福(均为银行家)等之外,马相伯把外甥朱志尧(开甲,总商会会长,实业家)拉进来,可见他在"地方自治"和"预备立宪"运动中有实质性的参与。中国图书公司的股东结构,和1909年预备立宪后建立的江苏谘议局高度重合,可以证明马相伯在1905年兴办复旦公学以后,又回到了上海的"维新"运动中,而且越来越卷到运动的中心。

我们在上海《申报》等报刊的报道中知道,马相伯在张园、福州路、南市有很多演讲。例如:1904年5月16日,在上海商学会演讲,主题为"商战";1905年8月6日,在务本女塾演讲,主题为"抵制美货";1905年秋,在南京两江总督府演讲,主题为"宪法精神";1907年11月9日,在上海张园江苏铁路公会集会演讲,主题为"路权";11月20日,在上海愚园预备立宪公会集会演讲,主题仍为"路权";1911年6月11日,在上海张园中国国民公会总会成立大会上演讲,主题为"尚武"、"民治",准备光复。非常可惜,马相伯的个性太潇洒,真的是述而不作,这些"第一流"的演讲,生前都没有整理成文,乃至不传。

1903年,用马相伯捐献的基金,法国耶稣会派出师资,借徐家汇天文台旧址开办了"震旦学院"。马相伯自订章程，自任校长，这是一所后来以"Aurora"闻名于世的精英大学。"震旦学院"的开办，正逢中国教育史上的大事变。清朝"废科举"的议论，已经搅得天下读书人一片惶恐。士大夫们一肚皮的"四书"功夫将要烂在肠子里，对就要开考的"新科"知识却一窍不通。很多人急忙从各地赶来上海，到新式学堂进修数理化，恶补"西学"。马相伯说，震旦招收的一年级新生中，居然有"八个少壮的翰林（进士），二十几个孝廉公（举人）"。马相伯曾参加过科举考试，得过学额，是个秀才。四十年之后，科举制崩溃，大批进士、举人们，反而投在他的"震旦"门下。1903 年的震旦，法国耶稣会还没有介入，办学方针由马相伯自己决定。按马相伯自订《震旦学院章程》，"分文学 Literature、质学（日本名之曰科学）Science 两科"。"两科"内容，都由马相伯担任教授，就是外语和哲学，外语学拉丁文，哲学学笛卡尔。震旦初期的马相伯，还在犹豫是按明末"西学"传统，把 Science 翻译成"质学"（方以智用"质测"），还是按日本近世"兰学"传统，翻译成"科学"。无论如何，震旦的课程在学子中普及了"科学"精神。辗转相传，遂在十多年后衍为"新青年"口中的"赛先生"。

震旦学生中，有南洋公学转来的一批精英学生。当时，正逢南洋公学的学生闹学潮，一大批学生退学。退学学生们一部分跟随辞职的蔡元培，加入了新成立的"爱国学社"，另一部分则来到震旦学院，其中就有成为中国第一个留美博士的胡敦复,还有后来的民国元老于右任、邵力子。二十世纪的头几年,上海学生们动辄闹学潮是有原因的。科举制废除前后,上海和江南读书人先期醒悟:这将是英文、法文和声、光、化、电等自然科学主宰的时代。于是,赶快弃"四书五经"如敝屣,一等有钱留"西洋"(欧美),二等有钱留"东洋"(日本),三等有钱就到上海去,挑一个公立、私立的新学堂,算是"小出国"、"穷留学"。于是,上海传教士和洋务人士冷冷清清办了几十年的新式学校,忽然遇见了"黄金时代"。学生们对新学堂缺乏认识,对旧学问又恨爱情仇,心理浮躁。入学、退学,出国、回国均可成为时髦,一遇不满,就闹学潮。大量年轻的秀才、举人抛弃"旧学",涌到上海补习"新学"、"西学"。他们其实是清朝一次次失败改革的受害者,在内地积累了很多不满,遇到上海的学校里鼓励独立自主,租界里保障言论自由,就天不怕地不怕地爆发出来。

1905年,胡敦复、于右任、邵力子等学生,带领学生向掌管教学的法国耶稣会士抗议。这一次,学生们不是要脱离学校,而是要占领学校。学生们带走了部分实验设备、动植物标本和书籍等,赶走法籍老师,独立举办"震旦"。按马相伯后来的解释,争端的起因是震旦的"教授及管理方法与我意见不合,遂脱离关系而另组一校,以答与我志同道合的青年学子的诚意,这就是复旦"。根据档案,当初情况比马相伯回忆的要复杂得多。上海学生不愿意学法语,法语在洋场不及英语那样有用。震旦学潮,并不起因于中、法民族之争,而是英、法文何为"一外"的问题。马相伯选了耶鲁毕业的李登辉来做教务并掌校,而后来的复旦以商科为主,就是这个道理。接手校务的法国巴黎省耶稣会士难以接受学生们的要求,于是,胡敦复、于右任、邵力子等人带领学生,再度造反,脱离震旦。

学潮不是马相伯发动的,甚至是有点冲着他去的。学生要学实用的英语,不愿学法文,更不用说拉丁文、欧洲哲学等古典学科。从经典转为实用,并不是不可以商议,但与当初的震旦章程相违背。胡敦复、于右任、邵力子和担任教务长的法国耶稣会士南从周就法文教学闹翻后,带着学生们来见马相伯,要求校长脱离法国人,自办震旦。马相伯捐款给教会的时候,立下了不得反悔的死约,学校基金不可能收回。在震旦和学生的僵持之中,学校难以为继,学生将要失学,马相伯急得哭泣起来。胡敦复、于右任和邵力子,是马相伯最好的学生,他们要走,马相伯只好奉陪。最后,校长站在了学生造反派一边,把"震旦"留给法国耶稣会管理,自己另起炉灶。花甲之年的马相伯再创办一所大学。为创办"复旦公学",马相伯动用了所有的人脉关系,得到淮军老友两江总督周馥,以及张謇、袁希涛等江苏士绅的大力支持。马相伯在"震旦"与"复旦"之间吃了三夹板,最终却难能可贵地再创了一个后来愈显重要的大学。可惜的是,这一时期的马相伯也没有保留任何正式的文章、文献、日记和 Memo,只在晚年一番云淡风轻地在《一日一谈》中提到。

从"戊戌"到"辛亥",这一时期的相伯先生为全国变法、立宪和革命思想界"马首是瞻",他发表的观点、谈话、演讲和文章引起很多人的注意。"南北议和"的时候,一位暗探在和马相伯谈话后,密报惜阴堂主人赵凤昌,作为代表南方共和派人物主张的《辛亥政见》。马相伯的中西学识确实比他人高明,在非常复杂的宗教问题上尤其如此。戊戌变法以后,康有为、梁启超、谭嗣同、章太炎等人都以不同方式把宗教信仰与政治制度联系起来。康有为提出要建立"孔教",谭嗣同把佛学、儒学和神学融合为"仁学",章太炎则提出了一种以佛学唯识论为根底的"建立宗教论"。1907年,梁启超在东京筹建政闻社,他采用了马相伯的"神我宪政说"作为社纲。我们还没有"神我宪政说"的完整文本,只是通过章太炎的《驳神我宪政说》了解到这一学说的基本看法。按马相伯理解,人性有本于动物性的"形我",有本于精神性的"神我"。人类基于"神我"的结合,是有信仰、有精神的结合,马相伯宣布:"吾侪以求神我之愉快,故而组织政闻社。"马相伯用"形我"、"神我"的概念表达宗教信徒的社会理想:以"神"的名义组织人间社群团体,而不是蝇营狗苟搞党派。按现代政党理论来判断,这种带有信仰背景的政党主张,还比康有为、谭嗣同、章太炎和孙中山在"宪政"运动中的政教关系论述公允得当一些。

辛亥革命以后,"共和"体制建设中出现了纷繁的宗教问题。例如:国体层面的"政教关系"问题,伦理层面的"信仰自由"问题,不同宗教之间的"宗教宽容"问题,复杂地纠缠在一起。袁世凯要恢复帝制,搞着"尊孔"、"读经"、"祭天"等国家宗教活动;康有为执拗地筹建着"孔教会",企图一面借着孔教组织的影响来参政,一面以孔教思想抵御基督教信仰;不少维新人士延续"戊戌变法"时期"移风易俗"、"教产兴学"的主张,打击佛教、道教的生存空间;还有更多的一般民众则感觉到时代更替中的道德沦丧,不断呼吁宗教信仰的回归,"大声疾呼曰:提倡宗教!提倡宗教!"(马相伯《宗教在良心》)中国古代思想家对现代国家制度中的"政教分离"、"信仰自由"、"宗教宽容"原则并没有系统的理论,而徐家汇出来的马相伯在这方面正好有着长期思考。比较起来,清末民初的思想家谈宗教,马相伯既理解中国古代传统,也懂得世界近代思潮,最站得住脚。

1913 年 6 月 22 日,袁世凯发布"尊崇孔圣令";冬至日,袁世凯到天坛亲自祭天。马相伯当然知道康有为、夏曾佑在背后鼓捣"孔教",并且识别出这是一种"政教合一"和"国家宗教"的作法,有违中华民国设定的"信仰自由"和"宗教平等"宪法精神。马相伯坚持现代国家原则,在《一国元首应兼主祭主事否》中明确坚持"信教自由"。中国历代固然是"天子祭天",但"信教自由"的民国,元首与主祭不得一人相兼,因为"元首者,乃五族五教人唯一元首,非一族一教人所得而入主出奴之"。马相伯比一般人更加机智的是:他采用了儒家传统的"君师相分"原理来说明"政教分离","不惟不兼主祭,而君与师之职亦不相兼焉"。按儒家原理,师者,儒也。君主接受儒教,君主不得为导师。既不得为导师,便不能为教主,更不能为偶像崇拜对象,儒家确实是这样坚守的。马相伯懂得儒家精髓,向康有为、袁世凯的"孔教"反戈一击。

马相伯同一时期的文章《信教自由》(1914)、《宪法草案大二毛子问答录》(1916)、《书请定儒教为国教后》(1916)、《保持约法上人民自由权》(1916)、《代拟反对孔道请愿书五篇》(1916)、《宪法向界》(1916)、《约法上信教自由解》(1916)、《信教自由》(1916)都是他抗议袁世凯、康有为等人的"孔教"、"国教"行为,为"政教合一"方案辩护的文章。1916年的马相伯似乎真是急了,写了那么多的抗议文章。我们看到,身为中华民国总统的高级政治顾问,马相伯反对袁世凯恢复帝制的主张。他的抗议态度,固然是出于自己的信仰和天主教教会的利益,但是,细看马相伯的分析,他主张中华民国的儒、道、佛、回、耶,无分本土,还是外来,"五教"都要与政治生活分离。"五教平等",相互之间则容易建立宽容、平等、对话和共融的关系。这些主张,无疑都更符合现代中国的宗教格局。

中华民国不应该建立一个国家宗教,但是,一般人群的生活是否还需要宗教?世俗社会的伦理建设是否还要用信仰来支撑?宗教信仰在中国人的民众社会中应该起怎样的作用?二十世纪初的大部分中国思想家,都是仓促考虑这些问题。马相伯当过神父,他是从徐家汇耶稣会神学院毕业的神学博士,因而对此问题有着长期的思考,回答起来也是很从容。在北京从政期间,他在《宗教在良心》(1914)、《宗教之关系》(1914)、《青年会开会演说词》(1916)、《圣经和人群之关系》(1916)一系列演讲和论文中阐释了自己的主张。马相伯和大家一样,也把辛亥革命前后的社会风气概括为:"风俗浇漓,纪纲废弛,世道人心,大坏大坏!"作为一个神学家,他也和大家一样,认为:"思从而补救之,以为非有宗教不可。"但是,当时"提倡宗教"的"大伟人"、"大名士"、"大政客"、"大官僚"都认为,"宗教者,为下等社会而提倡",言下之意是精英人士并不需要宗教。把宗教当做社会控制的工具,用以管理愚夫愚妇的下等人,这种陈腐见解为马相伯所不屑。马相伯的说法很简单,无论贫富、贵贱、智愚,"宗教在良心",人人都可以从宗教信仰中获得道德资源。这种说法被后来的"新青年"们忽视了,他们在"反迷信"的时候用"科学"打击宗教,主张彻底的"无神论"。终不能淹没的是,一百年后"马相伯问题"又似曾相识地归来了。马相伯留下的作品,以1914年到1916年在北京发表的宗教论述最有思想价值。同时代的思想家中,章太炎、严复、梁启超、蔡元培等,也数马相伯的观点最能明心见性地切入信仰本身,最为全面地涉及宗教与中国近代社会的关系。

对国、共两党的政治家而言,马相伯的生命意义有所不同。按他们的看法,马相伯的价值不在于从事洋务、主张立宪,也不在于创建震旦、复旦,参与辛亥革命,更不在于他反对国教、提倡宗教、竖立良心，而在于他在生命的最后几年里，在日本侵夺中国之际挺身而出，发表了众多的"抗战言论"。本来，马相伯"八十后厌闻时事，宗教书外，间阅科学各月刊"，不打算过问政治。但是，1931年"九一八"后，各方为党派利益争执不下，仍然置日本入侵于不顾。马相伯的救国主张，是呼吁"民治"、"自治"，以归还地方权力的方式组织全民抗战。于是，马相伯只得又一次走出徐家汇，在上海的会场、剧院、电台、学校拼命演讲，奋笔挥毫，主题都是"还我河山"！奇怪！一个民族，因为陷入内战，无法协商政治、发展经济，不能建立现代国防，坐视领土沦丧，民众逃亡，居然还需要一位耄耋老人出来大声疾呼"停止内战，一致对外"，本身是件很不人道的事情！1937年"八一三"以后，马相伯以九八之年，跟随"西迁"的洪流，经广西桂林，辗转到越南谅山的一个山洞里躲避。颠簸流离，马相伯于1939年11月4日遽然去世，良可叹也！当年的4月5日，是马相伯的百岁诞辰，国民党中央发来了褒奖令，内称"民族之英，国家之瑞"；中共中央的贺电则为"国家之光，人类之瑞"。马相伯生命的最后意义，就是让国人有一个搁置争议，凝聚国家、民族和人类共同利益的和解时刻。

马相伯的抗战言论，1933年有马相伯秘书徐景贤编辑的《国难言论集》，由上海文华美术图书公司刊行。1936年又有马相伯口述、王瑞霖笔记的《一日一谈》，由上海复兴书局刊行。前书辑录了马相伯在上海、香港、天津报刊上发表的文章,内有演讲、访谈、报道、题词、回忆录等等,不能完全算是马相伯的亲笔作品。后书是年轻人对相伯老人往事回忆的记录,有些地方似乎并未得到核实,存在误差。这两部作品,均存于朱维铮主编,李天纲、陆永玲、廖梅等编校的《马相伯集》(复旦大学出版社,1996年)中,读者可以自行参看,本次《马相伯集》因篇幅限制,不加收入。另外,这次在《申报》等处找到一些确定属于马相伯自己撰写的抗战通电、文章,如《二老宣言》(1933)、《三老宣言》(1933)、《申报发行港版感言》(1938)、《精诚团结一致对外》(1938),则加以收入。

这一时期的马相伯,为"救国会"等组织的年轻人推崇,更加地被人"马首是瞻"。因为支持抗战政治家的活动,马相伯与宋庆龄、杨杏佛、沈钧儒、史良、王造时、邹韬奋、章乃器等人有交谊,他甚至还是鲁迅治丧委员会的成员。然而,这一时期和马相伯在国家、民族和国学方面最为投契的,却是过去为立宪问题有过争论的章太炎。章太炎的抗战言论和马相伯非常一致,他们在国家、民族、政体、党派、国学和宗教等方面存在共识。反对独裁,停止"党治",政治协商,厉行地方自治,组织国民政府,挽救中华民族,两人联署了很多文件。章太炎去世之前在苏州国学传习所讲学,马相伯给予道义上的支持,在《申报》专门发文《赞许章太炎讲学》(1935),称赞他"朴学鸿儒,当今硕德,优游世外,卜筑吴中。……值风雨如晦之秋,究乾坤演进之道。体仁以长,嘉会为群。网罗百家,钻研六艺,纲纪礼本,冠冕人伦。……"这样的赞语,挑剔如章太炎，也是应该满意的。

现代学者追求"著作等身"，古人却推崇"述而不作"，我们以为马相伯基本上是个述而不作的思想家。孔子、苏格拉底、朱熹、王阳明，大都是靠"聚众讲学"和"身体力行"留下自己的思想和学问。从此情景来看，马相伯没有留下很多"专著"或许是可以理解的。马相伯办了震旦、复旦大学，称他为"老师"的后来都成了"大师"：梁启超、蔡元培、于右任、邵力子、黄炎培……马相伯似乎应该就是"大师的大师"了。问题在于，这些晚辈大师们虽然都爱他、敬他，受他的兼容、会通的人格影响，但都没有传承马相伯的学问。然而，思想确实也是可以口传的。清末的上海，言论开放，谁都可以发表政见，表达思想。政客要人、文豪大家，热血青年中，总是马相伯的演讲有理有据，还最具表现魅力。梁启超听过马相伯的演讲，佩服地说：马老是"中国第一演说家"。辛亥革命前后，上海报纸曾经把两个"反串"角色评论为："马相伯演讲象唱戏，潘月樵唱戏象演讲。"那是指"海派"名角潘月樵喜欢在唱京戏时高喊革命口号，马相伯的政治演讲则绘声绘色，诙谐有趣。幸亏马相伯还能演讲，晚年尤其如此，这才让他留下了一些作品。马相伯的晚年作品，很多都是演讲稿。

马相伯不是一个强人，35岁以前的耶稣会士训练，使他养成了豁达、服从的个性。60岁以前给李鸿章做幕僚的生涯，更发展了他敏锐、谨慎的个性。马相伯的诙谐幽默，超然豁达，让他能够透视中国之问题，成为超然于党派政治之外，为中国社会的长远利益考虑的少数几个人之一。马相伯不是那种争勇好斗的强辩性格，也没有明显的党派色彩。马相伯固然是一个未能尽职的神父，其实也是一个失败的政治家。从根本上来看，他只是一个出淤泥而不染的的学问家。

历史学家总是把"鸦片战争"看作是中国文化由盛转衰的"关节点"。一百年间，大师辈出。以年龄论，生于1840年的马相伯正可以说是这"鸦片战争"后涌现的几代杰出人物中的第一位大师。马相伯出生以前的"儒者"，可能饱读经书，旧学精湛，但是对西方文化终究隔膜；马相伯逝世以后的"学者"，留学欧美，熟知新学，但是与中国文化传统渐行渐远。马相伯和他的学生们，夹在"古今中外"当中，既熟悉深厚的中国文化传统，又刚刚经受了西方文明的洗礼。在同代人中间，最能融会中西方文化，深究人类文明精髓的，就是马相伯等少数几位学者了。他们开始了中国"新文化"的传统，马相伯，真的是"大师"中的"大师"。

本文原为上海电视台纪实频道拍摄《大师·马相伯》（2004）一片的策划稿，加以补充后作为新编《中国近代思想家文库·马相伯卷》（中国人民大学出版社，2014年）代序。本文中的引文和注释未能一一附上，细节可参看朱维铮主编，李天纲、陆永玲、廖梅编校：《马相伯集》（复旦大学出版社，1996年）。

"还我河山"和"与造物游"

　　马相伯(1840—1939)，祖籍丹阳，道光二十年三月六日
(1840年4月7日)生于丹徒。名志德，圣名若瑟(若石)，字
钦善，又字斯臧、建常、良、相伯(湘伯)，晚号期颐叟、华封老
人等。1851年，马相伯来上海，入学依纳爵(徐汇)公学；
1937年，移居南京，转到桂林，最后在越南谅山去世。马相
伯在徐家汇当修生、做神父，带学生、搞研究，1876年还俗，
帮李鸿章做洋务，在山东布政使余紫垣幕府中担任机器局总
办。后曾出使过朝鲜平壤、日本神户。1912年至1918年期
间，马相伯在北京担任中华民国政府高等政治顾问。除此之
外，马相伯一生都住在上海的徐家汇、法租界和土山湾的寓
所。马家除了在丹阳马家村保有祖宅之外，在泗泾镇也有房
产，且就此落籍于松江。这位与上海开埠后100年之命运相
始终的"人瑞"，是鸦片战争以后近代中国的建设者、见证人。
沪上做生日的习惯是"做九不做十"，1939年，重庆、桂林，以
及"孤岛"上海都为马相伯做了百岁诞辰的庆典。在抗战的
炮火中不断发声的"百岁老人"马相伯，为陷入困境的中国人
带来精神慰藉，鼓励大家不屈不挠地生活下去。马相伯的寿

星照,放在大、中、小城市的照相馆橱窗里,几乎是家喻户晓。

除了这张"人瑞"形象之外,上海和大后方还流行马相伯的书法作品,也是一纸风行。从 1931 年开始,马相伯的书法作品源源不断地出现,也不分教会内外,工商界、学界、政界人士都持有。马相伯书写的条幅、对联、寿幛、题词并不白送,也是有"润格"的。按马相伯孙女马玉章(1915—2015)生前告知,润资十几元、几十元一幅都有,算起来并不便宜。但是,这些收入都存入了一个账户,拿去办"救国会",做抗战用。据说,是捐了一架飞机的。"九一八"、"八一三",战火纷起,乱世又现,大家想到了生命的脆弱和短暂。1931 年,马相伯虚岁 92 了,一位矍铄老人的健康画像和苍劲笔法,给人们乐观情绪,因此大受欢迎。马相伯落款署名依年列次,"九二叟"、"九三叟"、"九五老人"……直到"期颐叟"。署名下面循例都会盖章,如"丹徒马良之章"、"马良之印"、"相老人"、"相伯长寿"等。长寿不老,人人羡慕,都来求字,马相伯常常向客人表示自己并不喜欢长寿,因为"寿则多辱"。按照《庄子·天下》"华封三祝"的典故,祝寿、祝富、祝多男子,然后"尧曰:'多男子则多惧,富则多事,寿则多辱。'"马相伯说长寿之人更多磨难,更多痛苦。他口中念叨,心里等待的却是天国。

按字体来看,马相伯的书法还是那种当幕僚、做师爷的腕力水平,有文人气,挥洒豪放,却够不上书法家的功底。有一幅照片,马相伯晚年在土山湾孤儿院院舍三楼寓所"乐善堂"练习大字,专门题写对联、条幅等,身后站着儿媳马邱任我、秘书张若谷。大字拿去应酬,遇到一些礼仪性的长篇文字,仍然是由他撰写了文辞,请书法家来书写。例如1903年马相伯撰《徐文定公墓前十字架记》,造碑时由"娄县张秉彝书";1914年土山湾工艺院将马相伯撰《利玛窦遗像题词》《徐光启遗像题词》《汤若望遗像题词》《南怀仁遗像题词》画像送去旧金山巴拿马博览会展出,由"蒲西(静斋)夏鼎彝书"。张秉彝、夏鼎彝都是上海天主教会内的书法家,字体工整,水平相当不错。

这里要问为什么天主教徒也能写得一手好书法?按肤浅的理解,基督徒轻视"国学",像马相伯这样精通"七国文字"的耶稣会士,"当年误习旁行书"(严复语),书法必定不好。这实在是误会。马相伯在徐汇公学的教育,本来就是中西学并重,书法还是重中之重。史式徽《江南传教史》记录徐汇公学早期办学情况,说:"学生当时所读之书,新生则专读中文。其来校久,程度较优者,则兼读法文、歌经、图书、音乐等。学生除每日读书外,而书法一事尤为重要。""书法课也是比较重要的一课,因为学生识字的多少和写字笔法的挺秀,也经常是衡量一个人才学高低的标准。"徐汇公学的学生一边读法文,一边读《四书》,还参加科举考试,经学成绩相当不错,不亚于传统书院。马相伯说他在咸丰二年(1852)八月到南京参加"秋闱",证明他在原籍(或者上海,此事待考)得了秀才,占了学额,才有资格参加江南乡试。据《徐汇公学旧学生同学录》统计,公学在清代的 50 年里,考取各县生员(秀才)的人数达到 82 人,其中还有马相伯的外甥朱开第(志尧)、朱开甲(云佐)。清朝科举考试要求"馆阁体",学子从秀才、举人到进士,写字严谨不亚于文章功夫,一路下来自然而然就成了半个书法家了。马相伯的法、英、德、意、拉丁、希腊、朝鲜文都是能读能写,书法也很漂亮,徐汇公学的学术训练,竟是如此中西平衡,六艺兼通。

马相伯年资渐长,学识愈精,请教他的人也越来越多。他不但字体遒劲,联语也是很有意境,不落俗套。1911 年秋,常州府江阴县金港镇塍镇天主教堂朱开敏(季球)神父创办的崇真学堂开学,马相伯应邀参加开学典礼,发表演讲,并撰写楹联:"学而习之,已百已千进而往;校者教也,语大语小用其中"。对得精致,含有《论语》里子贡"识大识小"典故,却又变通其用,融为自创,意思也非常贴切。马相伯 89 岁那年给"乐善堂"自撰的联语是:"有生可悟常生乐,今世当知后世因",则含有一种神学上的领悟。这条联语涵义之深刻,在于它回到儒教、道教、佛教和天主教各自的教理中都讲得通,即所谓"尽人事以知天命",行在今世,期于后世。这条联语还深得对仗、平仄的精髓,翻查韵书,格律为"仄平仄仄平平仄,平仄平平仄仄平",堪称完美。

马相伯的中文造诣非常好,记得是得到过章太炎的赞扬。近代第一本用西文语法理论整理和解释汉语文法的《马氏文通》,最后是由他整理出版,署名"马建忠",他也参与了实际创作。从马相伯撰联能力看，他确实精通中文的格律和词性。如"律己宜带秋气，待人有若春风"（题"龙清先生"，署"九七叟相伯"），"读书随处净土，闭门即是深山"（题"芜屏先生雅属"，署"壬戌秋八十三叟相伯"），"为伦类中所当行的事，作天地间不可少之人"（题"伯群先生嘱"，署"九八叟相伯"），文辞都相当完美，不亚于那些科举正途出身的进士、举人。比较那些用典过度，死板僵硬的旧联语，马相伯的联语生动活泼，别有天地。马相伯最有名的一句对联，倒是不怎么工整，看起来比较潦草，但非常流行。1937 年，他转移到南京以后，在京复旦同学会请他题词，指明要写他的名句："读书不忘救国，救国不忘读书"。马相伯欣然照着写了，署上了"九八叟相伯"。其实，这是他 1906 年初在东京给江苏留日同学会演讲中的说辞，当时梁启超在场做记录，主持清朝大政的湖广总督张之洞因此一句，称誉他"为中国第一名演说家"。

马相伯留下来的书法作品中，"还我河山"和"与造物游"是最叫人赞赏的。其中有一幅笔者还看到了原作。这两幅字字迹清晰，走笔流畅，写出了作者在高寿之年的不同心境，观者可以想象，颇足品味。1932 年 10 月 10 日"双十节"，日军还占领着淞沪地区，身在华界土山湾的马相伯不惧周围日军的淫威，大书一幅"还我河山"，交由"救国会"去发表。上海租界内各大报纸拿去套红印刷，号外发行。马相伯替全民族喊出了最强音，这四个大字一天之内便震撼全国。这幅题字之左，还有小字附言:"去年九月十八日,日本暴行发动强占我东北。今年三月又一手演成满洲伪国傀儡一剧。一周年间,河山变色,如此奇耻大辱,国人应奋起自救,不还我河山不止。二十一年双十节,九一叟马相伯识。"颐养在室的91岁老人,带头为民族之自由而呐喊,难怪"救国会"的"七君子"们都要来土山湾推崇马相伯,"惟公马首是瞻"(沈钧儒在1937年8月3日"七君子"出狱后在土山湾合影照片上题)。

如果说"还我河山"是马相伯的现实关怀的话,另一幅书法精品"与造物游"则出于他超然物外的宗教情怀。在马相伯90岁以后的生命中,已经呈现出两个世界。一个是他积极投入、全力呼喊的"抗战"世界,另一个是他不可抗拒而逐渐靠近的天国世界。对于后一个谁都不能确切知道的世界,他似乎没有恐惧,只是坦然而平静地去接受。我们好奇的是,他是以什么样的方式去接受? 在"与造物游"四个大字左侧,也有小字附言:"飞绝尘九万里而上,一飞以六月息者,不能与游,盖即辞内,依天为归向也。"在"相伯马良"之后,还有"丹徒马良之章"、"湘老人"两方朱印。"与造物游"的用典,出自《庄子·逍遥游》:"鹏之徙于南冥也,水击三千里,抟扶摇而上者九万里,去以六月息者也。"马相伯把"逍遥游"的旨趣改为"依天为归向",与造物主齐同。这幅题词的卷轴原件藏于比利时布鲁日地方的本笃会修道院,民国前总理陆徵祥(1871—1949)在这里出家当修士。马相伯没有署上日期,据判断应该是在陆徵祥晋铎为神父时送来的贺礼,即1935年6月29日。陆徵祥在欧洲的一个修道院隐居，与"息影"在土山湾的马相伯境况何其相似。当时，中日之间已经开战，欧洲的战火也即将燃起，两位曾经参与中国改革和国际政治极深的老人，都已经退出政界、外交界，只是悲天悯人地看着这世界一步步地滑入战乱，忧心如焚。但是，即便在一个混乱不堪的世界里，他们仍然怀揣敬意，无怨无悔，"与造物游"。

陆徵祥在他夫人培德女士的老家比利时出家当修士之后，一直遥拜年长他 31 岁的马相伯为师。陆徵祥是写了拉丁文的帖子，正式按规矩拜马相伯为师。师生两人通信频繁，惺惺相惜。陆徵祥能在"还我河山"的慷慨激昂中，读到马相伯"与造物游"的超凡境界，他说："读师'还我河山'一语，其呼声出于爱，又远非'还我河山不止'之句，其气概出于至爱。"（安德鲁修道院陆徵祥纪念室档案）陆徵祥讲的"至爱"，是对"造物主"、"大自然"的"大爱"，是不离人伦之爱、乡情之爱、国土之爱，又超乎其上的崇高之爱。虽然"还我河山"和"与造物游"是不同时间、因不同原因写的两幅题词，但完全可以配为同一副对联。这幅由我们代为撮合的对联，既可以表现两位政坛老人面对暴力时那"寸土必争"的决心，又能展示出人之一生在终极价值观念上"萧然物外"的豁达，这是两个完全不同的精神境界，却是浑然一体。

大弟子于右任（1879—1964）回忆，马相伯大约是在 1909 年即 70 岁时开始研习书画的。按于右任的秘书张文生《怀念于右任先生》记录，于右任 60 岁寿辰得到马相伯赠

《秋收图》,"于先生对我说:马先生学画时年已70,我才60,我如果学画还来得及。"(《中华文史资料文库·军政人物篇》)70岁学书画,说起来马相伯也是一个退休后的"老年书画"爱好者。1897年,经过徐汇公学时期的老同学沈则宽斡旋,马相伯在佘山避静一月以后,与天主教会和解,重过教会生活。他将一双尚未成年的儿女托付给教会,自己只身回到徐家汇,息影在土山湾工艺院老楼三楼的五间房间"乐善堂",即今天的徐汇区的马相伯旧居。从此,马相伯每日临池,挥毫翰墨,可以判断,晚年马相伯撰写的那么多书法作品,都是在土山湾三楼的寓所中完成的。

马相伯在土山湾"乐善堂"里每天都要练习书法,五间房间的空白处,挂满了对联,其中有一间专门用来练字习画。按马相伯的秘书张若谷记载:"对着三楼升降机的出入口处,是一间阳光充足的小厅,厅中设长桌一,椅十数,食具橱柜一。四壁挂满字画……会客室中昔年悬有'乐善堂'横额,左右为陆徵祥氏所集'乐乎天命,善于人同'的联句,相老曾自命其寓所为'乐善堂'。堂的四壁,有于右任先生手书王了一(徵)的《和归去来辞》八幅。陆、于两氏都署款称'相伯夫子'。前年起,又添章太炎氏拜祝九十五寿联'鲁连抗议足完赵,烛武老年犹退秦'。又有段祺瑞氏手录文字寿语,冯玉祥氏手笔'福如东海长流水,寿比南山不老松'的寿联,署款称'相老前辈'。冯氏又向都锦生定织相老绣像,款称'国之大老'。马老先生九十大庆时,吴稚晖氏送联:'得天独厚,应寿一万八千龄,才经过两倍百分之一;其道大光,曾传三千七百子,皆能立两间一是于三'。于右任氏联:'先生年百岁,世界一晨星'。""乐善堂"是马相伯的会客厅,是他大会天下宾客的房间,挂满了名人、要人给他的寿联。他每天练字习画,是在另一间房间内,和寝室、书房合在一起。"乐善堂会客厅有门户可通相老的卧室。卧室的光线也很明朗,同时也是相老译经、读书、写字、阅报的一间大书房。"(张若谷《苦斗了一百年的马相伯先生》)今天传世的马相伯书法作品,大部分都是在这一间房间的书桌上完成的。

丹阳市天禄眼镜电商有限公司董事长虞瑞泰先生,回乡创业,不忘乡贤。他个人出资,于2016年6月举办马相伯文化研究会暨纪念馆,倾力开展纪念活动,令马相伯事迹传播于乡梓,颂扬于海内,声誉渐起。如今的丹阳,已是与徐家汇、复旦大学、复旦中学、泗泾镇齐名的又一个马相伯纪念地。该会馆在各处搜集马相伯书法作品,编辑《马相伯书法选》,有一些是真迹,更多的是复制,还有就是流传于众多藏家手上的印制品。马相伯早年做神父,当幕僚,都不是出头露面的人物,因此他的文字也很少为外界所知。直到晚年,创办震旦、复旦,助力辅仁,一度还出掌北大,参加辛亥革命,组织江苏省政府,他的中西学识才忽然受到年轻一辈人的赞叹。早年不可追,马相伯曾有意编辑他的晚年文字,可惜1918年回到上海,大量的原稿没有及时搬回来,在北京散失殆尽。1937年他离开上海,随身也带去不少书信、手稿和字画,但在不久向大后方转移的过程中丢失很多。1939年马相伯在越南谅山去世,他的遗物更是很难辗转回到上海。马相伯留下的作品少,收集困难,能找到这些书法作品已属不易。为此,要特别感谢丹阳马研会和主编吉育斌先生做了一件大好事。承蒙不弃,以此拙文代为序,兼为之贺。

本文为吉育斌主编《马相伯书法选》(一函,线装,影印本。江苏省丹阳市马相伯研究会2019年6月刊印)序。该书编委会主任虞瑞泰,顾问马天若、李天纲,名誉顾问王生洪、张一华。本序文全文刊于2019年5月24日《文汇学人》,题为《马相伯的"还我河山"和"与造物游"》。

争议回到中国

　　"中国礼仪之争"，这几年在中国学术界渐渐地成为一个新的论域。原因很多。例如对中西文化关系的新认识，当前世界文明冲突的再现，等等。撇去这些外部因素，从历史学科内部看，一个原因不能忽视，即近年来引进和发掘了一批新的史料，使人们进一步地认识到，"中国礼仪之争"是一个关系重大的历史问题。

　　中国和西方，从十六世纪就开始接触了。但是直到二十世纪初，中国学者基本上和西方同行处于隔绝状态。如果说中间有一些中介人物作为沟通，那就是来华传教的耶稣会士。他们或中途回国，或不断写信，因缘一线，使当时的"泰西"和"远东"联络了起来。据现在的调查，清初"中国礼仪之争"正式发生时，除了很少几个接近康熙、乾隆皇帝的近臣外，清朝的重要学者基本上没有直接参与论战。中国耶稣会士和天主教徒参加了论战，中国皇帝和罗马教宗发生过严重冲突。这些事件直接地影响了中国历史的走向，也间接地影响了中国思想学术界。但是清代中叶，以至清末民初的中国学者，对于"中国礼仪之争"的意义并不明确，对西方世界，主要是欧洲思想界内部,持续了近四百年的有关中国礼仪的大讨论,更是不甚了了。

时至二十世纪,处于激烈中西文化冲突之中的中国学者倒是有兴趣了解这段故事。无奈中文史料非常缺乏。1932年,故宫博物院出版陈垣先生编《康熙与罗马使节关系文书》,收集了故宫有关文献14通。这是与"中国礼仪之争"直接有关的中文文献。故宫的相关中文档案披露后,西方学者十分重视,中国学者却似乎觉得难以运用,只有方豪等先生在中国教会史的研究中用过。本来,有了确凿的中方原始档案,又有陈垣先生的提倡,本项研究应该蓬勃开展,然后作为一个学术定案肯定下来。但是研究并没有大的进展。追究原因,只能说:在中国要从事"中国礼仪之争"研究,中文资料还不够充分。这个在西方已经相当成熟的题目,在中国还处于开垦阶段。尽可能多地积累有关史料,是本项研究的当务之急。放在我们面前的这本《中国礼仪之争:西文文献一百篇》正可以应目前之急需。

《中国礼仪之争:西文文献一百篇》是美国旧金山大学利玛窦中西文化历史研究所所长马爱德博士组织人手,从罗马教廷传信部和其他有关机构的原始文献中选录、编辑并翻译成英文的。原文主要是拉丁文,有数篇是意大利文和法文。罗马教廷使用古奥和精确的中古语言,不加翻译和介绍,连简单修过古代语言的一般欧洲学者也很难弄懂。因此用英文今译这些文件是非常重要的。本书的翻译者苏尔(Donald

St. Sure)是耶稣会士,谙熟本会历史,精通拉丁文。编辑和导读本书的诺尔(Ray Noll)教授,是我们在旧金山大学求学期间的宗教史课程老师,是基督教史和拉丁文的专家。为此工作,马爱德博士和诺尔教授与我们有密切的讨论。两位编译者和主持者马爱德博士的努力工作和精确翻译,使英文版的翻译无可挑剔。当年的"中国礼仪之争",主要发生在南欧拉丁语系的天主教国家,英、美读者本来不怎么熟悉。加之美国当代的中国学研究偏重十九、二十世纪,忽视中欧文化交流的历史,本书的翻译对美国学者加深对中西文化的研究有重大推动作用,其价值,在北美和欧洲的同行中已有公认。

本书由英文再翻译成中文,意义更加重大。"中国礼仪之争"首先是中国人自己历史的一部分。当初的这场冲突,深深地根植于中西文化各自的传统中。观察这段历史,正可以理解中西文化的本质差异。我们应该欢迎"中国礼仪之争"的研究回到中国。众所周知,中国是礼仪之邦,政治上也曾经是一个礼教的国度。按儒家经学的说法,周公制《礼》,孔子定《礼》。根据二十世纪考古学发现,特别是甲骨文研究,现代学者逐渐相信,中国的礼制不始于周代,伴随着祭祀活动的鼎盛,至少在商代就已经相当成熟了。礼,原来附属于宗教生活,但它被儒家从祭祀制度中分离出来,独立发展、完善,成为整个中国文化的支柱。孔子讲"礼",是把它作为"仁义智信"等人性伦理的外在形式。由于它强调人的理性,而不是宗教信仰,"礼"慢慢地成为一种宗教意识比较淡漠的政治和社会制度。这种制度特点被利玛窦发现,称为"人文主义"。"儒家人文主义"可能是一个"非宗教"(non-religion)的思想,但它肯定不是一个"反宗教"(anti-religion)的思想。儒家既不是宗教,又不反对宗教。这种"半宗教"(semi-religion)的状态,给耶稣会士利用和改造儒家留下了充分的空间。既可以利用儒家伦理解释天主教神学,又可以改造儒家的"上帝",建立中国式的基督论——利玛窦一派的耶稣会士一直做着这样的努力。

对于儒家的思想,耶稣会士比较容易处理,发现异同,加以取舍,作不同解释而已。对于诉诸行为的礼制,就比较困难。儒家礼制有固定仪式,祭天、祭祖、祭孔,是儒家的三大礼。这些仪式有特定的祭祀对象(天、祖宗、孔子),严格的等级规定(天子祭、士大夫祭、民间祭),比较浓烈的宗教形式遗留(牲、献、供、拜、念、颂、舞、唱、哭等)。先不说如何把这些儒家礼制融入中国天主教,就是在理论上解释得能够让欧洲教会的宗教裁判所容忍,在当时也是个大问题。

在"礼崩乐坏"的现代文明中,我们已经很难体会和理解古代人对礼制的重视和执着。十七世纪,欧洲刚刚走出中世纪。中国的历史学家也认为:明清之际,也是中国社会开始"走出中世纪"的关键时期。中世纪生活的一大特点就是对礼仪的高度重视。高度重视礼仪的深层原因是人们认定:礼仪是天人之间的媒介,它们能够沟通神灵。这是礼的宗教性。其次,礼仪也有社会性。礼仪的威严、壮美、和谐,以及神秘，能增加权威感，经常演练，对增加权威的合法性、巩固政治统治有好处。还有，礼仪也有伦理作用。礼仪能感动人，驱动人心向善仰高，提升人的精神状态。孔子对礼乐制度的各项功能都很有感受。后世的儒家也是在"礼"字上大作文章。礼，成为中国文化中最具有本质意义的范畴之一。

欧洲人来到中国后，当基督教和儒家这两大文明碰到一起的时候，双方都很重视自己的"礼"，礼仪冲突不可避免地发生。清代乾隆时期，英国使臣马戛尔尼在觐见中国皇帝时是否应磕头跪拜，这是关系两国国王（皇）政治权威的礼仪之争。稍前一点，十八世纪初，罗马教宗和康熙皇帝间发生的这场"中国礼仪之争"，则主要是由于宗教思想分歧引起的，是宗教正当性的争议。如果不是看《中国礼仪之争：西文文献一百篇》，很难相信四百年前的欧洲人居然对中国礼制作了如此深入的研究。当然，和今天学术界不同，这种研究不是出于学术目的，而是为了宗教裁判。但是，我们不能忘记，中世纪的神学和宗教裁判，是以非常学术（神学）的方式进行的。当时欧洲的哲学、科学、文史之学，都是包含在神学中的，神学就是当时的学术。撇开了四百年前的神学，欧洲就无多少学术可谈，就像撇开了儒家经学，中国学术史很难谈论一样。

在宗教裁判的过程中，神学家和汉学家做了很多研究，有些是非常学术的内容。例如我们在文献集的第六件《罗马对阎当1693年布告的评估》中看到，裁判所对孔庙中的牌位

"至圣先师孔子神位"中的"圣"字含义作了不同的判断。有认定中文"圣"字是"神圣"（holy）的意思，也有人争议说，"圣"字不过就是"智慧"（wisdom）的意思。"中国礼仪之争"被大量类似和相关的问题所主导。把祭天、祭祖、祀孔看作是宗教礼仪，还是风俗礼仪，这是"中国礼仪之争"的关键。这些判断固然涉及要不要把孔子看作是神，以决定孔子能不能被中国天主教徒接受，这是神学界辩论的异端问题。但是，从现代学术观点看，把孔子看作是人还是神，这关系到儒家的本质。儒家是人本主义，还是神本主义，儒家的价值倾向是终极关怀，还是只有人间关怀，这些都是现代学术关心的大问题，是哲学问题，文化问题。这样的学术问题，中国学者应该认真关心才是。

从拉丁文到英文的翻译，是同一语系不同语族之间的翻译。虽然这两种语言之间的翻译不像从拉丁文到中文这样困难，但是，困难也不能被低估。拉丁文是欧洲古代通用语言，英语是现代通行的国际语言。古代人和现代人的观念、习惯和思维方式很不相同，这方面的翻译差异值得注意，很有意思。例如在第二十四件《教宗本尼狄克十四圣谕》中，载有教宗克莱孟十一给去到中国的传教士拟定的坚决反对中国礼仪的《誓词》。过去的英文翻译这《誓词》时，冠称教宗为"圣父"（Holy father），而现在这里的英文本就简单地称之为"教宗之圣"（His holiness）。这反映了国际天主教，特别是美国天主教对教宗地位看法的改变。

翻译有一种神奇的功能：好的翻译，不但能够忠实于原文，连原文中隐含着的许多涵义，也可以较好地得到揭示。就像不好的翻译会把原先明白无误的意思掉落了一样。我们看到，拉丁文经过英译以后，许多古老的表述变得与近代思想能够沟通。我们会在本书中发现，古人的思想并不都是表面上表述的那样迂腐不堪，他们在"中国礼仪之争"中处理的命题，竟然和我们今天的社会科学工作者研究的问题也有很多相通之处。

文献集中的第二件，有 1659 年罗马传信部给三位在中国的巴黎外方传教会会士的"指示"，其中说："不要试图去说服中国人改变他们的礼仪、他们的风俗、他们的思维方式，因为这些并不公开地反对宗教和良善的道德。还有比把法国、西班牙、意大利，或者任何其他欧洲国家，出口到中国去更傻的事情吗？不是要出口这些欧洲国家，而是要出口这信仰。这信仰并不和任何种族的礼仪习俗相矛盾相冲突，因为它们并非魔鬼。相反，它想保存这些礼仪习俗。"教廷的这段话，简直就像是美国人类学家大会上主席先生所作的开幕词。

由于文字和文化的隔阂，更由于进化论科学观的蒙蔽，当代读者对古人的思想深度没有足够的认识。科学的发达，使得我们误以为古人一定比今人愚笨。这方面中国人和西方人都如此，而过去曾经"厚古薄今"的当下中国人尤甚。其实，人类在一些基本思想命题上的改变并没有我们想象的那样大。古人的许多困境，我们依然面临；古人的许多睿智，我们未必具有。教廷在中国礼仪问题上遇到的教权、主权、民权和人权的系列问题，我们今天未必有能力、有水平来处理。

正因为如此，人类才需要翻译、沟通、对话，文化和文明的交流之链才需要不断地连接、不断地扩展，以期织成一张能够覆盖人类思想的理智之网。以翻译为基础的交流不能中断，这是来华耶稣会士给我们的正面教诲；而民族与民族间的文化差异应该尊重，这是"中国礼仪之争"给我们的负面教训。我们相信这次把《中国礼仪之争：西文文献一百篇》翻译成中文，一定会对明清史、中西文化交流史、中国思想史都有所补充。

在这里，我们非常感谢沈保义先生。在他自告奋勇的主持下，这本书由沈保义、朱静和顾卫民共同翻译成中文。同时，我们对旧金山大学利玛窦中西文化历史研究所的满而溢（Michel Marcil，S.J.）、马克文（Mark S.Mir）、陈碧蝉（Monica K.Chang），以及黄克镳（Joseph Wong，O.S.B.）、梅欧金（Eugenio Menegon）和李合祖等人在本书校对、出版过程中所做的大量重要工作，表示感谢。

在本书中文版出版之际，我们怀念本书英文版的实际主编者，已故的马爱德博士。马爱德（Edward J. Malatesta，1932—1998）博士是耶稣会美国加州省的会士，出生于新泽西州一个虔心天主教的意大利移民家庭。他中学毕业加入耶稣会，移居到加州。他曾经在美国、法国、意大利等国读书，并在意大利罗马格列高利大学、美国旧金山大学、台北辅仁大学、上海佘山华东天主教神学院教授神学。六岁时他在纽约《生活》（*Life*）画报上看到"八一三"上海人民在街头惨遭日本飞机轰炸时，就定下一生的志愿，去中国工作。直到1979年，他才有机会为实现这个志愿学习中文。他继承利玛窦精神，成为一个中国文化的爱好者和研究者。鉴于在西方和中国，都缺乏像当年利玛窦、徐光启所处的那样既深入其中，又兼通中西的研究环境，马先生就努力创造条件，于1984年创办了旧金山大学利玛窦中西文化历史研究所。这个研究所现在已经成为沟通欧洲、北美和中国学者，进行比较宗教、比较文化研究的桥梁。研究所为推动中西文化交流史的研究作出贡献，而"中国礼仪之争"是该所各项研究中的重点。

十年前，马爱德先生主持翻译、编辑本书时，我们两人，一个是研究所的访问学者，一个是研究所的研究员，为该书的出版做了一些学术和编辑方面的具体工作。那时，我们都还是刚刚进入这一研究领域不久的学徒，马爱德先生是我们的入门导师。今天，按马先生的意愿，一人回到上海，在马爱德先生和他的老朋友朱维铮先生的帮助和指导下，完成了博士论文，并出版了《中国礼仪之争：历史、文献和意义》一书；一人接替了利玛窦中西文化历史研究所所长的职位，担当起研究所的所务。

一个半世纪以来，由于天主教在中国的戏剧性处境，由利玛窦、徐光启开始的明末清初中西学者间的密切合作、切磋学术的传统中断了。今天因为马先生等一批学者的努力，这种传统，中西方不同宗教文明的对话传统，正在恢复。我们和马先生的交往，只是他和众多的中国学者交往中的一部分。马先生在"文革"甫结束就来上海学习汉语，此后就不断访问中国。不幸的是在 1998 年，在他第三十一次在中国学术旅行的时候，因劳累过度，在上海旧病复发，几天后在香港去世，在这项事业最需要他的时候离开了我们，令全世界的同行都感到了他的缺失。马爱德给中国学术界留下的文字并不多，谨以此书，纪念他为许许多多中外学者的工作和中西文化交流事业所作的无私贡献。

（本文与吴小新博士合作，吴博士为旧金山大学
利玛窦中西文化历史研究所所长）

本文是为苏尔、诺尔编，沈保义、顾为民、朱静译《中国礼仪之争：西文文献一百篇》（上海古籍出版社，2001 年）撰写的序文。刊登时有删节，署名为"美国旧金山大学利玛窦中西文化历史研究所，2001 年春"。

使命与传承

　　近十年来,姜有国神父往来于美国和上海,收集资料,访问友朋,做中国天主教教育的研究。这期间,我们不时见面,还常常在邮件中切磋学问。有一次他从波士顿来上海,刚出地铁车厢,我们就接着邮件里的话题谈开了。不需要任何寒暄,我们之间的共同话题实在是太多了,比如:徐光启、利玛窦、马相伯、德日进,还有徐家汇、法租界、震旦、复旦等等,凡是和耶稣会教育有关的,他感兴趣,我也喜欢。于是,学术交流,就如同聊天一样,有一种分享的快乐。一晃十多年,如今有国博士的大作《耶稣会在华高等教育史:使命与传承(1594—1952)》放在面前,将要由台湾辅仁大学出版社出版,我感到由衷的高兴,欣然命笔,聊作数语,以表祝贺。

　　自罗明坚、利玛窦获准进入内地以来,基督宗教入华已有 400 余年。传教、布道、建会,奠定中华天主教会的艰难曲折暂且不论,耶稣会士们在传播人类文明、沟通中西文化、积极参与中国近代社会转型方面的功绩,自是鲜明突出,绝难否认。众所周知,中国近代的高等教育事业并不是传统体制的延续。由于清代保守势力的阻扰,中国传统的书院体系并没有能够顺利地改造为现代高等教育，最后只能在 1905 年加以废除，另起炉灶。中国现代的高等教育，起源于欧美传教士的开创。"教会大学"比国立、部立、省立的公立大学，以及士绅、商人、学者的私立大学都要古老。谈论中国十九、二十世纪的文化和教育，不提两个组织的贡献是不完整的，甚至是不可想象的。这两个组织一个是基督教新教的伦敦会，另外一个就是天主教修会的耶稣会。中华耶稣会及马相伯这样的热心人士，负责和参与筹建了多所著名大学。不仅如此，早在十六、十七、十八世纪，中华耶稣会以其出色的翻译工作，把"文艺复兴"以后奠定的"新学"（New Learning），转输到中国来，转化成明清"西学"，成为后来中国高等教育改革的学术先驱。有国把耶稣会在华高等教育的开端定在 1594 年澳门圣保禄书院的建立，终结则定在 1952 年中华人民共和国教育部撤销教会大学的"院系调整"，这是完全合乎情理的。

1952 年中国大陆"院系调整"之前，有十三所基督教新教主办的大学，它们是：齐鲁大学、圣约翰大学、东吴大学、燕京大学、沪江大学、之江大学、金陵大学、金陵女子大学、福州协和大学、岭南大学、华中大学、华西协和大学、湘雅医学院。在华天主教的文化教育事业，其影响曾在十七、十八世纪遍及中华大地和北京宫廷，为江南士大夫惊诧并学习，对中华文化之更新起了重要作用。但是，在十九世纪以后天主教的文教事业就相形见绌，只是在二十世纪初期开办了三所天主教大学,它们是:上海的震旦大学、北京的辅仁大学和天津的津沽大学。然而,三所天主教大学中,震旦、津沽是耶稣会举办的。另外,曾经加入过耶稣会、按立为神父的马相伯(1840—1939)先生捐资创办了震旦大学,筹资创办了复旦大学,协助北京天主教友英敛之(1867—1926)发起建立辅仁大学,还一度担任国立北京大学校长。所以,二十世纪中的天主教教会大学虽然不及新教那么多,但耶稣会(士)的贡献仍然不小,堪称是利玛窦、徐光启事业的继承者。

如有国在书中论述的,耶稣会是一个新型修会组织,创建之初就受到欧洲"文艺复兴"运动的影响。耶稣会从创会人罗耀拉(1491—1556)开始,就十分注重"人文主义",擅长文化与教育,尤其是举办大学的行家里手。"在十八世纪中叶,将近二万三千名会士在耶稣会的一千一百八十所学校工作,其中共六百一十二所大学(其中九十五所在欧洲之外的国家和地区)。"近代以来,凡是具有强大国力的民族国家,其中央和地方政府都努力接手世俗教育。还有许多商业机构、慈善家个人也都参与创建和资助大学。在中国,1928年以后国民政府开始限制教会大学发展;1952年以后中国政府在停止修会、差会活动的同时,也终止了一大批教会学校的教育事业。和历史上的盛况相比较,教会大学在全世界范围内衰落了。即便如此,耶稣会的高等教育事业在二十一世纪仍然保持一定的影响力。在高等教育体系更加综合、完备和成功的美国,耶稣会仍然保持了33所大学,其中不乏有乔治城大学、波士顿学院这样的一流名校。总结和发扬 500 多年以来的耶稣会高等教育传统，观察他们怎样促进中西文化交流，推动中国高等教育事业进步，是一件非常有意义的工作。

在现代民族国家体系中，高等教育事业不是私人、团体、学派、党派的私器，它的公共性比过去更强了。大学办得好与不好，涉及启发民智、技术创新、国力培植、社会平等和文化传承等重大国计民生问题，肯定需要政府的参与与规划。但是，"公共性"不一定就是"国家性"，教育既然是一项全民事业，就应该有全社会的参与，而不应由政府来独断。既然社会上的慈善机构、教会团体还具有经济实力，也有广泛的知识、管理和科研资源，更加愿意为人类的正义、平等、进步承担责任，那么为什么要拒绝这些资源进入高等教育事业呢？在历史上，基督宗教控制本地高等教育的情况只在中世纪后期的法国、意大利、西班牙地区出现过，连英国、德国等其他欧洲民族都不典型。随着"政教分离"原则的贯彻，现代教育越来越脱去意识形态色彩，教会学校一贯提倡学术为社会之公器。1905 年，马相伯为复旦公学拟定了宗旨"崇尚科学，不谈教理，注重文艺"。"不谈教理"，并非是反对宗教信仰，而是"教"与"学"分离，任何人（哪怕是创办人）都不以自己的信仰强加于人，让学生在精神上获得自由发展的空间。如此，教会学校在人类文明和中国社会进步过程中作出了巨大贡献，完全是应该肯定的。在中国，和在日本、韩国和东南亚国家的情况一样，基督宗教各大教会创办的高等教育，整体上融入了本国教育体系，成为中华民族现代文化、科学事业的一部分，应该公正地得到全社会的认可。

近三十年来，中国大陆新一代学者的"教会大学史"研究表明：基督宗教创办的高等教育，从来就是中国近代化事业的组成部分。没有教会大学筚路蓝缕的初创之功，清朝和中华民国大学中的各门现代学科都难以顺利建立。和教会大学同期，或稍晚建立的清朝国立高等学校"京师同文馆"(1864)、"京师大学堂"(1898)并没有培养出合格大学生。中国第一、二、三代的合格大学生，基本上都是由教会大学培养的，其中包括了像马相伯、马建忠、李问渔、颜惠庆、顾维钧、吴经熊等这一大批早期人才。从历史上来看，中国的教会大学并不只是教会的大学，它们更是中国人的大学，为中国人怀念。1990年代，中国大陆曾有很多教会大学的校友们自发开展"复校"运动。1991年，在旧金山大学遇到了震旦大学校友会；1998年，在哈佛大学遇到燕京校友会；2000年，在香港中文大学崇基学院遇见岭南学院校友会；2007年，在加拿大UBC遇见圣约翰大学校友会，他们都捐资、捐物、找关系，企图用各种方式来光复自己的校园、校名、校刊。看着从上海出去的这些"震旦人"、"圣约翰人"，渐入老境，努力依旧，希望却是渺茫，这份悲壮令人动容。教会大学在中国台湾地区也受到巨大冲击，好在当局逐渐意识到了它们的"公共性"，没有完全取消，加上有志人士的艰苦努力，如今的辅仁、东吴、东海、中原、圣约翰……还在坚守。作为私立的天主教辅仁大学,耶稣会士在其中继续有所贡献,因而人才辈出,办学成绩令人振奋,也让人欣慰。

有国神父致力于教育学领域,此番对中国近 400 年来的耶稣会高等教育历史的清理,对他形成一个独到的教育理念极有帮助。从此书可看到,有国在教育思想研究上有很大进步,他不但对近代以来的中西文化交往有透彻的理解,而且对"文艺复兴"以后的西方教育传统把握很准。有国对阿奎那、罗耀拉、方济各、利玛窦的教育理论与实践,有着仔细的研究。正是这些被一般学者忽视了的"西学",才奠定了中华耶稣会的教育思想。他找出了罗耀拉的《神操》(*Spiritual Exercise*)、耶稣会的《读书规则》(*Ratio Studiorum*)等古典文献加以分析,还将 1962 年梵二会议的《天主教教育宣言》,以及 1990 年新近颁布的《天主教大学规程》作了对比。据此,他认为"天主教人文主义"是耶稣会 500 年教育思想的一条主线,这个思想跳出了一般的"教会大学史"研究,具有世界性的视野,可以从根本上修正过去在意识形态冲突中形成的偏见。

有国从小志在学术,加入耶稣会之后,背井离乡,渡海求学。如今学业有成,著作累累。有国在学术研究中具有才干,在做事助人方面也特别热心。我非常希望有国神父将来还能够留在学术领域,贡献出他特有的禀赋和能力,"为往圣——天主教诸圣——继绝学","为万世——中华教育事业——开太平。"

　　本文为姜有国《耶稣会在华高等教育史：使命与传承（1594—1952）》（台北辅仁大学出版社，2016年）序。姜有国，成都人，耶稣会士，波士顿学院教育学博士。现任波士顿学院主管教学的助理校长，另著有《问学彼岸：美国大学实录》（广西师范大学出版社，2019年）等。

艰难的进步

　　纪建勋将自己的博士论文,修改扩充成为这本《汉语神学的滥觞:早期全球化时代的上帝之赌》,题目是很好、很有意义的。"汉语神学",这个概念最早是在 1993 年,由杨熙楠、刘小枫在筹建"汉语基督教文化研究所"的时候提出来的,我们在外围参与一些活动的当事人,如杨慧林、李秋林、何光沪、王晓朝、孙尚扬等人见证了这个学术术语的诞生。本来是应该把"汉语神学"置于"研究所"之前,考虑到八十年代大陆学术界有一场"文化热",九十年代还在流行,"文化"比"神学"更能通行,最后的决策者还是用了"汉语基督教文化"冠名,研究所的初衷是要做"神学"的,这是肯定的。"汉语神学"就是要用汉语讲基督宗教的神学,这个概念提出之后,确实推动了中国大陆学术界的基督宗教研究。二三十年之间,中国基督宗教的研究跨越了一大步。时至今日,基督宗教研究已经不时髦了,但我们还是愿意不离不弃,并且自豪地说,这项事业是我们这一、二代人为中国学术带来的些许进步。

　　当初不少人以为,明末清初天主教留下来的汉语文献不多,只要将之与天主教教义对照着读,就能看出"耶儒对话"的大概,整理出"汉语神学"的脉络。随着 1990 年代以后梵蒂冈、巴黎、徐家汇等地的图书馆、档案馆众多汉语文献的影印出版,还有中外学者在欧洲的深入发掘,我们很快发现明末清初天主教教义与儒家思想的接触面之广,远远超过估计,这项研究并不容易。原以为耶儒相遇之初,在汉语环境中转化生成的新神学不可能太深入,要么是简单翻译,要么是胡乱批评。然而,根据已经披露的文献资料来看,利玛窦《天主实义》以下的耶稣会士汉语著述相当深入,涉及的问题相当复杂。耶、儒教义初期接触的背后,欧洲的语言、文字、习俗、礼仪、科学、哲学已经全面进入。我们曾经以为利玛窦的著述仅仅是一般性地发挥了托马斯·阿奎那的神学教义,近年来台湾、武汉学者全文翻译《神学大全》以后,我们看到在华耶稣会士们的阿奎那哲学造诣精湛,而且都能在汉语语境里创造性地表述和诠释。明清天主教的研究必定是"跨文化"的,同时这项研究也不得不是综合性的,对研究者提出了非常高的要求。纪建勋博士给我们呈现的这本《汉语神学的滥觞》,是年轻一辈学者在"汉语神学"领域的接续之作。本书在多年的写作过程中,力图采用跨文化和综合性的研究方法。不知道这部作品能不能真正符合"汉语神学"的定义,但它在不少方面有所发明,在一些问题上有所开拓,则是肯定的。

2009 年,纪建勋从上海师范大学中文系硕士毕业,进入复旦大学哲学学院宗教学系攻读博士研究生学位。刘耘华教授在比较文学领域引导他进入了明末清初的天主教研究，在这一课题上打下了扎实基础。作为导师，我仅仅需要和他商量，在硕士论文的基础上再找到一个合适的题目做下去。记得最初商定的研究方向，是在现有的明清天主教汉语文献中观察耶稣会士如何向士大夫和民众证明上帝存在的。在这方面，传教士按他们的职责所在，有大量的中文著述，本来是一个传教学的课题。但是在跨文化的宗教学研究者看来，这个证明过程涉及了中西文化之间的本体论话题，是近代学者共同讨论世界万物之本原、人类终极之存在的开始，非常值得研究。经过"文艺复兴运动"的洗礼，关于上帝存在的证明早已不是单单按照《圣经·创世记》里故事来诉说的。欧洲宗教思想的丰富传统，从中世纪的经院哲学（士林哲学）的方式，到伽利略、哥白尼的天文学证明方法，再到牛顿、莱布尼茨发展成的自然神学方式，都在 400 年前被耶稣会士带到中国。这些秘籍一经展示，便引起轰动，迅即有徐光启、李之藻等江南学者帮助翻译出来。亚里士多德的《论灵魂》（*Di Anima*）由毕方济、徐光启在上海翻译为《灵言蠡勺》（1624），亚氏哲学生魂、觉魂、灵魂的说法在明末就流行开来，我们可以在黄宗羲《明儒学案》中看到黄氏家传"三魂说"。非常可惜，这一段精彩的早期历史被梁启超、胡适等"西学"旗手们严重低估了。清末民初那一、二代"启蒙运动"领袖们，完全不熟悉明末清初转型期的"思想启蒙"。梁启超说耶稣会士只翻译科学,不翻译哲学,完全不知道徐光启参与翻译了亚里士多德;胡适经马相伯、陈垣介绍,读到傅泛际、李之藻的《名理探》,只以为是一部"逻辑学"书,并不清楚这是亚里士多德的"辩证法",是十七世纪欧洲哲学的基础。虽然他们大力提倡"西学",同时还赞美顾炎武、黄宗羲、王夫子、戴震的"启蒙",却并不能理解200年前江南学者在学术思想上遭遇到的那一层复杂和深刻,已经到了"本体论"的"上帝"之证明的程度。

明末清初思想复杂和深刻的程度,不仅在于入华之"西学"已经深入到了欧洲思想的殿堂,还在于利玛窦、徐光启这一代人早早地就把儒、道、佛学说卷进了中西思想碰撞的现场。两人1600年在南京相会时的彻夜长谈,表明他们已经共同发现讨论"上帝"存在的形式和方式,对中国人来讲并不是一件陌生的事情,很多人都起劲地要表达这方面的见解。在明末登峰造极的"空谈"风气之中,儒、释、道学者都提出了自己的"乾坤体义"。我们知道,经过西汉以后的复兴和引入,宋明以后的继承和诠释,儒、道、佛教发展出各自的经学、道学、佛学,用以证明"天地万物之始"。中国人并非如当代哲学家们所说的,只有"工具理性",没有"终极关怀"。无论明末流行的学说如何简陋、空洞,被清初学者痛斥为"玄谈",但终究也是讲求本体论的。利玛窦在《天主实义》中已经敏锐发现,儒教称"有",道教说"无",佛教说"空",这三种教派都是在谈论世界的本体问题。耶稣会士赞同儒家说"有",有

"上帝"。他虽然不赞同宋明儒家认为人的"心性",秉之于自然界之"理气",但认为如果把"人性"归之于"天性",而天性又源于造物之"上帝",则天主教就能接受这样的哲学。利玛窦肯定儒家愿意从事一种证明存在"上帝"的思考,他不能接受佛教之"空",道教之"无",是认为他们是把世界之本原归结于虚无,否定了"上帝"(主,Deus)的位置。

2009年的时候,香港中文大学《圣经》学家李炽昌教授完成了一项"Naming God"(命名"上帝")的研究。他是通过基督宗教(天主教、新教)都曾纠缠过的关于"上帝"的"译名之争",来看汉语神学如何在中文语境里确立一种中西混合的"上帝观"(Christology)。我和纪建勋商量的是,和Naming God相关联,显然还需要观察耶稣会士如何在中文语境里证明"上帝"的存在,即Proving God。利玛窦本人既采用欧洲天文学证明"上帝",也借用过《尚书》《诗经》的神话传说谈论"上帝"。以后的耶稣会士用欧洲地理学、物理学、数学、博物学、神学、哲学来证明"上帝",同时也百般收集汉语经典故事,以证明"天主"同样存在于中文语境中。在宋明新儒家的"性理学"流行的明末,士大夫理解的"上帝"是与"太极"、"无极"、"北辰"等概念同等意义的"理、气"虚无。向儒家读书人发出邀请,请他们用"造物主"(Creator)的方式来理解"上帝",这是非常考验耶稣会士学问和辩术的。这样的问题研究起来,当然也是很有兴味的。纪建勋一直沿着这个思路准备论文,题目就定为《神名与证明:明末清初天主教上帝存在的证明研究(1580—1722)》。很明显,这个题目涵盖的文献实在太多了,对于一篇三年必须完成的博士论文来说,实在太困难了。不过,取法乎上,这样的大题目确实打开了视野,纪建勋的博士论文也随之开展。

课题设计一定要按理想状态做,多大程度上能够实现理想,当然要看各种各样的研究条件是否具备。格局太小的题目,虽然方便获得学位,但对长期的学业发展并不有利。在这一点上,老师们总是欣赏具有较高学术抱负的学生。我们这一代人,恢复和建立了中西文化交流、海外汉学和汉语神学的研究,但跨文化研究的各种困难是天然存在的,需要用大的努力来克服。无论是自己从事研究,还是关注年轻学者的研究,总是想到明清天主教研究的进步越来越大,而难度也是越来越高。自从梅谦立(Thierry Meynard)加盟中山大学哲学系,魏明德(Benoit Vermonder)加盟复旦大学宗教学系,雷立柏(Leobold Leeb)加盟中国人民大学哲学系后,国内学生和学者在阅读与明清天主教文献相关的欧洲语言、思想和文化时再也不能推脱困难,必须在西文文献查证中采用同样的标准,而这些要求并不能一下子做到。西文文献如此,汉语文献的运用也存在诸多问题。很多学者感觉到,由于海外汉学家、大陆访问学者从欧洲找到大量汉语文献,并加以公布,中文学者擅长的汉语文献也堪称浩瀚。对一个新入行的年轻学者来讲,根据一部作品,一个人物来做一篇单向度的博士论文还是相对容易的。但是,要在汗牛充栋的明末清初天主教文献中做一个综合性的,既有宏观诠释,又有考订注释,方法上还有创新的题目是越来越难。还有,如果对欧洲思想不熟悉,汉语文献中的很多问题根本看不出来。中西交涉以后,在儒、道、佛的经学、道学和佛学的传统表述之下,其实隐藏着全新的话题,与过去的议题完全不在一个语境中。总之,新材料可以发现,新领域容易建立,而新观点、新思想就难以成立。丰富的文献,并不能直接带来学科进步,相反是提出了更大的挑战,这是从事"跨文化"研究的中国学者面临的更大问题。

纪建勋从2009年入学后选定题目,到2012年取得博士学位,再至2020年将毕业论文扩充成现在这本专著,历时有十年。按理说,一部有价值的专著要花十年功夫,学术界一直有"十年磨一剑","板凳要坐十年冷"的说法。我觉得,现在的科研效率再高,这些说法仍然应该为当代学者珍视。并不是一定要花十年功夫,天天写写写,而是说一个有意义的题目,有价值的研究,要有一个长期的思考,慢慢地积累史料,一个个地考证关键问题,是所谓"沉潜往复,从容含玩"的境界。记得十多年前的统计,哈佛大学的博士论文平均耗时7.8年。一个学者的最初训练,就是需要这么多年,目前博士生三年学制是远远不够的。纪建勋毕业后,又做了多年研究,使得这本著作比较完善了。研究生培养学制之外,教师面临的科研体制也是问题。科研项目周期一般都是四五年,在此期间内要完成一项高质量的研究也是不现实的。但是現在的科研项目申报,往往是上面的命题作文,青年教师只能根据公布目录指引,揣测题意,削足适履,临时应征。结项后又要寻觅接近自己兴趣的课题,找不到的话还是勉强应征,周而复始申请下一个。如此学术研究,失去了科研自主性,做出来的成果也就可想而知。纪建勋毕业近十年,作为一颗"青椒"(青年教师),承担种种生活和工作压力,取得如今的成绩,实属不易。他回到自己硕士毕业的学校上海师范大学中文系,帮助刘耘华老师从事学科建设。他坚守在中西文化比较研究领域,发表多篇论文,然后用这些系列研究来充实博士论文,形成这样一本专著。在科研条件貌似有所改善,科研环境却退步恶化的今天,能够做到这一点,是相当不容易的。

2019年11月中旬,香港汉语基督教文化研究所在浙江大学举办"汉语神学青年学者论坛"。在杨熙楠总监召集下,杨慧林、李秋零、王晓朝等及本人重聚在杭州,看到众多年轻学者在接续中国基督宗教、中西文化交流、汉语神学的研究视野,确实倍感欣慰。一门学科,一个学术领域,在两代人的努力之下,就能够有所成就,改变了几十年的陈旧说法,初步建立了学科方法,形成了一批有意义的成果。我和熙楠总监说,无论时局变幻,人物聚散,大家一起经历的这个二三十年是非常值得的。在年轻人中间,我们感到了一场真正的学术复兴。回想1994年,杨熙楠和刘小枫邀我到合肥,告知要筹备"汉语神学"研究;1996年,又邀我到马来西亚沙巴参加汉语神学研究第二次圆桌会议。分配给我的任务和各位哲学系、中文系从事神学、哲学和美学研究的老师不同。他们主攻神学著作的翻译，我要做的是"汉语神学"的偏门，即从事明末清初天主教和清末民初基督教的汉语文献整理和研究，也就是说要把"汉语神学"溯源到利玛窦、徐光启、李之藻、杨廷筠。正是这个工作，使我逐渐偏离了思想文化史的领域，2003年转到了复旦大学哲学系，以"跨文化"比较宗教的研究方法，加入了宗教学的开拓。2007年，道风书社印行了《明末天主教三柱石文笺注》；2011年，研究所又资助我和朱维铮老师主编的《徐光启全集》，这两样工作都是文献资料性的，算是践行了当初对"汉语神学"创立者的诺言。

在复旦哲学学院宗教学系教学期间，遇到了不少愿意跟我从事中国基督宗教和中西文化交流研究的学生。他们有的是本系本专业的研究生，更多的则是从中文系、历史系过来的旁听生。旁听以后，有的就选择本题目做论文，毕业后还从事本领域的研究。还有的转考哲学专业，正式从事基督宗教或比较宗教研究。到目前为止，从事宗教学的研究与教学还是有很多特殊的困难。比如，学科初创，学科门类尚不健全；体系庞大，学术路径交错重叠；众教纷呈，研究工具也很是不同。更加艰难的是，宗教学还不为社会诸部门，甚至还不为学校其他专业同事所理解，被与"信仰"、"宗教"本身混同认识。我们总是和宗教学专业的博、硕、本科学生鼓劲说，惟其如此，宗教学才是一门有着大学问、大希望的学科。

纪建勋十多年来所从事的"汉语神学"研究,就是一个很好的证明。二十年前还是一块处女地的领域,现在已经有不下数百篇的博士、硕士论文,复旦之外,北大、人大、浙大、武大、南大、上大、上师大,都形成了二代学者的梯队,日后的"汉语神学"研究成果仍然值得期待。如今,纪建勋的成果已经放在大家面前,仍然是由香港汉语基督教文化研究所出版发行,这正是"汉语神学"事业后继有人的象征。至于这本著作在学术上的突破,包括它的文献、资料、考据,以及观点、方法、结论是否有其价值,还需要经过同行们的评议,并放到下一个二十年中,经过历史的检验。

　　本文为纪建勋著《汉语神学的滥觞:早期全球化时代的上帝之赌》(香港,道风书社,2020 年)序。纪建勋,复旦大学哲学学院宗教学系博士,上海师范大学国际比较文学研究中心执行主任。

中国的"百年翻译运动"

继唐代翻译印度佛经之后,二十世纪是中文翻译历史上的第二个高潮时期。来自欧美的"西学",以巨大的规模涌入中国,参与改变了一个民族的思维方式,这在人类文明史上也是罕见的。域外知识大规模地输入本土,与当地文化交换信息,激发思想,乃至产生新的理论,全球范围也仅仅发生过有数的那么几次。除了唐代中原人用汉语翻译印度思想,公元九、十世纪阿拉伯人翻译希腊文化,有一场著名的"百年翻译运动"之外,还有欧洲十四、十五世纪从阿拉伯、希腊、希伯来等"东方"民族的典籍中翻译古代文献,汇入欧洲文化,史称"文艺复兴"。中国知识分子在二十世纪大量翻译欧美"西学",可以和以上的几次翻译运动相比拟,称之为"中国的百年翻译运动"、"中国的文艺复兴"并不过分。

运动似乎是突如其来,其实早有前奏。梁启超(1873—1929)在《清代学术概论》中说:"自明末徐光启、李之藻等广译算学、天文、水利诸书,为欧籍入中国之始。"利玛窦(Matteo Ricci,1552—1610)、徐光启、李之藻等人发动的明末清初天主教翻译运动,比清末的"西学"早了二百多年。梁启超有所不知的是：利、徐、李等人不但翻译了天文、历算等"科学"著作，还翻译了诸如亚里士多德《论灵魂》《灵言蠡勺》）、《形而上学》《名理探》等神学、哲学著作。梁启超称明末翻译为"西学东渐"之始是对的，但他说其"范围亦限于天（文）、（历）算"，则误导了他的学生们一百年，直到今天。

从明末到清末的"西学"翻译只是开始，而且断断续续，并不连贯成为一场"运动"。各种原因导致了"西学"的挫折：被明清易代的战火打断；受清初"中国礼仪之争"的影响，欧洲在1773年禁止了耶稣会士的传教活动；以及儒家保守主义思潮在清代的兴起。鸦片战争以后很久，再次翻译"西学"，仍然只在上海和江南地区。从翻译规模来看，以上海为中心的翻译人才、出版机构和发行组织都比明末强大了，影响力却仍然有限。梁启超说："惟（上海江南）制造局中尚译有科学书二三十种，李善兰、华蘅芳、赵仲涵等任笔受。其人皆学有根底，对于所译之书责任心与兴味皆极浓重，故其成绩略可比明之徐、李。"梁启超对清末翻译规模的估计还是不足，但说"戊戌变法"之前的"西学"翻译只在上海、香港、澳门等地零散从事，影响范围并不及于内陆地区，则是事实。

对明末和清末的"西学"做了简短的回顾之后，我们可以有把握地说：二十世纪的中文翻译，或曰中华民国时期的"西学"，才称得上有规模的"翻译运动"。也正是在二十世纪的一百年中，数以千计的"汉译名著"成为中国知识分子的必读教材。1905年，清朝废除了科举制，新式高等教育以新建

"大学堂"的方式举行,而不是原来尝试的利用"书院"系统改造而成。新建的大学、中学,数理化、文史哲、政经法等等学科,都采用了翻译作品,甚至还有西文原版教材,于是,中国读书人的思想中又多了一种新的标杆,即在"四书五经"之外,还必须要参考一下来自欧美的"西方经典",甚至到了"言必称希腊、罗马"的程度。

我们在这里说"民国西学",它的规模超过明末、清末;它的影响遍及沿海、内地;它借助二十世纪的新式教育制度,渗透到中国人的知识体系、价值观念和行为方式中,这些结论虽然都还需要论证,但从一般直觉来看是可以成立的。中国二十世纪的启蒙运动,以及"现代化"、"世俗化"、"理性化",都与"民国西学"的翻译介绍直接有关。然而,"民国西学"到底是一个多大的规模?它是一个怎样的体系?它们是以什么方式影响了二十世纪的中国思想?这些问题都还没有得到认真研究,我们并没有一个清晰的认识。还有,哪些著作得到了翻译,哪些译者的影响最大?"西学东渐"的代表,明末有徐光启,清末有严复,那"民国西学"的代表作在哪里?这一系列问题我们并不能明确地回答,原因就在于我们对民国翻译出版的西学著作并无一个全程的了解,民国翻译的那些哲学、社会科学、人文学科的"西学"著作,束之高阁,已经好多年。

举例来说,1935年,上海生活书店编辑《全国总书目》,"网罗全国新书店、学术机关、文化团体、图书馆、政府机关、研究学会以及个人私家之出版物约二万种"。就是用这二万种新版图书,生活书店编制了一套全新分类,分为:"总类、哲学、社会科学、宗教、自然科学、文艺、语文学、史地、技术知识"。一瞥之下,这个图书分类法比今天的"人大图书分类法"更仔细,因为翻译介绍的思潮、学说、学科、流派更庞大。尽管并没有统一的"社科规划"和"文化战略","民国西学"却在"中国的文艺复兴"运动推动下得到了长足发展。查看《全国总书目》(上海,生活书店,1935),在"社会科学·社会科学一般·社会主义"的子目录下,列有"社会主义概论、社会主义史、科学的社会主义、无政府主义、基尔特社会主义、乌托邦社会主义、基督教社会主义、议会派社会主义"等;在"社会科学·政治·政体政制"的子目录下,列有"政治制度概论、政治制度史、宪政、民主制、独裁制、联邦制、各种政制评述、各国政制、中国政制、现代政制、中国政制史"等,翻译、研究和出版,真的是与欧美接榫,与世界同步。1911年以后的38年的"民国西学"为二十世纪中国学术打下了扎实的基础,而我们却长期忽视,不作接续。

　　编辑出版一套"民国西学要籍汉译文献",把中华民国在大陆38年期间翻译的社会科学和人文学科著作重新刊印,对于我们估计、认识和研究"中国的百年翻译运动"、"中国的文艺复兴",接续当时学统,无疑是有着重要的意义。1980年代初,上海、北京的学术界以朱维铮、庞朴先生为代表,编辑"中国文化史丛书",一个宗旨便是要接续1930年代商务印书馆王云五主编的"中国文化史丛书",重整旗鼓,"整理国故",先是恢复,然后才谈得上去超越。遗憾的是,最近三十年的"西学"研究却似乎没有采取"接续"民国传统的方法来做,我们急急乎又引进了许多新理论,诸如控制论、信息论、系统论……还有"老三论"、"新三论"、"后现代"、"后殖民"等等新理论,对"民国西学"弃之如敝屣,避之唯恐不及。

民国时期确实没有突出的翻译人物,我们是指像严复那样的学者,单靠"严译八种"的稿酬就能成为商务印书馆大股东,还受邀请担任多间大学的校长,几份报刊的主笔。但是,像王造时(1903—1971)先生那样在"西学"翻译领域做出重要贡献,然后借此"西学",主编报刊、杂志,在"反独裁"、"争民主"和"抗战救国"等舆论中取得重大影响的人物也不在少数。王造时的翻译作品有黑格尔的《历史哲学》、摩瓦特的《近代欧洲外交史》《现代欧洲外交史》、拉铁耐的《美国外交政策史》、拉斯基的《国家的理论与实际》《民主政治在危机中》。1931年,王先生曾担任光华大学教授,文学院长,政治系主任,后来创办了《主张与批评》(1932)、《自由言论》(1933),组织"中国民权保障同盟"(1932)。他在上海舆论界发表宪政、法治、理性的自由主义;他在大学课堂上讲授的则是英国费边社社会主义、工联主义和公有化理论(见氏著《荒谬集·我们的根本主张》,上海,自由言论社,1935年)。非常可惜的是,王造时先生这样复杂、混合而理想主义的政治学理论和实践,在最近三十年的社会科学、人文学科中并无讨论，原因显然是与大家不读，读不到，没有再版其作品有关。

我们说，"民国西学"本来是一个相当完备的知识体系，在经历了一个巨大的"断裂"之后，学者并没有好好地反省一下，哪些可以继承和发展，哪些应该批判和扬弃，然后居然就自称当今学术已经超过民国。民国时期好多重要的翻译著作，我们都没有再去翻看，认真比较，仔细理解。"改革、开放"以后，又一次"西学东渐"，大家只是急着去寻找更加新颖的"西学"，用新的取代旧的，从尼采、弗洛伊德……到福柯、德里达……就如同东北谚语讽刺的那样："熊瞎子掰苞谷，掰一个丢一个。"中国学者在"西学"武库中寻找更新式的装备，在层出不穷的"西学"面前特别害怕落伍。这种心态里有一个幻觉：更新的理论，意味着更确定的真理，因而也能更有效地在中国使用，或者借用，来解决中国的问题。这种实用主义的"西学观"，其实是一种懒惰、被动和浮躁的短视见解，不能积累起一个稍微深厚一点的现代文化。

讨论二十世纪的"西学"，一般是以五四"新青年"来代表，这其实相当偏颇。胡适、陈独秀等人固然在介绍和推广"西学"、倡导"启蒙"时居功至伟，但是"新文化运动"造成不断求新的风气，也使得这一派的"西学"浅尝辄止，比较肤浅，有些做法甚至不能代表"民国西学"。胡适先生回忆他们举办的《新青年》杂志，有一个宗旨是要"输入学理"，即翻译介绍欧洲的社会科学、人文学科知识，他还大致理了一个系统，说"我们的《新青年》杂志,便曾经发行过一期'易卜生专号',专门介绍这位挪威大戏剧家易卜生,在这期上我写了首篇专论叫《易卜生主义》。《新青年》也曾出过一期'马克思专号'。另一个《新教育月刊》也曾出过一期'杜威专号'。至于对无政府主义、社会主义、共产主义、日耳曼意识形态、盎格鲁·萨克逊思想体系和法兰西哲学等等的输入,也就习以为常了。"(唐德刚编译:《胡适口述自传》,华文出版社,1992年,第191页)。胡适晚年清理的这个翻译目录,就是那一代青年不断寻找"真理"的轨迹。三四十年间,他们从一般的人性论学说,到无政府主义、社会主义、马克思主义;从不列颠宪政学说,到法兰西暴力革命理论、德意志国家主义思想,再到英格兰自由主义主张,大致就是"输入学理"运动中的全部"西学"。

胡适一语道破地说:"这些新观念、新理论之输入,基本上为的是帮助解决我们今日所面临的实际问题。"胡适并不认为这种"活学活用"、"急用先学"的做法有什么不妥。相反,二十世纪中国知识分子接受"西学"的方法论,大多认为翻译为了"救国",如同进口最新版本的克虏伯大炮能打胜仗,这就是"天经地义"。今天看来,这其实是一种庸俗意义的"实用主义",是生吞活剥,不加消化,头痛医头,脚痛医脚的简单思维,或曰:是"夺他人之酒杯,浇自己之块垒"。从我们收集整理"民国西学要籍汉译文献"的情况来看,"民国西学"是一个比北大"启蒙西学"更加完整的知识体系。换句话说,我们认为"五四运动"及其启蒙大众的"西学"并不能够代表二十世纪中国西学翻译运动的全部面貌,在北大的"启蒙西学"之外,还有上海出版界翻译介绍的"民国西学"。或许我们应该把"启蒙西学"纳入"民国西学"体系,"中国的百年翻译运动"才能得到更好的理解。

我们认为:中国二十世纪的西学翻译运动,为汉语世界增加了巨量的知识内容,引进了不同的思维方式,激发了更大的想象空间,这种跨文化交流引起的触动作用才是最为重要的。二十世纪的中国文化变得不古不今,不中不西,并非简单的外来"冲击"所致,而是由形形色色的不同因素综合而成。外来思想中包含的进步观点、立场、方案、主张、主义……具有普世主义的参考价值,但都要在理解、消化、吸收后才能成为汉语语境的一部分,才会有更好的发挥。在这一方面,明末徐光启有一个口号可以参考,那便是"欲求超胜,必须会通;会通之前,必先翻译"。反过来说,"翻译"的目的,是为了中西文化之间的融会贯通,而非搬用;"会通"的目的,不是为了把新旧思想调和成良莠不分,而是一种创新——"超胜"出一种属于全人类的新文明。二十世纪的"民国西学",是人类新文明的一个环节,值得我们捡起来,从头到底地细细阅读,好好思考。上海社会科学院出版社邀我主编"民国西学要籍汉译文献",谨献一二陈说,弁言于此,是为序。

　　本文为李天纲主编《民国西学要籍汉译文献》大型丛书总序。该丛书据中国国家图书馆藏各本影印,分为经济学、社会学、历史学、法学、哲学、文学等分卷,收入各类翻译著作,由上海社会科学院出版社从 2016 年 9 月起陆续出版发行。

旦复旦兮忆吾师

《近代学术导论》是朱维铮(1936—2011,江苏无锡人)先生编辑《中国近代学术名著》(丛书)时为各书写的"导言",加上相关论文的结集,曾名《求索真文明》。这次再为增订若干文章,都为一册,以飨读者,兼怀斯人。1997年,上海古籍出版社曾以《求索真文明:晚清学术史论》为题,首次结集出版朱老师的这部心血之作。朱师更愿意用《晚清学术史论》为题,但是出版社希望有一个出跳点的书名。朱师与古籍社的社长、总编和编辑们都很熟悉,便从俗地想了个"求索真文明",放在正题位置。这次再结集,用《近代学术导论》作书名,是朱师在病榻上的本意,更加妥帖。提起书名往事,也想说明:朋友之间的朱老师,其实是随和的,既能商量,也能妥协,并不像有人传说的"难合作"。

记得1987年底的一天下午,朱老师把我叫到家中,说:"又替自己套上了一条绳索,给三联书店编一套《中国近代学术名著》丛书"。朱师说:这套丛书,是书店总经理董秀玉先生提议的,还说动了钱锺书先生做名誉主编。当时,朱师和庞朴先生合作,在京、沪两地共同主编《中国文化史丛书》,由上海人民出版社出版。两人的约定，准备五年出50种，十年100种，超越1930年代商务印书馆王云五（1888—1979）主编的《中国文化史丛书》。《中国近代学术名著》丛书，朱师独自执行主编，带研究生们一起做。用五年时间，先编30种。以后是不是也编个100种，就看你们了。五十初度，刚在"知天命"之年的朱师，那些年做学问，真的拼命。1980年代的"中国文化研究热"出现后，大陆学术界急需这样一套资料书。后来，董先生把这套书从北京带到香港三联，利用台湾、香港和海外的发行网络，由大陆学者编辑这套丛书，朱师不愿放弃这个机会。

"文革"刚结束，复旦大学历史学系建立"中国思想文化史研究室"，这个专业在全国公认领先。庞朴先生几次讲，联合国有个"中国文化"项目落到他头上，查遍全国，只在复旦有半个研究室做"文化"。于是，就用这个"思想文化史"机构来组织和推动"中国文化研究"。此前，研究室内的几位先生已在蔡尚思教授主编下出版了《中国现代思想史资料简编》，"五四"以后思想人物的文选历有收入。朱师接手《中国近代学术名著》，在"现代"之上，再编一套"近代"，顺理成章。他说：乘此机会，编辑一部能够传下去的文献丛书，对得起后人，也不让台湾学者独美。今天的学者，面对唾手可得的文献，想不起三十年前学术资料之难得。当时的情况几乎就是：占得资料，就是学者。编资料书，是一件功德事。

那些年里，朱师常常自嘲干的是《儒林外史》里"马二先生的活",是个"选家"。这个故事,他写在《走出中世纪·马纯上与匡超人》中。其实,自年轻时为周予同先生编辑《中国历史文选》,尝到文献中的甘苦后,他是非常看重"文选"的。明代的江南书商做"文选",确是生意。清代却是大学者注书、编书、刻书,做文献研究,校勘文字,既掌握了基本功,又嘉惠他人,更恩泽后世。三联的董秀玉总编辑,主张学者编书。钱锺书先生向来不挂名主编,但对朱老师破例,同意担任。钱先生看了朱老师拟定的 30 种书目,又加上了马建忠和辜鸿铭。这份批改稿,朱师复印了给我,指定我编一部马相伯、马建忠兄弟合集《马氏文集》。我和其他研究生一起,已经领了《弢园文新编》《〈万国公报〉文选》,《辜鸿铭文集》就邀请了哲学系同届研究生汪堂家来做。我们从上海社科院历史所图书馆和徐家汇藏书楼复印了《春秋大义》《尊王篇》《清流传》,由堂家翻译。

　　1986 年以后,"中国文化热",越来越热,从上海热到北京,从学术界热到了社会上。朱老师守在书斋,编辑《中国文化研究集刊》《中国文化史丛书》,还有《中国近代学术名著》。稿件要看,资料要收,书信要回,来客要见。他仍然是"文革"初养成的习惯,中午起床,下午杂务,彻夜写作,上午睡觉。这样的工作节奏,加上烟酒,无疑是不健康的。有几次心脏病发作,躺在地板上喘粗气,好在边上有人,才用保心丸救回来的。"为什么要这么干?"这是很多人的疑问。"不干,干什么?"这是他答非所问的回答。真的要回答,也很容易。从

"文革"中走出来的人，内心都有从头做起，抓回逝去十年的急迫。太多的学问要补做，太多的问题要回答。朱老师说：要让大家知道，中国还是有人在思考，会做学问的。朱老师后来在一个特定的场合，对那些满腔热血的学生们说：面对危局，中国社会需要思考，思考要用脑，不要用脚。这个话，既是对我们一辈学生，也是对他那一辈的学者说的。

整理中国近代学术遗产，离不开的思考是：中国社会如何会走到今天这一步，又如何真正"走出中世纪"？这是朱老师和"中国思想文化史研究室"①，还有研究生们都在思考的。研究室在草创不充分的条件下，仍然培养了一些学者，和室里有这样的"问题意识"密切相关。编辑《中国近代学术名著》丛书时，朱老师刚刚出版了《走出中世纪》(1987)，学界影响很大。一位年长些的先生质疑：中国不可能"走出中世纪"，只能被"轰出中世纪"。另一位年轻些的先生则说，中国没有中世纪，"走出中世纪"是"西方中心论"的说法。这些质疑各执一词，却都有重大的理论问题。一百多年来，"中国往何处去"的问题没有解决，当然是要和"中国从哪里来"的问题一起思考。非常可惜，当时中国的思想家们只顾想着符合自己意愿的终极方案，却很少关注前人走过的道路，无论其是荣耀，是虚妄；是崇高，是卑劣；是深刻，是肤浅。编辑《中

---

① 研究室成立于1981年，室主任是蔡尚思先生，成员有朱维铮、姜义华、李华兴。朱老师是研究室的学术骨干。研究室培养了一大批硕士研究生，博士学位授予点却迟迟未能获批。

国近代学术名著》,当然含着这样的思考。

必须马上就加以限制的是,在学术和政治的关系上,朱老师断然地拒绝"学随术变",他为"清中叶的汉学家"们辩护,一直"强调学与政的疏离"。① 正是这样的反复强调,加上他擅长用考据发微否证各种各样的陈词滥调,有人称他是"汉学家"。被人问到历史研究有什么用时,他也都会没好气地说:"没有用!"说说也就算了,还负气地填在表格上,无怪乎他从来拿不到什么"重大项目"。"文革"以后,朱老师再也不愿意把自己的学问和政治绑在一起。任何趋炎附势的"学问",都会被他识别出来,斥为"政术"。把"学问"和"政术"区别开来,正是他在 1990 年代特别强调的。"学与术二字合为一词,据我寡闻所及,通行在十一世纪王安石变法以后。依据周予同先生的考察,中世纪中国的统治学说形态,由汉唐经学演化为宋明理学,表征是'孟子升格运动'。"②朱老师对于董仲舒、王莽、王安石、张居正,直至康有为那样用"经术"来"干政"的做法,都做了"学问"和"政声"的区分,态度就是揭露,不以为然。

"学随术变",是朱老师在经学史研究中提出的重要命题,是对周予同先生"经学是统治学说形态"理论的发展。

---

① 朱维铮:《求索真文明》,上海古籍出版社,1996 年,第 4 页。

② 同上引书,第 3 页。

"学贵探索,术重实用",朱老师在编辑《中国近代学术名著》时,着意于揭露经学史中掩藏着的"帝王南面之术"。通过"学随术变"这一线索去理解《求索真文明》中的一些文章,会很有意思,比如书中对康有为的揭露,就是这一原理。朱师研究康有为的文章发表后,有人问:"怎么和康有为杠上了!"确实,在《重评〈新学伪经考〉》(《中国近代学术名著·新学伪经考·导言》)一文中有说:"假如康有为的经学造诣,能同他的政治野心相称,那么我们覆按他引用的原始儒学和两汉经学的史料,也许可以承认他还颇有学问,从朱次琦三年,至少通读过《史记》《汉书》等。不幸,我们覆按《新学伪经考》那些浩繁引证的结果,发现它们不是袭自龚自珍、魏源、廖平,便是袭自刘逢禄、陈寿祺、陈乔枞、顾櫰三、侯康等的著作。本书编者不拟逐一指出康有为的印证来由,但部分校记,可证明我们所言非虚。"①在这里,"本书编者"是朱师和廖梅,他们查考出《新学伪经考》的来源,坐实"抄袭",以及"师心自用"、"倒填日月"的流传说法,当然要把真相说出来。康有为有历史影响,但那是"政术",而不是"学问"。

　　这些年来,曾经强硬的意识形态基础——"中国近代史",已经在众多求实学者的揭露下慢慢崩解。百多年来由党派理论家们构造起来的宏大叙事越来越不能自圆其说。

---

① 朱维铮:《求索真文明》,第 220 页。

孔祥吉的《康有为变法奏议研究》(辽宁教育出版社,1988年),茅海建的《戊戌变法史事考》(生活·读书·新知三联书店,2005年)都揭示了康有为的造假和抄袭行为。在今天的"凤凰大讲堂"上,康有为头上的光晕已经散去,关于他的专题已经命名为《传统名士的固执与虚妄》。然而,戳破康有为神话的工作,确实是朱老师在近三十多年前首先开始的,他在研究室的课堂上,早有讨论。在《走出中世纪·阳明学在近代中国》(1987)一文中,已经有说:"自信得好像目空一切,顽强得好像执拗不堪,而且领袖欲膨胀到自我感觉'安石不出,如苍生何'的地步。"这就是朱老师给"中国的马丁·路德"康有为画出的"通天教主"形象。"中国近代史"上,"伟光正"的神话所在多有,难道不应该用恰当的方式,一一戳破吗?

1980年代初期的中国思想史,差不多就是"政治史"的附庸,"政治挂帅",没有学术史,没有文化史。1990年代稍稍深入,学界试图贯通政治、经济、社会与文化来讨论思想和学术。众说纷纭之中,朱老师的独特优势,在于他给中国近代学术研究带来了"经学史"的视野。今天的南北学界,"经学"和"经学史"已经热得发烫,当年却是冷门得无人知晓。1949年以后,大陆学界坚持研究经学史的学者,只有范文澜(1893—1969,浙江绍兴人)、蒙文通(1894—1968,四川盐亭人)和周予同先生。由于周先生的坚持,复旦大学是唯一系统开设"中国经学史"课程的学校。朱老师是复旦大学历史学系"中国古代史专门化"①培养的第一届学生,毕业后留校在中国古代史教研室,给陈守实先生(1893—1974,江苏武进人)当助教,更协助周予同先生(1898—1981,浙江瑞安人)研究经学史。

经学史之所以重要,在于其曾经贯穿在二千年来的儒学、儒家和儒教的所有问题中。学者必得以经学史的方法剖析学术,很多症结才能破解,比如清末"保皇派"和"革命派"背后的"经今古文之争"。1898年以后,保皇党康有为和革命党章太炎,曾有过激烈交锋,争论的焦点,很多并非直接关于"国体"、"政体",而是集矢于经学上的"今文"、"古文"。相比在1990年代揭露康有为,朱老师对章太炎的研究更早进行,始于"文革"后期,表现在《章太炎选集》注释本(与姜义华合作,1981),以及《章太炎全集》第三卷对《訄书》(1984)的标点和整理。《中国近代学术名著》丛书既收入了经今文学派康有为的《新学伪经考》,又收录了经古文学派章太炎的《訄书》,都是双方的代表作。《訄书》从全集本移用,而"导言"则是增订重写的。1986年春,华东师范大学历史系陈旭麓教授参加我的硕士论文答辩,夸赞朱老师整理《訄书》功劳很

———————

① 朱老师1955年入学复旦,学制五年。当年学习苏联经验,本科便分专业方向,为"专门化"。

大,从此大家能念懂《訄书》了。

1983年,我升入中国思想文化史研究室做研究生的时候,方向是"中国近代思想史",在另一位导师李华兴的名下,开始搞不懂"康章之辩"。朱老师讲授"经今古文之争"后,才明白其中的核心道理。"康有为不是说孔子'托古改制'么?章炳麟说没有那回事。孔子只是'删定六艺',做了点老子、墨子不愿降低志向去做的事,岂知秦以后人们没书读,孔子便因此获得了过大的名声。"①康有为取今文经学的看法,说孔子编书,藏着"微言大义",搞的是"托古改制",即用周代制度来改造社会。康有为想搞改革,本身并不为错。他的"虚妄",在于自命"素王",想当"教主",还要用孔教会统治中国。于是,事情涉及如何确定孔子在历史上的地位。章太炎在《訄书·订孔》中是古文经学的观点,朱老师说"订孔"其实就是"订康"。章太炎认认真真地与康有为讲学问:"孔氏,古良史也。"也就是说,孔子只是周代文化的传承人,不是像耶稣那样的创教者。下面的问题,即康有为"欲侪孔子于耶稣",自己做"中国的马丁路德",再改儒家为孔教,这些也都不能成立。从清末"经今古文之争"的例子,我们看到思想争议的背后,有着经学史、学术史、文化史和社会史的复杂背景。研

---

① 朱维铮:《求索真文明》,第273页。章太炎的原话在《訄书·订孔》中,说:"异时老、墨诸公,不降志于删定六艺,而孔氏擅其威。遭焚散复出,则关轴自持于孔氏,诸子却走,职矣。"朱老师的译文达意传神,读者自鉴。

究思想史,有易有难。舍去背景,望文生义、任意发挥很容易;实事求是、沉潜往复、探根究底就困难。朱老师舍其易,取其难,身教言传,鼓励了我们这一辈学生的向学之心。

常常觉得,朱师对太炎先生比较呵护,不似他研读康有为,旨在揭露。在这方面,应该是无关乎"经今古文之争"的门户之见,章太炎"实事求是"的学术作风,以及"独立不羁"的自由精神,是朱老师欣赏的。康有为固然也是一个科举时代的读书人,但身在江湖,心在魏阙,还有一些不可思议的"教主"式的想入非非,这确实是些让人忍俊不止的事情。朱老师曾在和我的谈话录中说:他不像别人那样,喜欢谁就研究谁,或者是研究谁就喜欢谁。朱师自陈,他"有一个纯属个人的'怪癖',我在历史上发现自己喜欢的思想、行为,当自以为弄懂之后,便不想公之于众,一起谈论。相反,当我自以为憎恶的对象,被我弄明白底蕴之后,便很想发表"①。不敢说朱师是因"憎恶"而研究康有为,康有为的学问还是属于"弄懂"以后,值得玩味的那种。但是,朱老师偏向章太炎,胜于他认同康有为,这是可以肯定的。章太炎的革命宣传,有过甚其辞的说法。和同代人一样,章太炎的不少学术观点,也和政治生涯关联,也变了好几次,朱师也说有"学随术变"的嫌疑。但章太炎以学术为本,不曲学阿世,勇敢地"匡

---

① 《谈学:朱维铮答李天纲》,收入朱维铮《音调未定的传统》,辽宁教育出版社,1995年,第338页。

谬"——自我纠正，这是难能可贵，值得欣赏和"喜欢"的。"康章之争"中，朱师在情感和理智上都偏向于太炎先生，这是看得出来的，也是有原因的。2000年我在《收获》上发表了一篇谈1900年的文章，用《孟子》那句"虽千万人，吾往矣"说章太炎性格。手呈时曾问朱师：是否贴切。他是颔首的。

1980年代，朱老师的不幸与幸，都因他能在校园关闭、学界星散、思想钳制的"文革"中有机会读书，系里的其他老师说朱维铮是因祸得福。他先是给"占领上层建筑"的工农兵们做陪读，后是为解决内衷里的苦闷自觉地读。章太炎最难读，让"小朱"去啃，当年的安置，在他是求之不得的事情。在许多人或浑浑噩噩，或无可奈何的时候，他不但接续了五十年代的"白专道路"，还把"新时期"最为需要的学问做出来了。1986年冬，在上海龙柏饭店召开的复旦大学"首届国际中国文化学术讨论会"，差不多变成了一场重评儒学思想的会议。朱老师的论文《中国经学与中国文化》①首次系统地提出："经学、儒学和孔学，并非同一概念"，"在孔子之前，'儒'早已存在"，"中国文化没有一以贯之的传统"。这些都是朱老师后来一直强调的观点，常常用以辩驳那些喋喋不休的"道统论"者。厚积薄发、排珠似亮出来的观点，有理有据。朱老师提出这些观点后，谭其骧、庞朴、李学勤等历史学者都

---

① 全文发表于《复旦学报》1986年第二期，后收入复旦大学出版社2002年出版的《中国经学史十讲》。

首肯赞成,我则以为这一系列观点就此构成了朱师"学随术变"论断的基础框架。

近代以前,中国学术注重积累,强调师承,这方面比西方学术有过之无不及,这也是为什么经学史、学术史对思想研究很重要的原因。朱老师能得出"学随术变"的精辟论断,和他研究章太炎《訄书》中的"儒分"与"学变"思想有关系。太炎先生当年铭志革命,重订《訄书》(1904),首列《客帝匡谬》《分镇匡谬》之外,为了辩驳康有为的"孔子改制说"、"新学伪经说",更在开篇的地方增写了《原学》《订孔》《学变》《学蛊》等篇目,对儒家源流有透彻的剖析。在章太炎看来,"儒分为八","儒墨"、"儒道"、"儒法"、"儒侠"、"儒兵",不能一概而论,"儒、道、佛"三教就更不是一回事了。把中国文化传统定为儒学一家,儒学之中又定"孔孟之道"(而非儒教之整体)一义为儒之全部,并非表彰儒家,反而大大地限制了"博大精深"的中国文化传统。朱老师发展太炎先生的"学变说",概括说:"儒术独尊以后的六百年学术史,认为那期间学术有五变,就是说儒术不但没有稳住统治地位,相反不断受到来自非官方的异端言行的挑战,乃至于在魏晋时它自己也成了异端。"[1]在这里,朱老师的"学随术变"论断,不单是批评儒士们"权术"行为,还指明了儒学本来的生存之道,就是"权变"。

1955 年,朱老师入学复旦大学历史学系,专门学习"中

---

[1]　朱维铮:《求索真文明》,第 274 页。

国古代史";1960年,毕业后留校在本系"中国古代史"教研室,分配在隋唐一段;1963年,在《历史研究》发表《府兵制度化时期西魏北周社会的特殊矛盾及其解决——兼论府兵的渊源和性质》,备受史学前辈们的瞩目。但是,除了1965年奉命为一篇发表后震动全国的有关明史的文艺评论文章收集史料、核对史实外,朱老师并没有专门做过明清史研究,更没有越界到"中国近代史"。当时的学术领导,片面理解"科学性",按照苏联大学的经验,严格划分"专门化",专业与专业之间,壁垒森严。这种"专业分工"的格局,至今还在限制大学文、史、哲学者的治学境界,甚至造成部门之间的利益纠缠。朱老师说:"二十来年前,由于偶然的机缘,我开始介入清学史领域,而且首先以清末民初那段思想学说史为重心。"①这篇《求索真文明》的"题记"写在1996年,也就是说:朱老师介入近代学术史研究,正是从"文革"后期研读章太炎开始的。

复旦"新三届"(七七、七八、七九)的文、史、哲系学生,曾在校刊上讨论过"专家"和"通才"的关系问题。不少人认为"文革"弄坏了学风,"以论代史",什么都是"通史"。拨乱反正,能做个"专家"就不错了。然而,更多人以为做专家易,成通才难,而通才能兼专家,或专家能为通才则难上加难。复旦老一辈学者,很多是民国时期通才型的专家。数到中年学

---

① 朱维铮:《求索真文明》,第6页。

者,中文系的章培恒先生,历史系的朱维铮先生,是大家经常提到的,当时他们都还不到50岁。朱老师虽然被"专门化"为中国古代史,但陈守实、周予同先生的学问却是贯通古今中外的。陈先生在清华研究院随梁启超(1873—1929,广东新会人)、陈寅恪(1890—1969,江西义宁人)学习,一生研究中国土地制度史、史学史、会党史、明史,还精读《资本论》,用作研究方法。周先生的"经学史"研究,是"五四"运动前后,随章太炎的东京讲学弟子钱玄同(1887—1939,浙江吴兴人)先生在北京高等师范学校学习后,独自开创的。周先生也懂"西学",一直在与欧洲思想史的参照比较中讨论经学史。陈、周二先生学问扎实,称为"京派",同时他们思路开阔,体系创新。五十年代以后,学术氛围越来越糟糕,学者自降其志,"躲进小楼成一统"的人越来越多。朱老师仍然有幸在复旦的小环境下,在前辈大师的视野、志向和学问的感染下,成为能兼专家的通才型学者。

八十年代初期,"党八股"顽强坚持,"洋八股"开始流行。在这样的氛围中,朱老师等一批学有传承的中年学者把自己的学问与清末民初积累起来的"古今中外"之学沟通,对于"文革"后从僵死教义中恢复起来的中国学术非常重要。朱老师也真的是专而通,和他一起参加过无数次的国内外学术会议,每次都会给讲者提出很多他称之为"是什么"的事实问题,然后逼着你自己去想那些"为什么"的理论问题。常常遇到一些轻率出手的"通才"型学者被他逼问得无路可退,好些自信的"专家"也会忽然发觉这重要的资料怎么没有注意。主编《中国文化史》丛书的十多年里,各个领域内的稿子寄来,朱老师都马上给出令作者们佩服的意见,有的甚至都是重新改定大纲,大量增补材料,留下的只是一个题目。很多本书,都包含了他的意见,有不少本都是朱老师和庞先生出题命意,才顺利完成的。

在这里,就着行文的方便,尝试着提出朱老师的两个治学特点,供同仁们讨论商榷:以古代史的眼光看近代史(或者相反),用考据学的方法做思想史(或者结合),应该可以作为朱老师一生治学,并取得如此成就的两大关键。以我的理解,朱老师主编《中国文化史丛书》是这样,主编《中国近代学术名著》更是这样,在《走出中世纪》《求索真文明》等书的许多篇章中,还有将来都会出版的"中国史学史"、"中国经学史"遗稿中,都有这些特点。朱老师最后一年多在肺科医院、肿瘤医院、中山医院和新华医院治疗期间,我们探视中数次以这样的概述是否妥帖为问。朱老师还是一贯地不喜欢"被总结",他总是以大度的态度说:怎么样做学问,是你们自己的事情,不一定要照我的路子走。然而,朱老师留给我们的学术遗产,现在和将来都是要总结的。我以为这两个治学关键很重要,它们配得上清代晚期学者讨论的问题,即"贯穿古今,横通汉宋";它们也应该和王元化(1920—2008,湖北江陵人)先生提倡的"有思想的学术,有学术的思想"一起讨论。顺便说:二十年多里,朱老师和元化先生交往最为相契。有一次,元化先生在衡山路庆余别墅 201 房间为一件事,特别对我讲:在上海,最喜欢和你们的朱老师谈学问,不但有学问,而且有真思想。

按既定教科书的规定,"中国近代史"从 1840 年的鸦片战争开始。按朱老师提倡的观点,中国近代历史至少应该连贯整个十九世纪,即嘉、道年间来讲,透彻一点的话,还应该上推至明末清初。记得朱老师 1983 年初次给我们一班研究生上课的时候,大家就认真而激烈地讨论过这个问题。"以古代史的眼光看近代史",十九世纪前后两段历史当然是连贯一致的,中国人的道路,正邪先不论,毕竟都是自己走出来的,内中有更多的延续性。这也是朱老师没有办法苟同说中国不能自己走出中世纪,只能被"轰出中世纪"的原因。显然,说朱老师借用"中世纪"概念便是"西方中心论"也不成立,因为朱老师早就提出十九世纪清朝内部有"自改革"的主张。正好是龚自珍本人在《乙丙之际箸议第七》中提出:"与其赠来者以劲改革,孰若自改革!"没有鸦片战争,清朝也已经搞不下去了,必须改革。2000 年,朱老师、龙应台合作编辑的《未完成的革命》出版大陆版,易名《维新旧梦录》由北京三联书店出版,线索就是"自改革"。我顺此思路,应命写了书评《历史活着》,得到了朱老师的首肯。①

---

① 见《文汇读书周报》,2001 年 1 月 27 日。稍觉欣慰的是,我以《历史活着》(上海书店出版社,2011 年)为书名结集书评集,送到中山医院朱师病房,留在他的床头很久。

　　因为这样的历史观,朱老师便不会割断清代的历史,也去弄一部半吊子的近代史。《中国近代学术名著》收入的首部著作便是江藩(1761—1831,江苏甘泉人)在嘉庆二十三年(1818)刻印的《汉学师承记》和道光二年(1823)刻印的《宋学渊源记》,还有方东树(1772—1851,安徽桐城人)在道光年间刊刻的《汉学商兑》。这三本书都为一册,以清代中叶的"汉宋之争"作开端,再以清代末年的"康章之争"(经今古文之争)为结束,这样的一部"中国近代学术史",已经呈现出一个"经学史"的条贯,比一般外缘式的评论叙述深入许多。这三部"汉学与反汉学"是叙述清代学术的代表作,学者多用作"乾嘉故老"们的谈助资料。朱老师却是通过考证其中的"吴派"、"皖派"、"扬州学派"与"桐城派"的复杂关系,令人信服地证明那场剑拔弩张的"汉宋之争"背后,"原是清统治者施行的分裂文化政策的产物"①,是清朝内部日益激化的社会矛盾。在乾隆皇帝这种"挑动学者斗学者"类型的辩论中,隐含着清朝宫廷的文化政策。"汉学家"基本上保持着民间学者的独立立场,后期为乾隆表彰,也是为了粉饰政治。而"从李光地到方苞、姚鼐之流,标榜义理,而识见唯以在位君主的是非为是非"②,则"桐城派"基本上是趋炎附势的辞章派。乾嘉以后,"桐城派"和"汉学"并存,清代同治、光绪年间,"汉

---

　　①　朱维铮:《求索真文明》,第17页。
　　②　同上引书,第33页。

学家"们仍然在"实事求是"地做学问，而曾国藩扶持的晚期"桐城派"，却因提倡"考据、义理、辞章"，再一次流行官场，这样算来"汉学与反汉学"又是一条贯穿十九世纪学术思想的主线。通过这样的揭露，朱老师再一次显示了他"用考据学方法做思想史"的犀利之处。

中国近代学术的基本命题在鸦片战争之前已经次第展开。一部近代学术史，至少要从清代汉学说起，这个观点在逻辑上很自然，朱老师在《中国经学的近代行程》《汉学与反汉学》《汉宋调和论》等几篇文章中的证明也充分。这样的学术史会多么精彩！可是转身看一看，我们又有多少篇目的"中国近代学术史"是这样撰写的？为了建立一套完整的以"清学史"为内涵的中国近代学术叙述体系，中国思想文化史研究室做了大量工作。主编《中国近代学术名著》丛书只是开始，接下来的是每项重要的著作、人物和事件，朱老师都安排了博士生、硕士生专门研究。这期间的工作十分繁巨，那些由他指定的学位论文，他都会从主旨、结构和资料上加以辅导，甚至还口授观点。二十多年中，朱老师带研究生已经不下百名。每篇论文，他都和学生一起再把原始资料读一遍，按早期有心情开玩笑时的说法，就是"陪太子读书"。这样的"陪读"生涯，耗费了大量时间，他却乐此不疲。结果就是耽误了自己写东西，却带出了不少能做研究的学生。

按王韬在1860年代上海租界里感受到的情况，"世变至此极矣，中国三千年以来所守之典章法度，至此而几将播荡渐灭"①，那么，李鸿章那句"三千年未有之大变局"②的名言，最早或许就是王韬发明的。三千年里，中国经历的不过是"古今之变"，而"至此极矣"，发生的还是自有"西学"输入后日益严重的"中西之辨"。"以古代史的眼光看近代史"，朱老师在"古今之变"议题中已经有很多发明。也正是有这样的敏感，朱老师提示"西学"在中国近代学术史上另有一种极端的重要性。"中西之辨"是朱师极其重视的："晚清的学术，的确属于明末清初中西文化发生近代意义交往以后的过程延续。它的资源，固然时时取自先秦至明清不断变异的传统，但更多的是取自异域，当然是经过欧美在华传教士和明治维新后日本学者稗贩的西方古近学说。"③这样的理路，支撑了《求索真文明》的另一个思想体系。

　　选编《中国近代学术名著》的时候，朱老师按商定的"五年三十种"计划，在后期布置了更多涉及"西学"的著作。除了第一辑 10 种④已经收录的《万国公报文选》等之外，第二辑的 10 种内准备了更多的"西学"论著。钱锺书先生建议的

---

　　① 王韬：《弢园文录外编·答强弱论》，转见于《求索真文明》，第109 页。本文作于王韬初到香港，应在 1863 年左右。

　　② 李鸿章这句话，语出《复议制造轮船未可裁撤折》（同治十一年五月）："和地球东西南朔九万里之遥，胥聚于中国，此三千余年一大变局也。"时在 1872 年。

　　③ 朱维铮：《求索真文明》，1996 年，第 6 页。

　　④ 第一辑 10 种是：《汉学师承记》（外二种）、《书目答问二种》《弢园文新编》《郭嵩焘等使西记六种》《东塾读书记》《万国公报文选》《新学伪经考》《訄书》《康有为大同论二种》《刘师培辛亥前文选》。

《马氏文选》《辜鸿铭集》之外，还有魏源《海国图志》、容闳《西学东渐记》、冯桂芬《校邠庐抗议》、郑观应《盛世危言》、严复《严复集》、章太炎《国故论衡》、梁启超《清代学术概论》等。这些文集、文选，都已整理完毕，朱老师也已经带着我们这一批学生们开始研究和写作了。历经周折，第一辑10种是在编辑完成后，在香港搁置了十年，1998年仍由敢于自任的董秀玉先生带回北京三联书店出版的。①如果当年出版顺利，第二辑10种会表现出更浓重的"西学东渐"色彩。钱锺书先生在八十年代初出版的《管锥编》里阐释"东海西海，心理攸同"的学术理想，我想朱老师一定是理解、赞成和尊重的。董秀玉先生追忆，钱先生是认可了朱老师的学问之后，才愿意担任主编的。还有，朱师晚年和香港城市大学的张隆溪先生有绝好的交谊，和复旦大学中文系的王水照先生也堪称益友，他们都是曾在钱先生近旁治学，为先生器重的人，却和朱老师格外相契。朱老师和钱先生合作，虽可惜未曾一面，但心理是通的，并不需要"谬托知己"式的牵扯。

在第一辑10种中，朱老师放进了由我编校的两种，即《弢园文新编》和《万国公报文选》。以私心来讲，这是个人的

---

① 《中国近代学术名著》第一辑10种在京港两地出版"凡十年"之"曲折"，朱老师在中西书局2012年4月版的"重版前言"（2011年11月28日作）中做了最后的说明。十年中，朱师为维权不断辩争，这是他的强硬；他的温情在于对我们学生偶尔会有一丝歉意："对不起，影响你们报成果，评职称。"虽然我们都是真的没有在乎，他却自己扛着压力。

幸运,两本都出了,劳作没有白费。然而,以学术之公心来讲,则觉得非常遗憾,因为没有加上第二、三辑的 20 种、30 种,《中国近代学术名著》仅有 10 种是不完整的。在这个10 种中,钱先生、朱老师的编辑意图并没有完整地体现出来。如果一本一本地编下去,"导言"还会一篇一篇地写下去,这将会是更加壮观的"中国近代学术导论"。这个遗憾,是我们参与这套丛书的边上人才能感觉到的。话说回来,就是这个 10 本也仍然有它不可替代的作用。编辑完成十年后,由于出版环境的改善,各种各样的近代学术著作丛书,或影印,或排印,层出不穷。但是,朱老师主持的这一套丛书仍然被人接受,以至加印,甚至重版,那是因为它们在选书、编目、标点、校勘和导读等各方面,都还有可取之处。

随朱老师编辑《中国近代学术名著》,是我学术道路上非常重要的一环。1986 年春,硕士毕业已经可以自己找单位,不必"等分配"。我的硕士论文是《〈万国公报〉研究》,虽然是从思想史角度入手,但因和基督教来华传教运动相关,就联系好了去上海社会科学院的宗教研究所做研究。因此,我的论文答辩请了上海宗教学会会长罗竹风(1911—1996,山东平度人)先生来主持。朱老师非常希望我留下,可我不是他名下的学生,他也无权在留系问题上发表决定性的意见。得知我将会离开复旦去社科院,他曾经急切地去找过系总支汪瑞祥书记,也找过留学生办公室陈仁风主任,设法让我暂时在复旦某个机构留下。我清楚地记得,那一年初夏,天已经非常热,朱老师大汗淋漓地自己去跑。要知道,三年课堂下来,朱老师只是传授学问,耳提面命,我们感觉的都是醍醐灌顶,崖岸陡然。这一次,我第一次看到朱老师仆仆道途,是赤子般的热情和真诚,全无架子。以后在他近旁,我又不断看到这一点,后来才体会到:朱老师为自己事情,公或私,都不会去求任何人。但是,为了学生挺身而出,他愿意做的,超出大家的想象。

在那一次答辩中,担任答辩委员会副主任,时任上海社会科学院历史研究所副所长的唐振常(1922—2002,四川成都人)先生,热情地让我从院里直接转去他主持的本所上海史研究室工作,做基督教研究,或者做近代思想史都可以随我。研究条件,仅从时间充裕和资料丰富来说,历史所更好,因此在那里待了 16 年,直到 2003 年回复旦。上班报到后的第二天,我就去看朱老师。朱老师就说:以后你就在我这里帮忙,可以不必介意其他关系了。唐先生是"海纳百川"般的大度,对我在朱老师那里的事情并不干预,反而对我转述的朱老师的学术和观点都很欣赏。朱老师和唐先生在章太炎研究问题上有过一点小嫌隙,再次见面时,立刻冰释,成为上海学术界有名的一对好朋友,经常聚在本帮菜"德兴馆"。在我初初踏上学术道路的时候,幸运地得到了朱老师的严格要求,唐先生的宽容相待。任何人只要感受过这些不同类型的激励,就不敢有太久的懈怠。两位阅历丰富、识见高明、学问精湛的恩师,曾引领过如此多的后辈和学生,如今先后弃教而去，生命的华美、短暂与无情，叫人战栗。

忽然觉得，手下的这篇文章已经不成体例。开始想做的是"学述"，渐渐窜入的是"行状"；开初好似在学理上谈什么问题，后来却抑制不住地夹杂进片段零散的回忆。干脆由它，用信马由缰地跑题来结尾吧。《中国近代学术名著》中，还有几部未曾提及，传教士报纸《万国公报文选》是朱老师让我从硕士论文的影印资料中清理出来，选编而成。由于是从台湾华文书局1976年的影印本间接复印的，其中不少脱漏和错排，因交稿时人在旧金山大学访问，没有检出。责任在我，出版后却让朱老师承担了。我的序言，虽然有硕士论文的底子，却也没有写好。朱老师不满意，自己花了时间，用在海外访问的机会收集资料，重新写了《西学的普及：〈万国公报〉与晚清"自改革"思潮》一文。上海出身的变法思想家王韬《弢园文新编》，也交给我做。王韬是我本科生时喜欢的人物，原来准备拿他撰写硕士论文，读了一阵以后才经他的事迹，转至《万国公报》研究。朱老师比较肯定我给王韬写的导言，做了修改以后，成为收录在《求索真文明》里的另一篇文章《"天下一道"论：王韬的"弢园文"发凡》。朱老师在文末注明："一九九〇年秋据李天纲初稿修改"。《复旦学报》（1995年第5期）发表为《清学史：王韬与天下一道论》时也注明："与李天纲合著"。除了在"文革"前给《学术月刊》《文汇报》《解放日报》和写作组用"陈嘉铮"（陈守实、朱永嘉、朱维铮）等笔名合作文章外，朱老师从未用真名与人合署作文。朱老师自己说是"第一次"，我观察以后也没有"第二次"。一个初入学界的青年人,从中得到的鼓励和信心,是不言而喻的。

硕士毕业以后,继续在朱老师的指导下学做研究,不断思考,努力探寻,见识各种各样的人与事,真的是一种幸运。在那一段"风波"骤起的岁月里,复旦大学和社科院各研究所内人数不多的一群人,相濡以沫地度过了非常艰难的日子,至今刻骨铭心。更有幸的是,在这一段北方学者已然绝望的岁月里,朱老师仍然带我们一群学生一起做事。有一次,朱老师从国外访学回来,对我们几个人说:"中国不是哪几个人的地方,我还想要住住呢!"看着各色人物的登场离台,目睹壮怀激烈的出国回国,如烟往事,潮来潮去,至今已经不可细究。那么多年中,朱老师只是坚守在复旦大学教工第五宿舍34号的陋室里做着自己的事情,遂有"走出中世纪","求索真文明";"壶里断春秋","重读近代史"等等著作系列。1994年春,历经周折,朱老师第一次"中国古代史"上了招生目录,我便考回了复旦,做了兼职博士生。入学的那一天,仍然是在家中,当然不是那种拜师礼,朱老师只是说了一句:"以后你可以算是我的正式学生了。"以后,朱老师对我的学术要求,确实更严格了。

记得徐光启(1562—1633,江苏上海人)的学生孙元化(1581—1632,江苏嘉定人)曾有一句话形容他们之间的师生关系,说是"初淡如水,后苦如茶"。向朱老师请益学问,问朱老师讨论治学,庶几近此,是一种纯粹的学术交往,也是万般繁复的人生况味。一直想知道朱老师是怎样地看待自己如此丰富的人生，问他是不会说的。直到有一天，看到他的文章后面署上了室名——"破壁楼"。我以为透过"破壁楼"的室名，可以窥见朱师的一部分人生态度。"破壁楼"的室名，署在《求索真文明·题记》的后面："1996 年 7 月 14 日，夜半于复旦一隅破壁楼"。①"破壁楼"，即复旦第五宿舍 34 号，是日本淞沪占领军建造的一上一下日式简易小楼。沿用到 1990 年代，漏水透风，四壁已经破败，朱老师用周谷城先生题写的条幅遮挡着。有一天，我在《郑板桥文集》中读到一联："两间东倒西歪屋，一个南腔北调人"，觉得送给朱老师蛮像的。呈送文稿的时候，大着胆子说出来。朱老师板着脸，但不生气，只问道："是吗？"以后，就看到他署上了——"破壁楼"。"破壁"，除了陋室自嘲的含义，当然还有"面壁十年图破壁"（周恩来诗），或者"画龙点睛，破壁而去"的含义。1990 年代的朱老师，居陋室，图破壁，他唯一使用过的室名，正是最为贴切的写照。

　　《求索真文明·题记》后面署上的写作日期，更加值得回味。"1996 年 7 月 14 日"，正是朱老师的六十寿辰正日。这一天的晚餐，由高晞、朱圣弢、陈维在思南路复兴路"沈记靓汤"做东，廖梅、钱文忠、许敏、杨志刚、张完芳、傅杰、孔令琴、吕素琴和我出席，给朱老师祝寿。大家念及的还有去年"假

---

　　①　朱维铮：《求索真文明》，上海古籍出版社，1996 年，第 8 页。

寿"前来出席,今年"真寿"将不克参加的马勇、夏克、徐洪兴、苏勇等。我们都不知道,朱老师当天还写了一篇自寿文,文中称我们这群老学生是"小友"。正是 7 月 13 日晚间,他一如既往地校订着《中国近代学术名著》丛书,赶着它们的最后出版。漏经子夜,万籁俱静,已是新的一日,想到当天晚上将和"小友"们相聚,朱师兴味益然,另外铺了一张稿纸在案头,为自己的 60 岁生日写下了《花甲行》,为七言韵文。凡有三稿,其中第三稿有小记,公之于下:

> 去岁今日,诸小友同邀我赴宴,说是我已虚龄六十初度,"庆九不庆十"。不料今年同日,诸小友又以"真寿"为由,邀聚会。我绝不信灵魂说,以为生老病死,时至便行,虽类似宿命,自以为豁达矣,然难拂诸小友好意,今晚让将赴约。独坐校书,忽有感,实不能诗,勉作韵语,述我史也。诸小友为高晞、朱圣弢、陈维、李天纲、廖梅、钱文忠、许敏、杨志刚、张完芳、傅杰、孔令琴、吕素琴等。去岁来赴者马勇、夏克、徐洪兴、苏勇等,因故均不能赴也。古云"桃李不言,下自成蹊"。我教书已三十六年,于一九七八年重上课堂后曾带教之学生稍众,而诸小友或离校多年,迄今还记得导师的生日,令我感动,但愿从此不要累他们挂念。一九九六年七月十四日夜尽自记。

朱老师珍视和我们之间的师生关系,学生成了他生命中的重要部分。学业和学友,就是他的全部生活。这篇文章,作为中西书局重新出版朱老师《中国近代学术史论》的导言,原是应该来概述一下朱老师的学术主张和思想。可是,向朱老师"问学",和朱老师"谈学"的种种经历之回顾,始终挥之不去,悲伤之情,反复来袭。再说,评论自己老师的学术成就,是一件严肃的事情,在完全出版和仔细研读朱师的全部著作之前,贸然谈论,轻下断语,都是十分鲁莽的行为。这也是这篇导言写得异常艰难,犹豫再三的原因之一。朱老师把我们当作谈论学问的对象,真的是我们的荣幸。如今,斯人已去,学问孤寂,捧读朱师《花甲行》,实在是情难自禁,鉴者谅之。

"旦复旦兮怀斯人",原来是给朱老师周年祭纪念文集起的名字。后来,高晞想到了"怀真集",显然更加合适,那就转用作这篇原意要做学术评论的怀念文章题目吧,稍改为"旦复旦兮忆吾师",兼做朱师文集的导言。转眼间,朱师离开我们已近一年了,"旦复旦兮",师友们怀念朱维铮先生的文字还在断断续续地发表,我们相信:朱老师的治学成就,还有他那特立独行,"虽千万人,吾往矣"的自由人格,也将为学者、读者们更加珍视,播之广大,传之久远。

本文为朱维铮先生著《近代学术导论》(上海,中西书局,2013 年)的代前言。同年为纪念朱老师,本文曾以《旦复旦兮忆吾师》为题,收入《怀真集:朱维铮先生纪念文集》(复旦大学出版社,2013 年)第 6—20 页。

从科学到经学

朱载堉(1536—1611)，字伯勤，号句曲山人、狂生，生于河南怀庆府河内县(今沁阳市)。河内地处太行山南麓，面向黄河，古称"山阳"，朱载堉又号"山阳酒狂仙客"。[①] 然而，明代万历(1573—1620)年间，朱载堉最重要的身份是"布衣王子"，其"让节"事迹为当时士林所知，并广受赞誉。当时，朱载堉是"郑世子端清公"，即明王室郑恭王朱厚烷之子，是太祖朱元璋的八世孙、成祖朱棣的七世孙，与穆宗朱载垕同辈，算起来，还是当朝万历皇帝朱翊钧(神宗)的叔叔辈。

朱载堉的贵族身份本身，在万历年间仍属于一般，明代"隆庆、万历之际，宗室繁衍，可谓极矣"。按照朱载堉同时代的江南太仓士人、著名文人王世贞(1526—1590)的统计，当时明朝宗室在全国各地，多得不计其数，"共郡王(即朱载堉

[①] 朱载堉生平史料，主要见于：一、王铎《郑端清世子赐葬神道碑》(康熙《河内县志》、乾隆《怀庆府志》)，有戴念祖详注本，见于氏著《天潢真人朱载堉》(大象出版社，2008年)附录；二、《明史》卷一一九《诸王列传四》中记录的朱载堉"让节"事迹。另外，《明神宗实录》、《国榷》等书中，也有朱载堉事迹。

后来辞让掉的王位等级——引者）二百五十一位，镇、辅、奉国将军七千一百位，镇、辅、奉国中尉八千九百五十一位，郡主、县主、郡君、县君共七千七十三位，庶人六百二十名。而未封未名者，与齐府之庶高墙之庶皆不与焉"。人数滋多的宗室成员，使贵族身份贬值，王世贞叹曰："更二十年，而其丽当不忆矣！固千古所未有也！"①在公侯遍地的万历年间，朱载堉之所以为世人称颂，是凭他的才学，以及他力辞郑王王位的"让节"。

按《明世宗实录》记载，嘉靖二十四年（1545），朱载堉十岁的时候，按例受册封为"郑世子"；另据《郑端清世子赐葬神道碑》记载，明世宗是在嘉靖二十五年（1546）听说郑藩有子聪颖，特命高拱专程封为"世子"的（"丙午，皇帝曰：'郑藩有子，睿而无邮，翰林学士高拱，汝其将朕节，是以为郑世子。'"）如此，朱载堉因其出身显贵，少年聪颖，便具有了"王子"的身份，有资格循例继承父亲的王位——郑王。但是，朱载堉似乎很早萌生了辞让王位的想法。朱载堉的生母高氏在他两岁时就去世了，另有"保母张"照顾生活。一天，张氏给小载堉发蒙，讲《千字文》，有"推位让国，有虞陶唐"句，载堉问"推位让国"，今天有谁做得到吗（"今将谁能"）？保母答曰："此古人事。"载堉则自说自话地说：你也不必紧张，这个事情，我做得到（"尔亦奚骇，我且易焉"）。吓得张保母急忙

----

① 王世贞：《弇山堂别集》，中华书局，1985年，第9页。

捂住他的嘴，说：事关重大，不要乱说（"事重巨，勿轻言"）①。

　　明代宗室纨绔子弟多，多游手好闲之徒，少朱载堉这样的好学之士。宗室腐败，某种程度上，是明代制度决定的。按《明史》的评价，明代的宗室制度，"封而不建"，不给各地王室实际权力，有其好处，"有明诸藩，分封而不锡土，列爵而不临民，食禄而不治事"，因而杜绝了汉代、晋代末年出现的藩镇割据局面。但是，宗王们无土无民，"徒拥虚名，坐縻厚禄，贤才不克自见，知勇无所设施"，②智愚贤不肖，都无所谓，反正靠从少府领取世禄过活，养在地方上无所作为。更要命的是，一旦列在宗室，就被排除在明王朝的政治生活之外，即使再好学、再有学问，也不能参加科举，考试为官，通常就只能游手好闲。因此，很多宗室子弟养尊处优，反而智力低下，"二百余年之间，宗姓实繁，贤愚杂出"③。朱载堉是宗室中的贤者，他一生钻研，发奋著述。按王铎《郑端清世子赐葬神道碑》（以下称《神道碑》）所述，朱载堉一生著有《韵学新说》《先天图正误》《律吕正论》《瑟铭解疏》《毛诗韵府》《礼记类编》《金刚经注》《算经》《秬秠祥考》《乐律全书》。这个目录，放在万历年间任何一位学者身上，都可称是"洋洋大观"。无论是作为一个"王子"，还是作为一个"儒者"，朱载堉都无愧于他的时代。

---

① 王铎：《郑端清世子赐葬神道碑》，戴念祖注释本。
② 《明史》卷一二〇《诸王列传·诸王五》。
③ 《明史》卷一一六《诸王列传·诸王一》。

作为"王子",朱载堉年轻时代得到的不是万石俸禄,而是艰苦磨难。按明代的礼制,各地宗王每年有一万石俸禄,兵部另派三千到一万九千名士兵保卫王府。龙袍四爪,车马骖驾,府邸七间,只比皇帝低一等。王室有九五之尊,地方大员相见时都要行跪拜礼("岁禄万石,府置官属。护卫甲士少者三千人,多者至万九千人,隶籍兵部。冕服、车旗、邸第,下天子一等。公侯大臣伏而拜谒,无敢钧礼。"①)这样隆重的待遇,载堉的朱门生活应该显赫。可是不然,由于家庭变故,朱载堉在少年时失去特权,过着比平民更加煎熬的生活。父亲郑恭王朱厚烷和嘉靖皇帝朱厚熜同辈,对朝政不满,尤其不喜欢堂兄沉溺于"仙丹",求长生不老之术。嘉靖在宫中"修斋醮,诸王争遣使进香,厚烷独不遣"。嘉靖二十七年(1548),朱厚烷更是上疏,"请帝修德讲学,进'居敬'、'穷理'、'克己'、'存诚'四箴,演《连珠》十章,以神仙、土木为规谏"②。朱厚烷上疏,是奉劝朱厚熜不要只顾自己长生不死,要关注民心,治理苍生。由于犯言直谏,触怒了嘉靖皇帝,当即把朱厚烷派去的使者关入狱中。又隔了二年(1550),宗室朱祐楎因搆宿怨,列举朱厚烷四十条罪状,其中有攻讦他在封地"治宫室名号,拟乘舆"。僭越之行,竟被查实,嘉靖便新旧账一起算,责朱厚烷"'讪朕躬,在国骄傲无礼,大不道'。

① 《明史》卷一一六《诸王列传·诸王一》。
② 《明史》卷一一九《诸王列传·诸王四》。

削爵,锢之凤阳"①。朱厚烷的恭王爵号被废,朱载堉的世子名号自然被除去。

　　朱厚烷被禁闭在凤阳皇城大内的当年,朱载堉才15岁。为承庭训,他离开河南家乡,在凤阳城外居住,以便随时陪伴父亲。嘉靖皇帝驾崩后,新皇帝朱载垕继位,于隆庆元年(1567)释放了朱厚烷,恢复其郑恭王的王位。在凤阳的十七年,朱载堉潜心学问,奠定了他一生学业的基础。王子做学问,在明代的礼制中很不容易。一般布衣庶人研读儒家诗书,多半是为了考试做官,功成名就之后,也有爱好学问,著述成家的。可是,按明制规定,"本朝宗室厉禁,不知起自何时,既绝其仕宦,并不习四民业"②。宗室成员不得入泮读书,更不能进朝廷做官,以防干政。正是这条规定,陷宗室子弟于"读书无用"的怪圈之中,难怪纨绔者居多。但是,宗室有钱、有闲、有地位,比"布衣"出身的儒生更有条件做好学问,差的便是持之以恒,熟虑深思。朱载堉的难能可贵正在于他超越了"世子"身份,潜心于学,成为一个真正的学问家。正是鉴于宗室成员成才不易,万历二十一年(1593),朱载堉上书,"条奏七事",要求在宗室中开禁科举。次年,沈一贯任首辅,礼部批复了朱载堉的奏疏,废除了二百年的禁令,"上令即行各藩,大破拘挛,从公用舍,以称朝廷激

---

① 《明史》卷一一九《诸王列传·诸王四》。
② 沈德符:《万历野获编》,中华书局,1959年,第128页。

励贤宗之意"①。

对于朱载堉的学问，历来的中外学者都非常重视，给予好评，其中以戴念祖先生的研究最为详尽。戴先生的概括，正可以描述他的一生："17 年受难，14 年写作，11 年雕版印书，15 年让爵，构成了朱载堉这位天潢真人华章著述的光辉一生。"②朱载堉的"让国"美德且不论，明、清两朝有识学者对于郑世子的学问都加以赞赏。江苏太仓学者吴伟业（1609—1671）有句："筑屋苏门山，深心事经术。明兴二百年，庙乐犹得失。以之辑群书，十载成卷帙。候气推黄钟，考风定六律。"③浙江嘉兴学者朱彝尊（1629—1709）称道朱载堉："河间献王之后，言礼乐者莫又过焉者也。"④安徽婺源学者江永（1681—1762）最推崇朱载堉："愚一见（《律吕精义》）即诧为奇书，盖愚于律学研思讨论者五六十年，疑而释，释而未融者已数四，于方圆幂积之理几达一间，犹逊于载堉一筹，是以一见而屈服也。"⑤清代中叶，乾嘉学派占据了江南学术界主流，朱载堉的"律吕学"也得到了江南学者的赞

① 《神宗实录》卷二六九，万历二十二年正月甲辰。

② 戴念祖：《天潢真人朱载堉》，大象出版社，2008 年，第 85 页。

③ 吴伟业：《读〈端清郑世子传〉》。《吴梅村集》，上海古籍出版社，1990 年，第 24 页。

④ 朱彝尊：《郑世子〈乐律全书〉跋》，《曝书亭集》卷四三。转引自戴念祖《天潢真人朱载堉》，第 86 页。

⑤ 江永：《〈律吕阐微〉序》。转引自戴念祖《天潢真人朱载堉》，第 301 页。

扬。士林领袖、扬州学者阮元（1764—1849）在编订《畴人传》时，将其名字列在卷三一之首，在周子愚、李之藻、徐光启（卷三二）之前，与朱伸福、范守己、邢云路、魏文魁、程大位同卷。

朱载堉的学问被后世学者，尤其是江南地区的重要学者们所尊重，这是一个突出的现象。究其原委，朱载堉在清代学术界获得的声誉，和他严谨、精确的治学风格分不开，也和他努力开拓出来的独特的治学领域有关。清代江南学者主张"朴学"，推崇"考据"，在研究儒家经典的时候，尤其重视宋明学者忽视的天文、历算、音韵和律吕。还有，清代学者力图恢复汉代以来的"经学"，以矫正"空谈心性"的"宋学"。后人一般都认为，所谓朴学、小学、汉学、经学，要到乾嘉时期方才成形，故而近代有将这一流派称为"乾嘉学派"的。近年来的研究表明，"经学"的兴起，明末万历年间已经开始。徐光启、李之藻的《诗经》《礼经》《算经》研究之外，朱载堉的《乐经》研究更是早在嘉靖年间就开始了。乾嘉学派提出的基本主张，朱载堉早就有所实践。朱载堉早在明代中叶"宋学"流行的时候，已经开始了考证实践，做了辑书工作，对经书中的名物制度加以厘定。在清代推崇的学术门径中，朱载堉正是先驱人物，江南学者推崇朱载堉的学术，正是出于这方面的原因。

江永是戴震（1724—1777）的老师，和梅文鼎（1633—1721）一起，都是汉学"皖派"的代表人物。江永推崇朱载堉，称道他的学问是"二千年来所未有者也"，更有甚者，江永还称道："此数千年来未泄之秘，载堉始发之。""自有律书以来，未有此图。天地之秘密,泄于此图。"①在这里,江永的意思是,周孔之后、清代之前,两三千年里,只有清代学者才开始弄清楚儒家原典的真实学问,而朱载堉在历算和律吕方面,早在一百多年前已经开始。在《乐经》研究的具体成果之外,朱载堉还是经学研究方法的开辟者。比较起来,朱载堉在引领学术界风气的先见之明,当然是非常重要的,其中的缘由更加值得探究。可惜目前的研究,主要还是集中在朱载堉著述本身,还没有把他作为一个明清学术风气从"宋学"到"汉学"转折中的重要人物来研究。

朱载堉的学术之所以被当代学者们称道,还有一个原因是在于他的研究方法,不但和后来的乾嘉学派很接近,而且和明末进入中国的"西方科学"也很相像。按戴念祖先生的查证,来华传教的意大利耶稣会士利玛窦(Matteo Ricci,1552—1610)在1595年注意到朱载堉的研究工作十分有价值,并且至晚在1597年向罗马教廷作了汇报。1595年10月,朱载堉向礼部进呈了他修订的《万寿万年历》,力图为明朝混乱的历法体系做一点修正,改变明朝的天文乱象。正是在这次上疏事件中,利玛窦得知了明朝的历法体系将要做出重大修正,而耶稣会士正可以在这方面做出贡献,以引起朝廷的重视,借机进入北京。利玛窦说:"新近闻悉,历法已

---

① 江永:《律吕阐微》卷三。转引自戴念祖《天潢真人朱载堉》,第302页。

经出现差误，并且需要修订。""其时，郑世子载堉和邢云路二人已经讨论了明代历法出现的差误，但他们二人中任何一个人都没有足够的科学知识去修订它。"①1595 年到 1600 年之间的那几年里，利玛窦在南昌和南京之间活动。在南昌，利玛窦和建安王朱多㸅、乐安王朱多㷍有密切交往。或许就是通过二位朱姓藩王的管道，他知道了让国王子朱载堉的学问和人品。

耶稣会士重视科学，在修订历法方面非常有经验。利玛窦在罗马学习过数学和天文学，他的老师"丁先生"——克拉维斯（Christoph Clavius，1537—1612）是十六世纪欧洲最重要的数学家、天文学家，刚刚完成了西方历史上最为精确的历法——格里高利历（1582）的修订。客观地讲，朱载堉的历算学知识比利玛窦的历法学体系要粗疏，这一点清代学者完全承认。《四库全书总目》评论利玛窦的《乾坤体义》时说："当明季历法乖舛之余，郑世子载堉、邢云路诸人虽力争其失，而所学不足以相胜。"承认当时的历法"中学"不及"西学"。但是，当利玛窦发现朱载堉的历算学之后，并不是轻视他的学说尚有欠缺，而是惊讶于中国人对于天文历法如此重视，就其传统积累深厚而言，曾经并不落后于欧洲。在《利玛窦中国札记》中，利玛窦说："中国人不仅在道德哲学方面，而

① 见利玛窦：《利玛窦全集》（二）（*Fonti Ricciane*）。此据戴念祖《天潢真人朱载堉》第 258 页引意大利原文和随附的中文译文。

且也在天文学和很多数学分支方面取得了很大的进步。他们曾一度很精通算术和几何学,但在这几门学问的教学方面,他们的工作多少有些混乱。他们把天空分成几个星座,其方式与我们采用的有所不同。他们的星数比我们的天文学家计算,整整多了四十个。因为他们把很多并非经常可以看到的弱星也包括在内。"①利玛窦发现,以朱载堉、邢云路为代表的恢复讲求中的明代天文学,虽然不及克拉维斯代表的欧洲当代天文学那样精确,但它的古代传统和当代水准非常了得。朱载堉的历算学,并不像徐光启那样是受到耶稣会"西学"的影响,改而讲求"科学"的。事实上,在利玛窦等耶稣会士进入南昌、南京、上海、杭州、北京之前,一大批中国士大夫学者,已经在"经学"范畴内开始研究天文学、地理学、博物学、文献学等。耶稣会士惊讶于江南士大夫的学问,竟然和"西学"的兴趣、方法和范围如此接近。

正是因为利玛窦、徐光启等人在修订历法过程中对朱载堉非常重视,耶稣会士逐渐关注到他的律吕学。虽然学者间有推测说,利玛窦已经向欧洲介绍了朱载堉的"十二平均律",但最为确凿的证据表明,至晚在十八世纪后期,从法国耶稣会士钱德明(Jean Joseph Marie Amiot, 1718—1793)的《中国音乐概论》(*Memoire sur la musique des Chi-*

---

① 利玛窦、金尼阁著,何高济等译:《利玛窦中国札记》,广西师范大学出版社,2001年,第24页。

nois，1776)中，欧洲人知道了朱载堉的"十二平均律"。再往后，由于著名英国籍中国科学技术史家李约瑟（Joseph Needham，1900—1995)的褒奖，朱载堉的"十二平均律"为更多的中外学者所知悉。李约瑟先生对中国文化有着满腔热情，在英文世界有巨大影响。受学者个人的精力所限，不能就朱载堉的学术作全面的清理，仅在"十二平均律"等几个课题上用力。朱载堉的广博学术体系，还有待进一步发掘。迄今为止，学术界对于"王子学者"朱载堉的研究，主要还是在音乐史和自然科学史领域。按国内研究朱载堉的著名学者、中国科学院自然科学史所戴念祖先生的概括："朱载堉是明代杰出的音乐家、乐律学家、艺术家和科学家。"①在戴先生的另一部著作《朱载堉：明代的科学和艺术巨星》中，另一个概括为："朱载堉不仅仅是音乐史家，他还是一个伟大的音乐理论家和数学家，又是天文学家、声学家和物理学家、乐器制造家、音乐家、舞蹈设计家和文学家。"②朱载堉在这么多领域内的成就，还需要学者作进一步的研究，以符合他的历史地位。

从朱载堉留下的著述来看，他的学术除了那些特殊贡献之外，在整体上却是应该划归到儒家的"经学"范畴。王铎《神道碑》中列举他的著作，如《韵学新说》《先天图正误》《律

---

① 戴念祖：《天潢真人朱载堉》，第1页。
② 戴念祖：《朱载堉：明代的科学和艺术巨星》，人民出版社，1986年。

吕正论》《毛诗韵府》《礼记类编》《算经》《秬秠详考》，都是对于"五经"的考订作品，应该算是儒家的经学著作。明代万历年间，《诗经》研究刚刚兴起，不少学者在"宋学"所依据的"四书"（《大学》《中庸》《论语》《孟子》）学问之外，探究"五经"内的学问，因而渐渐成为清代"经学"的先驱。朱载堉，正是这样的一位先驱人物，他的《韵学新说》《毛诗韵府》和《秬秠详考》，都是典型的《诗经》古文经学一派的研究。稍后，有上海徐光启（1562—1633）的《毛诗六帖讲意》，仍然被认为是清代《诗经》考据学的滥觞。①

万历年间兴起的另一门学问——算学，也属于"经学"，或称"汉学"。明代学者因为研究天文学、地理学，开始恢复对汉代《九章算术》等书的研究，即汉代学者所谓"算经"之学。清代学者认为，历算之学原属于周公、孔子手订的"六艺"范畴，"宋学"忽视"算学"，因而术数之学衰败，而"经学"则应该在"五经"体系中，把"天文、历算学"恢复起来。朱载堉的著述目录中有《算经》，在"同侪"中非常醒目，在这门万历"新学"上，朱载堉又是一位先驱。应该不是凑巧，又是徐光启承继了朱载堉的"算经"，有《勾股义》之作，有《几何原本》之译，有《崇祯新历》之编订。应该说，徐光启、李之藻以及明清之际一大批研究天文、历算的江南学者，继承了朱载

① 参见朱维铮、李天纲主编：《徐光启全集·毛诗六帖讲意》，上海古籍出版社，2010年。

垍、邢云路等人的学术路线,把汉代之"算学"与耶稣会士之"西学"融通,开辟了明清之际中国学术的"世界化"路径。

朱载堉的乐谱研究,事实上也是明代经学的一部分。关于"乐经"的研究,是"经学"中的关键问题。经学是关于"六经"的学问,"六经"即指《易》《书》《诗》《礼》《乐》《春秋》六部儒家经典。不知何故,"六经"在汉代已经变为"五经",失去了"乐经"。汉初,武帝设"五经博士",为《易》《书》《诗》《礼》《春秋》等科设官,可见在汉代并没有把"乐经"与"五经"并列。另外,《汉书·艺文志》不载"乐经",则可以肯定《乐》在汉末已经不再讲求。关于乐书失传的原因,清代纪昀等撰《四库全书总目》中引前人观点说:"沈约称:《乐》亡于秦。"焚书坑儒,导致《乐》书不传。对于这个说法,朱载堉并不同意,他在《旋宫合乐谱·总论复古乐以节奏为先》中说:"古乐绝传,率归罪于秦火,殆不然也。""乐经"记载的是古乐,秦汉流行的是俗乐,"俗乐兴则古乐亡,与秦火不相干也"①。朱载堉认为:"乐经"的亡佚,是"古典音乐"被"流行音乐"所取代的自然过程,和秦始皇焚书关系不大。

朱载堉的这个观点,启发了一部分清代学者,他们认为《乐》书只是"五经"的附庸,虽然重要,但并不单独成书,只是一部依附于《礼》《书》《诗》经的音乐曲谱而已。《四库全书总目》的作者持"五经"说,在"经部"编序中,列易、书、

---

① 朱载堉:《旋宫合乐谱·总论复古乐以节奏为先》。

诗、礼、春秋、孝经、五经总义、四书、乐、小学等十类,把乐类著作放在最后第二位,只在经学辅助学问"小学"之前,《四库》馆臣们甚至认为,乐学只是"配于经":"大抵《乐》之纲目具于《礼》,其歌词具于《诗》,其铿锵鼓舞则传在伶官。汉初制氏所记,盖其遗谱,非别有一经为圣人手定也。特以宣豫导和,感神人而通天地,厥用至大,厥义至精,故尊其教得配于经。"①

清代学术发展到后来,在"乐经有无"问题上,古文经学家持"六经说",今文经学家持"五经说",今古文学家相持不下。两派的分歧,在于古文经学家坚持"乐本有经,因秦焚书而亡佚",而今文经学家说"乐本无经,在《诗》《礼》中"。②"六经说"的观点,来源于《四库全书总目》中提到的沈约《宋书·乐志》说:"秦焚典籍,乐经用亡。""五经说"的观点略见于清后期今文经学家邵懿辰(1810—1861)《历经通论》:"乐本无经也……夫声之铿锵鼓舞,不可以言传也。可以言传,则如制氏等之琴谱曲谱而已。……乐之原,在《诗》三百篇之中;乐之用,在《礼》十七篇之中。"显然,这个说法也和纪昀等《四库》馆臣在《四库全书总目》中的观点有关。说"乐本有经"的学者,试图还原《乐经》文字,这个工作以清马国翰辑佚《乐经》一卷为代表,收入氏编《玉函山房辑佚书》;说

---

① 纪昀等:《四库全书总目·经部·乐类》总说。

② 朱维铮编校:《周予同经学史论》,上海人民出版社,2010 年,第588 页。

"乐本无经"的人,试图还原乐之声律,这个工作则是以朱载堉为代表。朱载堉在《乐学新说》中说:"汉时窦公献古《乐经》,其文与大司乐同,然则《乐经》未尝亡也。《周礼注疏》曰:大司乐,乐官之长,掌教六乐、六舞等事。"①他认为,汉代窦公献出来的《乐经》,就是《周礼·春官》中的"大司乐"一章,就是六乐、六舞等歌舞中的音乐。乐经的文字,融于"五经",而乐谱、乐曲则为乐官所传,朱载堉的经说有力地影响了清代学者。

朱载堉在明代中叶开创了恢复《乐经》的工作,企图恢复《乐书》的本来面目。朱载堉的做法,就是在《诗经》中找到乐的古声律,证明《乐经》表现为曲谱,只是"五经"的附属。从"乐经有无"的例子来看,朱载堉的学问,对研究明中叶以后"经学"的兴起和发展,有相当重要的意义,再次启发了中国近代学术史、明清思想史的学者也来研究朱载堉。朱载堉的著述,一定有助于我们了解明清经学史的更多内容。

中国近代学术史上,有一个很鲜明的现象,很多学问家、思想家,都是经外国学者首先发现、点评和研究,最终为国人所认识,又着力加以研究。利玛窦以后,耶稣会士在中国不断发掘,像李时珍、宋应星、徐光启、李之藻等人,都是经过西方汉学家的诠释,才发现了他们在学问上的独特价值。从明清思想学术的主流来看,这些"科技史"人物,都不是主流学

---

① 朱载堉:《乐学新说》。

者,他们在当初的学术谱系中并不是最突出的。朱载堉的例子,也是如此。这位王子学者,在明代中叶的同代人中间已经相当有名,但他学问的内在价值并没有被明清学者真正认识,是利玛窦、钱德明、李约瑟等欧洲学者,通过更广阔的文化比较,发现朱载堉在世界舞台上的独有价值,诚如戴念祖先生所说:"王子载堉是在欧洲学术界出名的。"①这种"墙内开花墙外香"现象,在中国近代具有普遍性,也具有合理性,因为中国历史发展到明清时代,已经和欧洲历史联系在一起,是世界历史的组成部分,西方学者对于"汉学"的参与,肯定能够推动中国文化及其研究的进步。

对朱载堉的研究,曾经是欧洲"汉学"(Sinology)的一部分。关于朱载堉的科学、文化贡献,可能不是欧洲学者首先提出的,因为在利玛窦来华之前,明代学者已经谈论"郑王子"的学问。但不可否认的是,关于朱载堉的许多论述,欧洲学者肯定是作出了更大贡献的。长期以来,欧洲学者对朱载堉的学说更加重视,评价更高。例如,李约瑟曾说:因为朱载堉,"首先从数学上系统论述平均律的荣誉应归之于中国"②。德国物理学家赫尔姆霍茨说:"有一个王子叫载堉的,他在保守派音乐家的反对声浪中,宣导七声音阶,把八度

---

① 戴念祖:《天潢真人朱载堉·前言》,第3页。
② 李约瑟:《中国科学技术史》,第四卷第一分册,科学出版社,2003年,第214页。

分成十二个半音以及变调的方法，也是这个有天才和技巧的国家发明的。"①朱载堉的"十二平均律"理论贡献的重要性，是纪昀《四库全书总目》和阮元《畴人传》都没有充分注意的。在这方面，清朝学者确实是比较"保守"，拒绝接受这项在继承古代制度时，又有所创新的声律理论。相反，十七世纪欧洲学者却非常欢迎这种理论。首先是为清廷服务的利玛窦后继者耶稣会士，他们根据欧洲文化的语境，发现"十二平均律"的应用价值。学者已经查明，至晚在1776年，耶稣会士钱德明的《中国音乐概论》中完整介绍了朱载堉的学说。

应该注意的是，"十二平均律"在清朝和欧洲的不同评价，是由中西方不同文化处境决定的。十七世纪以后，欧洲的文化处境慢慢转向"科学"，欧洲学者从全世界各民族学术传统中寻找解决自身发展困境的方案，因此，当"十二平均律"被耶稣会士在明清学说中找到，吻合他们的需要，其合理性立刻被认识，很快获得高度评价。返回清代的中国文化处境，汉族学者主导的学术主流是"经学"。清代"清学"在乾嘉时期的主流，正好是"汉学"，即以恢复汉代经学的本来面目为职志，以改变"宋学"对"五经"的轻视与曲解。因此，改变汉代乐制"宫商角徵羽"系统的"十二平均律"自然不为这一代学者所认可。此即清代乾嘉主流学者对朱载堉理论持"保守"态度的根源。这种"保守"态度在明末并不明显，清初康

---

① 转引自戴念祖：《天潢真人朱载堉》，第330页。

熙时还处于潜流,而到了乾隆年间就完全张扬出来,正是随着"乾嘉学派"的成形而来的,其线索非常明晰。

清代学者无论是批评"十二平均律",还是赞同朱载堉,其立场都是从"经学"理论出发的。比如,乾隆批评朱载堉的《乐律全书》,有《圣谕》七言诗,其云:"谱书工尺漏宫商,数典徒令意渺茫。只备一家言或可,束之高阁正相当。"这就是责备朱载堉"数典忘祖",违背经学。①收录在乾隆御制《律吕正义后编》中的《朱载堉新说》,其经学立场更加明显,有很具体的理由。该文指责朱载堉,"概以刘歆、班固为伪辞,而缪指史司马迁之一分为横黍一尺。""载堉概舍先儒而不之信,任其私智,创为新法,乃曰盖黄帝云然。"②这种批评当然就是反对一切新说的"保守主义"。乾嘉时期的经学家,很多人崇汉,惟汉是真,他们认为刘歆、班固,上至司马迁等汉代"先儒"是不可怀疑的。

本次编辑《朱载堉集》以上海图书馆馆藏的朱载堉作品为主,搜罗各地遗珍,全数影印,方便学者,必然对人文学者研究明清哲学、史学、文学,尤其是经学,有所推动。从《朱载堉集》中,我们可以看到作者对儒教经典的基本态度。例如,朱载堉认为《礼记·乐记》并非就是《乐经》,因此他对其中对儒教经典的解释很不赞成。《乐记》以为乐律中的"宫商角徵

---

① 转引自戴念祖:《天潢真人朱载堉》,第294页。

② 同上引书,第297页。

羽"对应着政治上的"君臣民事物"①,朱载堉在《律吕精义外编》中认为这不过是一时之说,不足为据。"乐之有宫商角徵羽,犹国之有君臣民事物,亦一时取意取象如此耳,其实了不相涉。乃谓君臣民事物之失道,真由宫商角徵羽之乱,近于诬矣。"②经学家所谓"礼崩乐坏",是孔子"一时取义取象",比喻而已,并没有神异关联。这个结论是惊世骇俗的,难怪连乾隆也都要来批判他。朱载堉崇尚经典,但不迷信"六经",要从他个人理解的"礼学"、"乐学"来解释。因为重"礼学",他研究舞蹈;因为重"乐学",他研究音乐。礼乐之学,"经学"中的两大门类,是朱载堉学说的核心。《朱载堉集》带给我们很多素材,可以参考。

把朱载堉研究从"科学"扩展到"经学",是一个应该推进的方向。利玛窦以后的学者,已经发现了朱载堉学说的"科学"价值,让他在世界科学史上具有一席之地。往后的学者,还应该从"经学"的角度来研究朱载堉的学术贡献,让他回到明清时期的中国学术传统中,更全面地了解他的本来面目,以及他在文化思想史上的地位和作用。相比来说,在层级上这可能是比较次要的一个领域,但确实是一个更加直接的领

---

① 儒教经师说"乐",认为音乐与人事有对应关系,《礼记·乐记》:"宫为君,商为臣,角为民,徵为事,羽为物。五者不乱,则无怗滞之音矣。宫乱则荒,其君骄;商乱则陂,其官坏;角乱则忧,其民怨;徵乱则哀,其事勤;羽乱则危,其财匮。五者皆乱,迭相陵,谓之慢。如此,则国之灭亡无日矣。"所谓"礼崩乐坏"之意蕴也。

② 《朱载堉全集·律吕精义外编》,本书第 1417 页。

域,朱载堉毕竟首先是中国明清时代的学者和思想家。或者我们也可以说,往下的朱载堉的研究,应该有一个"从科学到经学"的路径转向。非常可惜,由于明清思想史领域的主流学者不够重视,这个领域的工作还没有正式开始,《朱载堉集》的出版,应该能够改变这个局面。

　　本文为李天纲主编《朱载堉集》(上海交通大学出版社,2013 年)前言。

中国的"市民社会"

"市民社会"：东西方之间的"合法性"

学者把"后现代"和"市民社会"并列为近年来"中国研究范式"转变的两大问题（参见黄宗智主编《中国研究的范式问题讨论》，社会科学文献出版社，2003年），这是很有见地的。但是，窃以为："后现代"模式是逐渐渗入汉学圈的，"中国市民社会"研究则有点突如其来，似乎破了西方汉学家的学术谱系。在"中国学"领域，于九十年代之前，"市民社会"话题原来并不占主导地位。研究热潮几乎是在一夜之间发动的，情势甚至可称是爆发。或许也正是因此，欧美学术界对于"中国市民社会"概念的正当性，比在中国套用"后现代"模式是否合适的争议还要大。

"中国是否有过市民社会？"很多借助西方概念的中国研究，都是从类似的"合法性"讨论开始的。这种初期争议，如今反映在黄宗智主编的《中国研究的范式问题讨论》中，黄宗智和魏斐德教授都持否定态度，可以参看。然而，美国的"中国学"者们还在争议"市民社会"概念是否适用于中国的时候，加拿大的一批学者们认定"Civil Society"的概念适用于中国。1995年5月,以著名明清史学家卜正民教授为首的一批学者联合开展了一项研究。这项研究成果认定:明清以来中国的"国家—社会"、"王朝—地方"、"王权—绅权",以及"专制—民主"等诸多关系,都可以放在"市民社会"的框架下来观察。"借助"(而不是"套用")西方经验来观察中国历史,这样的"会同"倾向,反映在《中国的市(公)民社会》中。作者们证明:运用"市民社会"概念,可以犀利地剖析中国社会。主编者在扉页题词中用柯南道尔《福尔摩斯探案集·身份案》中的一句话说:"华生,你进行得非常精彩,你确实干得非常好。没错,你忽略了所有重要的东西,但你的方法却恰好正确。"

把"市民社会"作为"方法",而不拘泥于那些所谓"重要的东西",这是卜正民等学者的选择。也真的是"恰好正确",他们真的借此方法窥见了真实的中国。当理性、情感和学识都与现实一致,远方的中国便不再隔膜;当"中国学"的关切与"中国人"的命运契合,中国读者同样能从西方学者的冷静著述中感受到人性驿动的脉搏。最近十年里,"市民社会"在中国大陆也逐渐成为一个热门话题,虽然不想妄自菲薄,但比较起来,确实还是更喜欢阅读西方同行的作品。实在地说,看到报章上一些隔靴之说,依违之论,深深感到中国学者在这类话语上的笨拙和局限,反而不及欧美学者谈论得直接和真切。生活在大陆的学者,谈论中国学术,并不天然就比西方学者具有话语特权。大陆学者如果不是真正接触现实,踏实研究问题,光是口头上争取"话语权",总是徒然的。出现这种情况,有时候是因为专业训练不够,但是更多的原因却无关学术,而在其他,此地可以不论。

从反对在中国研究领域使用"市民社会"概念,到大多数学者主张借用"Civil Society"这个西方概念来观察中国问题,研究在理论和实践中很快提升。十多年里,"中国学"者们或是搁置原有课题,或是调整研究领域,把"市民社会"作为学术圈内的一个公共话题来讨论。1991年4月,北美亚洲学会年会有"市民社会在人民中国"的专题;同年5月,巴黎举行"东亚传统中的国家与社会"专题会议,讨论中国的"市民社会";11月,华盛顿特区又有专门会议讨论。1992年5月,伯克利加州大学和上海复旦大学举办研讨会,实际上也讨论了"市民社会"问题;同年10月,北美学者又在加拿大蒙特利尔集中讨论本议题。研究之后,产生了一大批学术成果,端正了很多认识,形成了不少共识。众多著述中,卜正民(Timothy Brook)和傅尧乐(Michael Frolic)主编的《中国的市(公)民社会》(*Civil Society in China*, M. E. Sharpe, 1997)是非常突出的一部。

如今,用"市民社会"来分析非西方社会的"现代性",已经是一个普遍现象,整个学术界都在使用。例如,欧亚学者2002年在荷兰讨论俄罗斯、日本和土耳其的"市民社会",论文集为《市民社会、宗教与民族:通文化语境中的现代化,俄罗斯、日本和土耳其》(Gerrit Steunebrink, *Civil Society*,

Religion, and Nation, Modernization in Intercultural Context: Russia, Japan and Turkey, 2004, Rodopi); 还例如，澳洲学者于 2001 年讨论亚洲的"市民社会"，论文集为《亚洲的"市民社会"》(David Schak, *Civil Society in Asia*, 2003, Ashgate Publishing)，以肯定的口吻，论述新加坡、马来西亚、菲律宾、日本、韩国、中国台湾、中国香港和中国大陆等国家和地区的"市民社会"。在欧美各大学图书馆的新书目录上，以"市民社会"为关键词，还能查到很多这类书。这说明，剔除了"市民社会"概念中的"西方"特征之后，它同样可以拿来关照"东方"的"国家—社会"之关系。

按西方政治哲学理论，"市民社会"是近代制度的钥匙，没有它就不能入现代社会之门。有没有"市民社会"，涉及能不能建立一个真正的民主制度。循此逻辑，没有"市民社会"的东方民族，都不可能发展出"现代性"，这与东方民族的愿望、现实，乃至历史显然都是相悖的。如果当代的"中国学"还是固守黑格尔以来的"西方中心主义"，"市民社会"的概念肯定就不能搬到中国来用，因为黑格尔认为中国这样的专制帝国，只有"国家"，没有"个人"，更不可能有"社会"。黑格尔批评中国帝王专制，他的许多判断还是正确的。但他给东方社会判的是死刑，认为东方不可能走出专制，因为那里没有"市民社会"。这个重刑，太令人绝望了，无论如何需要提请上诉，加以改判。

黑格尔的古老判决，今天欧美的主流哲学家仍未完全摆脱。以"市民社会"理论论,当今英语世界最重要的哲学家查尔斯·泰勒仍然把"市民社会"最深层原因归结为基督教。他说:"西方基督教世界从其本质上说是双重中心的。"这"可被看作一个重要的分化,是后来市民社会概念的渊源之一,也是西方自由主义的根源之一。"(查尔斯·泰勒:《市民社会的模式》,收入邓正来等主编《国家与市民社会》,上海人民出版社,2006年,第32页)。记得以赛亚·柏林说得更明确:"市民社会"在基督新教国家存在,天主教民族稍弱,东正教地区更弱,东方国家则没有。这样的模式,显然还是黑格尔以来的"西方中心主义",熟悉中国历史的当代西方学者大都不能同意。明清时期,即西方"中国学"界划分的"晚期帝国"(Late Imperial),中国的基层出现了相当活跃的民间力量。中国的民间社会是否符合西方的"市民社会"标准可以再论,但他们组织起个人,在国家和个人之间充当中间人,扮演了和西方"市民社会"类似角色,这是需要正视的。在这里,借助"市民社会"的概念,正视中国历史,观察当代变化,校正西方社会对于中国文化的成见和偏见,正是卜正民等新一辈"中国学"家的独特贡献。

"国情"、地方和绅商

"国情",这是最近十多年里和意识形态粘连最密的中文词汇之一。中国的国情确实独特,至今的法国人,仍然常常把超出他们理解范围的现象称为"中国问题"（Question Chinoi），"中国问题"，就如同复杂的"中国结"那样难结难解。承认事物的复杂性，是学者必须具备的基本态度，否则就会是头脑简单的糊涂虫。西方学者，尤其是"中国学"从事者们真诚地尊重中国文化特性，放弃西方中心主义偏见，发现其他文化的特殊性，援来丰富自己。西方学者这种真诚、谦逊和开放的情感，常常令中国学者为之动容。但是，外界对于中国文化特殊性的尊重，原封不动地转为中国保守者的立场，就变成了"国情特殊论"。持论者借此把中国文化封闭、孤立起来，与世界形成对立，其心态既不真诚，也不谦虚，更不开放。"国情特殊论"拒绝普世价值和全球伦理，在九十年代以后的中国成为一种新教条，常常动机可疑。其实，中国文化并没有"国情论"者强调的那么样子地"特殊"，人类共同的优点和弱点，不同的中国人或多或少都有一点。

　　1995 年夏天上海社联的一次小型会议上，我提出应该讨论一下"市民社会"和"公共空间"理论问题。一位学历史出生、搞着政治学的组织者疾色厉言道："哈贝马斯、吉登斯，都是西方人和平演变一套，和中国国情不符，不能搞！"全不是学术讨论的态度，对此，在场诸多有识者也只有错愕而已。断然地分开东西方的"道统"，固执地坚守自我的"学统"，拒绝借用别的社会发展起来的有效方法和概念，其实并不能真正地找到属于自己的"法宝"。我们已经采用了诞生于十九世纪西方的"知识分子"概念，来描述"士大夫"的特征；我们也用了同样源自西方的"民族主义"名词,来指称二十世纪中国人的国族认同;我们更是常常要用诸如"封建—资本"、"专制—民主"、"民权—人权"等原产于近代西方思想体系的词汇来分析中国的文化传统。"市民社会"是那种普世性的概念,它背后存在的"国家—社会"之间的关系,在每个稍具规模的民族中都会存在,我们有什么理由独独弃"市民社会"一词而不用呢?

二十世纪八十年代以后,于尔根·哈贝马斯、查尔斯·泰勒、以赛亚·柏林等政治哲学家对黑格尔、马克思、葛兰西以来对于"市民社会"的论述作了新的研究。他们审视欧美政治传统中的"国家—社会"关系,发掘近代西方民主制度的根源,剖析现代国家机器愈益凌驾"市民社会"、侵夺"公共空间"的现象。九十年代以后,东欧政局变化,学者认为"市民社会"理论得到了某种印证。如哈贝马斯等人指出的那样,西方社会的民主和自由,并不是简单地依赖于"三权分立"等宪法制度,而是更多地得到民间社会的各项经济、文化制度的支撑。1989年,哈贝马斯关于"市民社会"的重要著作《公共空间的结构性变化》翻译成英文出版,在当年的环境下,引起北美学者的广泛重视,"中国学"者自然试图以此理论模式来关照中国局势。

将一种普遍模式应用于某个具体对象的时候,最大的挑战在于如何发现和尊重事物的个性,所谓科学的研究,其真谛不过如此。《中国的市(公)民社会》一书,充分顾及到了中国社会的特殊性。作者们不是拿着现成的西方"市民社会"尺度来裁判和论断中国,而是用"历史比较学"的眼光,找到中国社会在"市民社会"范畴内的不同表现,同时"平等对待欧洲和中国的历史经验,并以此为依据构建具有普遍意义的国家与社会模式。"(第18页)事实上,卜正民教授等作者充分注意到:在"国家—社会"关系上,中国有着截然不同的表现,不同于西方。

二十世纪初期,承接明代市镇经济的繁荣,清代通商口岸城市的崛起,近代中国的"国家"和"社会"同时发育,并驾齐驱。本来这是一种腐败中的新生,绝望中的希望。但是至1927年新国民党奉行"国家主义"以后,"国家"就逐渐覆盖了"社会"。原来自治形态的社会团体和地方社群,都挂靠在国家制度之下,成为附庸,市民的空间极度萎缩。上海社会科学院历史研究所编译的《现代上海大事记》抄录过一组有趣的数字:1927年3月23日,上海民众在闸北"欢迎北伐军莅沪"的时候,1000多团体动员,50万人集会,现场飘动的标帜数不胜数;6月6日,经过严厉整顿,当天的集会就只剩下146个发起团体;再往下,就只有蒋介石叫嚷的"一个领袖、一个政党,一个主义"了。此后的政治体制中,经济、政治和意识形态变本加厉,更加采用集权形态,一元化的领导,使得"国家与社会之间在法律上存在的所有空间都被取消"(第28页)。

但是,按卜正民、傅尧乐等先生的看法,"空间"即使在

"法律上"被取消了,并不等于现实中就一定完全不见了。相反,"国家—社会"这样的基本关系一定会在各个层面,哪怕是以碎片的方式,散落地存在,并同样发挥社会整合作用。卜正民先生有力地证明:自明清以来,地方士绅和商人有强烈的自我组织的倾向。书院师生、寺庙僧侣、同乡游宦、同业商人,他们的"自组织"是在民间经济—文化生活中自发形成的,既不和国家冲突,也不由国家安排。这种民间组织在"国家—社会"之间的张力关系,非常吻合于西方学者对于"市民社会"的定义。傅尧乐先生更是乐观地提出:即使是二十世纪中由"政党—国家"控制的社会团体(工会、青年团、妇联、作协、文联、社联),也可以按照他所设想的"国家导向的市(公)民社会"(State led civil society)模式,加强其"自治"功能,逐渐过渡到正常的"市民社会"。还有,许美德先生认为:1980年代后,中国的大学获得了独立的法律地位,具有相当的"自主权",虽然有"大学合并"等国家干预,但"民办高校"蓬勃兴起,这都会使高校回复到"自治"的传统,成为"市民社会"的一部分。

不可否认的是:中国的"市民社会"确实比较稚嫩,常常是在"国家"体制与"社会"生活的隙缝中生长的。民间力量只是作为行政力量的补充,受官方之托来管理地方事务,调解民间纠纷,仲裁家族内讼,联络乡里乡情等等。它和欧洲中世纪城邦依靠经济力量,构成王权、教权之外的独立民权十分不同。"教权"、"王权"和"民权",三权鼎立,这是欧洲前近代社会的特点。"皇权"和"绅权"的二元并立,这是中国社会的一般状况。但是,这样的中西比较,都是老套的泛泛之论,智者不止于此。中国的历史时期很长,幅员很广,很难一概而论。《中国市(公)民社会》带我们看到:在一些偏远的行政单位,发达的经济区域,特定的历史时期,类似"汉莎同盟"这样联合起来,向中央谋取行政权力,对国家事务发表政治见解的经济联盟也曾经出现过。

查尔斯·泰勒在《市民社会的模式》一文中给"市民社会"下了三个层次的定义。最低限度的"市民社会"中,首先应该存在不受国家权力支配的自由社团;较为严格的"市民社会",应该是由这些自由社团自我组织,相互协调,独立管理,自成一体;最高层次的"市民社会"则是这些自由社团能够相当有效地决定和影响国家政策。泰勒定义的三层次"市民社会",在明清江南地区和民国上海等城市都或隐或现,或强或弱地出现过。卜正民精当地指出:"在三十年代的上海,几乎所有拥有共同利益的人群都可以组织起来,致力于关心的问题,或在社会中推广某种理念。"(第27页)。

1900年代以后,上海各马路商会和上海总商会在历次社会运动,如"抵制美货"、"拒俄运动"、"自立军"和"辛亥光复"中,一直起着主导作用。1916年,北洋军阀政府因财政破产,向英资银团、日本政府祈求贷款不成之后,转向上海总商会求助。上海商人对北洋政府提出裁军、奖励工商、改革中央政治等等要求。同时期,上海商人还联络广州、天津、汉口、九江等地的商会,组成全国总商会,参与国会各项活动。上海的"市民社会"组织,曾经试图把自己的权力扩展到全国。也就是说,上海绅商的"总商会"试图在近代中国的"民族—国家"的构建中,完成从"地方"(Local)到"民族"(National)的转变,成为一股民族力量。

继续以上海为例,我们还可以看到:晚清以来中国的"市民社会"的生长,其动力不仅有"内生"的,还有"外植"的。亦即说,除了从明清江南市镇制度中发展出本土的"市民社会"之外,"五口通商"之后,上海英、美、法租界里还外植了一个欧洲式的"市民社会"。虽然租界 95% 以上的人口是华人,但是由于开辟的关系,上海租界的宪法、刑法、民法、商法都实行英、美习惯法和法国大陆法。英美租界后来合并为"公共租界",法律地位相当于中国政府治下的"自治领地"。租界实行完全的"自治",奉"自治"、"自由"、"安全"和"法治"为"四项基本原则"。此外,商团、巡捕、救火、税务和市政府机构一应俱全,博物馆、图书馆、医院、学校、教会等等民间社团举不胜举,看起来就像是一个由商业寡头控制,"国中治国"的城邦共同体。格于体制,靠"治外法权"生存的上海租界政府固然没有刻意谋求对于中央政治的影响力,但是据历史记载和学者研究,清末民初的上海租界,其制度和文化对于全国的变法和改良运动,起了一定的作用。如果以查尔斯·泰勒拟定的最高层次的"市民社会"标准,即对国家政治施加的影响力来看,它也是符合的。

总的来说,清末民初,中国的国家政治基本上还是由满汉官员、南北军阀和由士绅、学者、学生和帮会分子转化而来的"党人"主导着。江浙等地的地方商人,则在二三十年代从工业化和城市化中脱颖而出,迅速崛起,相当程度地支配着地方事务。也就是说,地方市民和商人曾经部分拥有"社会",却最终没有掌控"国家"。尽管城市商民终究还没有获得全国性权力,可按照欧洲的"市民社会"标准,这即使不是一个完全的"市民社会",也还是一个实现中的"市民社会"。

理解、同情和"中国关怀"

虽然国际学术界关于中国"市民社会"讨论的热潮在1990 年代以后兴起,但在历史学领域,类似于"国家—社会"的关系研究并不是全新问题。卜正民先生 1984 年在哈佛大学完成的博士论文《为权力祈祷:佛教与晚明中国士绅社会的形成》(*Praying for Power: Buddhism and the Formation of Gentry Society in Late-Ming China*. Harvard University Press,1993)讨论的就是明代的民间制度。他获得赞誉,并赢得全美亚洲研究学会 2000 年"列文森著作奖"的《纵乐的困惑:明代的商业与文化》(*The Confusions of Pleasure: Commerce and Culture in Ming China*, Berkeley: University of California Press,1998),也是从商业发展的角度看江南民间社会的兴起。法国历史学家白吉尔夫人(Marie-Claire

Bergere)更是早在1975年的国家博士论文（即后来的名著《中国资产阶级的黄金时代》）中，对1937年前上海资产阶级与国家权力、民族主义和自由主义的关系进行研究。她认为："作为市民社会的一个组成部分，（上海）资产阶级自觉地投身于社会活动，显示出它有能力组建自己的代表协会，确定审议和协商程序，在整个市民社会基础之上建立自治机构。"（白吉尔：《中国资产阶级的黄金时代，1911—1937》，上海人民出版社，1991年）值得注意的是：作为一个既熟悉法国政治哲学，又精通中国近代历史的学者，白吉尔夫人很早就用肯定的口吻，使用了"市民社会"一词。

在"市民社会"的先驱性研究方面，中国同行也有值得论道的地方。受教条主义限制，1960年代的"明清资本主义萌芽问题"讨论，总体上是做了经典语录的注释，基本上是不成功的。但是大规模的讨论式研究，在方志、笔记、文集中披露了很多不为人注意的史实，显露出商品经济繁荣之后的江南民间社会的成长状况。从此以后，经济史家谈"江南市镇"，文学史家谈"市民文学"，思想史家谈"市民意识"，都成为可以深入的话题。在规模庞大的明清社会、经济、文化历史研究中，"市民身份"实际上已经凸显了出来，以至于我们在谈到像戴震这样纯粹学术史、思想史人物的时候，都会注意到他身上的"市民性格"。

六十年代中国大陆学术界，没有一个自觉的关于"国家—社会"的政治哲学思考。单一的公有制和严格的社会管理之下,大多数文、史、哲领域学者的意识中并不存在"国家—社会"的紧张关系。"自治"、"分权"、"社团"等地方性的"市民社会"问题,不是大家的关注焦点。"资本主义萌芽"问题的讨论,和哈贝马斯意义上的"市民社会"问题,总体旨趣并不相同。转看1957年的"右派"言论,倒是有一点"自主"和"社团"的诉求,但是他们那一年强烈表达的却只是"宪法"、"政党"、"议会"等国家层面的"民主"问题。在曾翻检过的复旦大学历史系"大右派"教授陈仁炳、王造时的言论中,知道他们讨论的问题,基本上延续了1946年"国大"期间各民主党派提出的"第三条道路"的政体建设思路,核心是"国家",不是"社会"。

倒是在"文革"前后,鉴于几十年不正常的政治生活,一些党内思想家们探讨了"市民社会"的可能性。迄今所见,最直接表达这种政见的就是顾准。在工具书很少、学术交往有限的环境下,顾准的《希腊城邦制度:读希腊史笔记》(中国社会科学出版社,1982年)对"城邦社会"作了深切的思考。他触及了自由"城邦"在"国家"和"个体"之间的关系问题。在"不是一本为发表所写的著作"(王元化语,见本书序)即《从理想主义到经验主义》中,顾准说:"我对于'小邦林立'的迷信是批判掉了,然而我还是厌恶大一统的迷信。至于把独裁看作福音,我更嗤之以鼻。事实上,大国而不独裁,在古代确实做不到,但人类进步到现在,则却是完全办得到。不过这已经是另外一个问题。"

如何实现"大国而不独裁"？这是非常有见解的问题。顾准没有国外生活经验，他却以本土经历，提出了一个全球问题。二十世纪中，大国争霸，各国竞强，都以"民族"为单位发展出空前强大的国家机器和意识形态。为了压制对方，为了GDP增长，大规模的国家动员之下，作为"民主"和"民生"基础的"市民社会"和"公共空间"受到极大挤压。现美国、前苏联，还有英、法、德、日、意，各国无不都强化自己的国家机器。社区的自治权利越来越小，民主制度越来越为政客掌控，民众在国家意识形态和超级媒体面前越来越失去判断能力，有的传统社区和民间组织甚至消失。民主社会的思想家们对此非常忧虑，提出调整"国家—社会"关系的主张。哈贝马斯的"沟通理论"和查尔斯·泰勒的"社群主义"重新研究"市民社会"问题，实际上都包含了对于"大国而不独裁"命题的忧虑。

1950年代以后，经历了一场接一场轰轰烈烈的"全民运动"，大多数的中国学者都会有一个教训：当一个大国体制建立起来以后，如果没有扎扎实实的"地方建设"，没有政治学意义上的"市民社会"和"公共空间"去填充，整个民族可能只是个空洞的大符号，整个国家也可能只是一架空转的大机器。因此，在中国，在世界各国，"全民—地方"并不是一个注定的对立关系，而应该是一个良性的互动关系："国家"扶持"社会"，"社会"支撑"国家"。诚如卜正民在著作中说的："社会组织并非是要使社会与国家两极化，而是努力修补双方之间的裂痕,是预见到了未来的总崩溃,并积极重建倒塌的桥梁。当国家反复不断地遭到失败时,社会组织可以弥补其过失。"(第31页)这个道理,中国在"改革、开放"二十年之后才逐渐认识到。在新的世纪里,社会上出现了越来越多的"行业协会"、"俱乐部"、"基金会"、"同学会"、"志愿者团体"等等"非政府组织",它们开始承担基层社会的建设性使命。从历史经验看,这次"民间团体"的热潮,已经堪与清末"新政"之后的建立"学会"运动相比了。

卜正民和他的同事们,谙熟明清历史,关切中国文化,他们的著作《中国的市(公)民社会》,将中国的"市民社会"历史做了一番清理,对我们认识自己民族的历史和现实都有很大的助益。幸运的是,我和卜正民及书中的其他学者在明清史和上海史方面具有共同的学术兴趣,也曾经在著作中从"市民社会"的角度端视过江南和上海地区的历史。我们多次谈到并同意说,江南的曾经繁荣,不输给同时期的欧洲。徐光启生活的松江市镇经济和士绅社会,很大程度上可以和同时期的欧洲布鲁日、安特卫普、汉堡、不来梅相媲美,利玛窦和伏尔泰对长江三角洲地带的高度赞扬,并非夸饰。我们也多次谈到中国近代以来的悲剧性转折,为了应战,整个民族在相当程度上改变了自己的性格,常常盲动、轻信和浮躁。二十世纪的中国,和三四百年前已经完全不同,一些良好的地方和社区特征,在整个国家的国体、政体重建中丢失了,被"民族主义"浪潮冲击得消散了。作为历史学者,我们只能在书本中找回这样失落的记忆而已。记得是2002年秋天,我和卜正民先生在张隆溪先生主持的香港城市大学跨文化研究中心又一次相聚,九龙塘"又一城"(Festival Walk)的商业繁华就在身边,蒸蟹煮酒,漫谈中聊起一个话题:除了我们今天各自居住的地方外,哪个时代和地方最愿意去居住?正民的选择是万历时代的江南松江府,而我则加上了1920年代的上海。这两个历史时空,并非就是"理想国"和"桃源仙境",但是确实是中国历史上"市民社会"充分发育,"市民文化"比较发达,因而也叫人兴味盎然的两个灿烂时空。

1990年代初期,我有机会到美国做访问学者,访问了旧金山湾区的伯克利加州大学、斯坦福大学和旧金山大学,美国中部的印第安纳大学、芝加哥大学,还有卜正民教授当时所在的加拿大多伦多大学。接触到许多"中国学"者,目睹了这场研究热潮的兴起,对西方同行热烈讨论"市民社会"的盛况留下深刻印象。1992年秋天,枫叶红遍加拿大的季节,在朱维铮师力荐之下,我得以参加在多伦多大学举行的"大学与东西方知识交流"学术讨论会,见到了5年前在上海结识的卜正民教授。五年暌隔,一旦聚首,经过了又一场的大事变,大家的心情都发生了很大变化。维铮师、正民教授,还有也是从美国赶来的纪树立先生,都是有很多经历的学者。谈起遥远的中国,大家都有一种不确定的茫然,欲言又止,几乎是一种失语的状态。正民教授只是说,他对中国文化的看法需要调整,连自己的博士论文修改也搁置了。为了存下历史,也为了不荒废自己的中文造诣,他花了几年时间,不少经费和大量精力,给中国人民写了另外一本极其有意义的书。

结识的西方学者中,没有不勤奋著述的。在认识的欧美学者中,正民先生除了勤奋著述外,还酷爱写作。正民先生着迷文字,热爱音乐,在那本获得"列文森著作奖"的《纵乐的困惑》中,可以读到一种一般汉学家很少具备的典雅英文,从字里行间和书里书外可以感到一股巴洛克式的韵律。这些话,英文造诣极深的张隆溪先生也曾向我说过。然而,这些都是其次的,二十年的交往请益中,我感受最强烈的,是正民先生几十年中对中国文化始终不渝的执着,以及他对中国学者的百般热忱。正民先生 1974 年就来到封闭的中国,是最早留学中国的西方学生。他在北京大学学中文,在复旦大学做学术,二年内,他和中国人民一起经历了最后的"文革",见证过那个特殊的时代。他告诉我:那种特殊经验,并不算是什么痛苦,看着别人受难,才是痛苦。他曾经谈起:中国的戏剧性变迁,强烈反差的经验,使他对时代和民族之间的各种差异更加敏感,成为巨大的精神财富,在学术研究中受益无穷,他的人生态度也因研究中国文化而改变。作为一位西方学者,他立志要改变西方读者对于中国历史的成见和偏见,把中国文化作为世界各民族人民都能享用的文化遗产介绍给英文世界的读者。卜正民先生,对于中国文化和中国学者有着真正"同情的理解"。

卜正民教授是《剑桥中国史》明史卷的作者,是当今西方

"晚期中华帝国"研究的领军人物,在欧洲和美国都享有很高声誉。无论是历年在巴黎,在哈佛,在香港,在上海,还是去年在他任院长的温哥华UBC大学的圣约翰学院,每次有机会见面,谈的都是学术,交谈之后都有很多收获。二十年来,他一直以历史学家的职志鼓励我们,常常把自己正在阅读的书籍,带着批注就赠送于我。很多次谈到中外人文学者都遭遇的学术困境,他一贯认为:历史学家并不是一个依赖名词概念生存的群体,更不应该是一个行动群体,学者不应该太"attach"(贴近)研究对象,应该"de-attach"(疏离)一点,就像老一辈学者所说的,对自己的研究对象保持一定距离,才能看得更清楚。关于《中国市(公)民社会》,他说:他们这些"中国学"者之所以引用哲学家哈贝马斯的"市民社会"理论,是因为它可以激活一些过去不被重视的历史,丰富对于中国文化的认识。研究中国的"市民社会",并不意味着要做"索引派",像图书馆员那样在中国历史中一一找到对应物体。在《中国市(公)民社会》的编序中,正民先生引用了他的业师,哈佛大学著名中国学者孔菲力(Philip Kuhn)1991年在巴黎会议上的话:市民社会在西方也是一个理想模式,而非现实存在,因此,"市民社会概念可以作为一种启发性工具,对中国现在正在发生的有关变化进行透彻思考,而不是复制市民社会,或是对现实情况进行全面解释"(孔菲力,1991)。

大约是2000年,正民先生来上海做研究的时候,赠送了他的这本《中国的市(公)民社会》。当时我正协助老朋友李韧先生编着一本读书杂志《书城》，顺手就在上面做了一个简短的介绍，虽然不足以表达我对正民先生学术上的敬重，但也算是本书最早的中文书讯了。这确实是一本值得中国读者阅读的著作，应该好好推介才是，所以心里一直欠着一篇更详细的书评文章，要把卜正民本人和他们的这本著作完整地介绍给中文读者。好友严搏非先生，努力安排了《中国的市(公)民社会》翻译出版，遂此心愿。蒙卜正民先生垂青，嘱咐为本书中文版写些话，起初是愧不敢当，怕是"佛头著粪"，说出一些画蛇添足的赘语来。但是，正民和博非都以为，一个中国国内学者的个人看法，或许对中文读者也有些助益，所以勉力写下了以上的文字，惟以勿怪为幸。

本文为卜正民、傅尧乐编，张晓涵译《国家与社会》(中央编译出版社，2014年)跋。全文曾以"西方学者眼中的'中国市民社会'"为题刊登于《文景》杂志2007年5月号。

儒教、礼教与理学

　　唐宋之际，儒学转型。明末清初的时候，外国人也搞清楚了这个名堂经。经过利玛窦、龙华民等入华耶稣会士的研究，到了莱布尼茨等人热议儒学的时候，欧洲学者一致认为：宋明儒学不同于"古代哲学"（Ancient Philosophy），应该称为"新儒学"（Neo-Confucianism）。在国内，明代的儒家学者当然更早就区分了"古儒"与"近儒"。明代学者"复古"，"礼乐"之学已经复兴；清代学者更把周敦颐、张载以下的学问称为"宋学"。把"五经"和"四书"分别开来，在"经学"中间突出"汉学"，把周孔经典与历代注疏加以区分，把宋以后中原社会丢失了的"礼乐"传统捡回来，这是"清学"的价值取向。

　　当代的中国思想史学者，都把近世儒学称为"理学"。"理学"能否概括宋明时期的近世儒学？这是需要反省的，并不是自然而然的。1930年代，冯友兰作《中国哲学史》还不用"理学"，而是用了《宋史·道学传》的说法，把韩愈、李翱、周敦颐、邵雍、张载及以下的儒学称为"道学"。侯外庐的《中国思想史》说到"北宋唯心主义"，也仍然是用"道学"（人民出版社，1959年，第四卷，上册）。只是到了任继愈的《中国哲学史》，就被定名为"宋明理学"（人民出版社，1964年，第三册，第157页）了。"理学"、"道学"和"宋学"的名词本身，都是历史上描述唐、宋以降儒学思想时采用过的说法，不算创新。创新之处在于作者们选用不同的名词，就代表他们对儒学做了不同的定义。对于喜欢给人"戴帽子"、"贴标签"的中国二十世纪学者来讲，这是最重要的工作。例如，将"新儒学"定名为"理学"，就表明宋明思想的核心是"理"，而不是其他。是"理"，就不是"礼"，"礼乐"也就无从谈起，多年来，研究"宋学"的很少研究"礼学"，通过"理学"研究祭祀，那就更是少之又少。

事实完全不是如此！例如：宋明思想中的"理"和"道"，还有"气"、"器"、"心性"，乃至于"魂魄"、"鬼神"，都很重要。如果真是要了解宋明学者的想法，需要仔细讨论，才能明白他们学说的真实意图。冯友兰和任继愈之间，有着很大的分别，"道"VS"理"只是一例。还有，"天理"之外，"礼乐"就不重要了吗？起古人于地下，让他们自己回答这个问题，恐怕不似只关心"唯物"、"唯心"的现代学者认定的那个样子。宋明儒学中丰富的社会内涵，被"唯物史观"简化成条条杠杠以后就失去了思想解释能力，沦为教条。这样的"思想史"，只能用做思想审判的准绳，已经难以用做思想启蒙的工具了，很是违背当年学者的初衷。这是思想史、哲学史在当代中国不受待见的主要原因。

儒学研究者周赟博士年少有为，精研深思，做了一部

《〈正蒙〉诠译》，嘱余为序。盛情难却之下，思忖着正好可以借用张载《正蒙》作例子，来说明这个"新儒学"问题。跟着周赟细读《正蒙》全文，可以看出横渠这样力主"气"说的"朴素唯物主义者"（任继愈语），其宗旨并非是"无神论"的，目的还正是要用"太虚"理论来贯通天人，更新周孔时代《礼记》中的"祭祀"理论，抵御佛教，实在是宗教性的。《正蒙》从"太和第一"开始，讨论天地宇宙的本质，我们就姑且认为这是"本体论"吧。但是，《正蒙》的结尾前的两篇正是"乐器第十五"、"王禘第十六"，都是讲"礼乐"祭祀的，那不正是要回答周孔时期儒家"祭如在"的问题吗？受隋唐佛学冲击，儒家社会如何维持自身的宗教信仰才是核心问题。近代哲学关心的"本体论"（Substance），不是张载始终思考的问题，拿张载自己的话来说："大《易》不言有无；言有无，诸子之陋也。"（《正蒙·大易》）张载关心"气"之幽明，解释它怎样贯通天人。虽然最后一篇"乾称第十七"又回去谈论"太虚"天道，但张载反复说："气之性本虚而神，则神与性乃气所固有，此鬼神所以体物而不可遗也。"从此来看，《正蒙》之"气"说，并非是无神论，而是维持着《周易·系辞上》的说法："精气为物，游魂为变，是故知鬼神之情状。"宋代儒家用何种方式去"知鬼神之情状"，才是《正蒙》要解决的核心问题。

最近几十年来的中国大陆的思想史、哲学史叙述，稍稍改变了"唯物/唯心"、"客观/主观"标签党的作法，转而从"当代新儒家"立场来肯定"宋明理学"。这种新观点认为：宋明

167

理学是儒教思想的一次革命，它把周孔时期"祭祀为本"的儒教，改造成宋明时期"心性为本"的儒学。从略带迷信、宗教形式的"祠祀"，转变成内心体验、灵魂修炼式的"哲学"。在这条"修身养性"的思想路线下，中国人的迷信、祭祀和宗教都被扬弃了，剩下的就是儒家思想的精粹——"人文主义"。这种"心性论"的思路能不能完全说得通，仍然很成问题。因为它在强调佛教禅宗影响的同时，舍弃了儒家礼乐文明的根本——祭祀。如果是像"当代新儒家"先驱熊十力先生那样，认定张载的"大易"仍然是"焚书坑儒"以后凭借"伪经"流传的"小康礼教"，掺杂着术数、卜筮和迷信，而不是周孔真传的"大道学派"，倒也罢了。但是，大家都只是跟着冯友兰把"新儒家"的"宇宙发生论"和"精神修养的方法"（《中国哲学简史》，北京大学出版社，1985 年）单线联系，只做"内圣外王"的本质理解，这是明显的选择性诠释。"当代新儒家"认为宋明理学已经克服了宗教思想，成为一种理性的哲学，这是不符合事实的。事实上，宋明理学有着很强的宗教性。

在海外生存、发展的"当代新儒家"第二、三代人物，经过与欧美各大宗教的对话，意识到宗教并非羞耻之物，开始承认"儒家的宗教性"。牟宗三、唐君毅等人的后期思想中敢于触及儒学宗教性。牟宗三提出"基督教是上帝启示的宗教"，儒家就是一种"注重功夫，在功夫中一步步克服罪恶，一步步消除罪恶"的"道德宗教"（《中国哲学的特质》）。唐君毅则提出：儒家是"人文主义的宗教"，它"以人文之概念函摄宗教，而不赞成以宗教统制人文。"(《文化意识宇宙的探讨》)杜维明在《中庸：论儒学的宗教性》(生活·读书·新知三联书店，2013年)总结了二十世纪学者从否认儒家是"宗教"到承认儒学"宗教性"的过程，说："把儒家规定为人生哲学(引申为社会伦理)而非宗教信仰，在文化中国的学术界早已形成共识，提倡充分现代化的胡适，坚守唯物主义原则的张岱年，和信仰自由主义的殷海光大概都接受儒家不是宗教的观点。"其实，并非只是对儒家不友好的"激进派"(胡适、殷海光，以及张岱年)认为"儒家非宗教"，熊十力、冯友兰、梁漱溟、钱穆等"当代新儒家第一代"，也无一不是甫闻"宗教"，便掩耳而去，避之唯恐不及，洗之唯恐不速。"保守派"曾经坚定地认为：不承认儒家的宗教性，对保存儒家有好处。当代学者调转船头，开始承认儒家的宗教性，实在是孟子式的"不得已"。杜维明说得很准确："因为选择的这样一条诠释的策略，才不得不强调儒家的宗教性。"

当前学术界开始肯定儒家宗教性，多半还是顺着"新儒家"的"内圣"路线，用义理发挥的方式做阐释，传扬其价值理念。杜维明认为："儒家在人伦日用之间体现的终极关怀的价值取向，正显示'尽心知性'，可以'知天'，乃至'赞天地之化育'的信念。"这就是当代新儒家主张发挥的"儒家的宗教性"。显然，这是从蒂里希(Paul Tillich, 1886—1965)的"终极关怀"和"内在超越"理论演变过来的。然而，只在"内圣"的意义上理解儒家的宗教性，这仍然是很成问题的。另外，牟宗三、唐君毅等把儒教定义为"道德宗教"、"人文宗教",仅在用以描述宋明理学"心性"(Internal,内在)特征的时候问题不大,但要将之与亚伯拉罕宗教(犹太教、天主教、正教、伊斯兰教、基督教)的"天启"(External,外在)特征对应并对立起来的时候,问题就很大。因为,儒家的"天道"、"天命"说法,其实是"External"路线;亚伯拉罕宗教的"灵修"、"奥秘"传统,反倒也是"Internal"路线。把东、西方宗教做本质化处理,固然对看清某个特征有帮助,但主观因素加入后便也改变了事物本身,让人失去了那个事物。例如,为了帮助当代人全面理解张载的《正蒙》,"宗教性"的关注是必不可少的。同时,这种"宗教性"不能单单是"心性论"的,也应该是"天道论";不能单单是"修炼式"的,也应该是"祭祀式"的;不能单单是"道德的",也应该是"宗教的"。问题不在于我们想要发挥横渠先生学说中的哪些精神,而在于我们首先要理解《正蒙》的全部内涵。

中外学者大多会同意,和世界上其他民族的传统思想一样,儒家也是一种起源于祭祀生活的学说。按超越各大宗教传统的二十世纪宗教学眼光来看,《易经》《书经》《诗经》《礼经》《乐经》和《春秋经》中记载的中国古代祭祀生活(所谓"礼乐文明"),绝大多数都具有宗教性。经汉代儒者整理,儒家的礼乐和祭祀分为"吉、嘉、军、宾、凶"等"五礼"。"五礼"之中,有的如"吉礼"、"凶礼"(丧礼)具有很强的宗教性,看上去就是宗教。有的如"嘉礼"、"军礼"、"宾礼"看似有着较强世俗性，但间接地起着宗教的社会功能，也可以从宗教角度来理解。"五经"（或"六经"）之中，有的经如《易经》《礼经》《乐经》和《诗经》的宗教性较强，有的经本身就是祭祀生活的记录。有的经如《书经》《春秋经》是王朝政治生活的记录，但其中的很多篇章都涉及了祭祀、礼仪和教义，在当代人类学、社会学、历史学家看来，这些经典都涉及了宗教生活，无不采用宗教学的方法加以研究。

周赟的《〈正蒙〉诠注》在回溯张载学说和宋明理学的"宗教性"方面，有值得关注的突破。从《〈正蒙〉诠注》中呈现出的张载思想，当然不再是"朴素唯物主义"的"气一元论"，也不仅仅是"天人合一"的"心性论"。张载的《正蒙》学说和其他宋明理学的儒家学者一样，也有其"宗教性"。而且，这种"宗教性"并不仅仅是"内圣"式的"参天地之化育"，也是"祭祀"中的"报天德"、"事鬼神"，非常像是一种"外在超越"类型的宗教性。周赟给《正蒙·王禘》作题解，认为本篇"讨论的就是孔子最重视的禘礼，这直接表明了张载崇尚周礼的鲜明态度。……因为礼制，尤其是周礼，被儒者认为是圣人效法天道而作的，因此具有神圣性。"《正蒙》完全没有忽视"祭祀"，相反他和他的学生把《王禘》篇放在《正蒙》的最后一部分，正可以说明他最重视的正是"祭祀"。张载的原话是："祭社稷五祀百神者，以百神之功报天之德尔，故以天事鬼神，事之至也，理之尽也。"《正蒙》学说的关键，当然是强调"太虚"之"气"的重要，但它一点都不否定"鬼神"的存在。张载在

《正蒙》中用"气"来解释"鬼神"的存在方式,把"天"、"德"、"事"、"理"的终极意义与"鬼神"挂搭起来,当然是宗教性的。

儒家不能否认"鬼神"的存在,只能纯化对它的解释方式,这是儒教经学本身规定的。《礼记·中庸》有"鬼神之为德",传说就是出自"子曰",孔子还在这句话的后面发了一大阵子的赞叹:"其盛矣乎!视之而弗见,听之而弗闻,体物而不可遗。"这种"弗见"、"弗闻"的"盛矣"之"德",不就是张载理解的"气"吗?说实在,张载并没有什么新发明,从战国到汉代,到唐宋、到明清,儒家对"鬼神"都是这样理解的。祭天、祭祖、祭方川鬼神亡灵的时候,"使天下之人,齐明盛服,以承祭祀,洋洋乎如在其上,如在左右"。"祭神如神在",这就是儒教的宗教性啊!

学者试图掩饰儒教在祭祀生活中表现出来的宗教性,就在"祭如在"的"如"字上做文章,认为"如"是一种比喻(meta-phor),拿来做修辞(rhetoric),实际上并不认为会有"鬼神"降临祭祀现场,因而儒家祭祀其实是人文、纪念、诗歌式的世俗仪式,只富有教育和教化的意义,就不算是宗教。奇怪!天主教会、基督教会每个礼拜都办的"圣事"(Sacrament)也是象征性的,大多数教会(除了灵恩派运动)并不承诺信徒们说耶稣真的会降临现场。德国神学家莫尔特曼(Jurgen Mo-ltmann,1926—)的"希望神学"(Theology of Hope)更是说:耶稣的复活与否并不重要,重要的是祭祀中的人类对"复活"的热切盼望,支撑了众多的世俗社会理想:公正、仁爱、平等、正义等等。那好！我们就此说现代西方世俗化的神学不是神学，现代的基督教也不再是宗教，恐怕不行吧?!

张载的《正蒙》里面，确实是有一种不可否认的宗教性。这种宗教性还是相当全面的，内在超越、外在超越都有一点。按周赟《〈正蒙〉诠译》最后归纳的，张载在几个关键理念上有突出的"宗教性"：一，太虚与性、天与上帝；二，"鬼神，二气之良能"；三，性理能否成为主宰者；四，"为天地立心"。在这些基本理念中，"天"与"上帝"肯定是一种"仰观宇宙之大"的"外在超越"；"性理"与"良能"才是一种"参天地之化育"的"内在超越"。对于《正蒙》章句中宗教性基本理念的解释，周赟的理解和发明有理有据，他的今译也颇有功底，我想一般学者都能察觉得到，不再赘叙。稍有一点补充就是，周赟恐怕是对"鬼神"一词的深入剖析还不够，尤其是忘记了对"鬼神"相关的更重要概念——"魂魄"做个专门分析。倘若要更好地理解《正蒙》的宗教性，这两个概念是很有价值的。

张载，以及程颐、程颢、朱熹等"宋学"家们，用"理"、"气"的概念奠定了一种后世所称的"宋明理学"，确实与汉代的儒家经学有很大不同，故又被称为"新儒学"。但是，这些专讲"理气"的"宋学"家们，还是从汉代经学中汲取了一贯的资源，否则他们就没有办法自称有个"道统"。宋学中的"理气"、"心性"，和汉代经学的"鬼神"、"魂魄"有关系。极而言之，宋代学者的"理气"、"心性"论，是从汉代祭祀的"鬼神"、"魂魄"观发展过来的。"鬼神"、"魂魄"和"理气"、"心性"的关联性，很容易得到证明。《中庸》的"鬼神之为德"一节，已经表明儒家认为洋溢在祭祀现场上空的"盛矣"之风，就是"鬼神"之"气"。按《礼记·祭义》解释："气也者，神之盛也；魄也者，鬼之盛也。""气"为神，"魄"为鬼，《礼记·祭义》的解释和《礼记·中庸》的解释是一致的，可见汉代以前的儒家祭祀在《礼记》中已经建立了一种系统性的理论。朱熹把"鬼神"引为"理气"："鬼神者二气之良能，是说往来屈伸乃理之自然，非有安排布置，故曰良能也。"（《朱子语类》卷六十三）在这里，朱熹仍然恪守汉儒的经典解释，把"屈伸"之鬼神，解释为收放之"理气"。

在宋明理学中，"天地"、"阴阳"、"理气"，和"鬼神"、"魂魄"，在结构上是一致的。"理气"的一个最重要的特征，是收放、聚散，洋溢在天、地、人"三才"之间，和"鬼神"的属性基本一致。汉代儒家经学对"鬼神"、"魂魄"的解释，秉持"鬼者，归也；神者，伸也"的基本观念，认为"气也者，神之盛也；魄也者，鬼之盛也。"（《礼记·祭义》）"魂气归于天，形魄归于地。"（《礼记·礼运》）"人死，精神升天，骨骸归土，故谓之鬼。鬼者，归也。"（《论衡·论死》）我们看到，张载"二气之良能"，仍然是汉代的"鬼神"。按周赟的理解："中国的'气'，绝不是西方所谓的'物质'。西方哲学的'物质'，是能与精神分离而独立存在的。"张载所谓的"良能"之气和现代西方哲学中的"物质"完全不同，它是"鬼神"之气，含有宗教性，并不能等同于现代物理概念中的"物质"，甚至也不能和阿奎那哲学中的

"精神/物质"中的"物质"相提并论。张载、朱熹的"鬼神,二气之良能",确实是出于宗教性的思考,他们发展的仍然是儒家的祭祀理论。

本文为周赟著《〈正蒙〉诠译》(北京,知识产权出版社,2014年)序。

禄是遒的"中国迷信研究"

禄是遒(Henri Doré, 1859—1931)神父,生于法国,在勒芒神学院预科毕业后,于1882年晋铎。因国内反教风气严重,他去苏格兰加入耶稣会。1884年来中国,用一年时间在上海学习了中文口语和写作,去安徽传教,直到1895年因健康问题回到上海。在徐家汇耶稣会总部进修、疗养一年后,又到江苏各教区传教。禄是遒神父一直在"两江总督"管辖范围之内,亦即天主教法国耶稣会巴黎省负责传教的"江南教区"农村工作,历三十多年。上海西郊的徐家汇,是法国耶稣会在江南传教事业的后方基地,禄是遒神父常常回到上海,从事避静、进修、研究、疗养和教学活动。1918年以后,因积劳成疾,禄是遒患上了慢性肠胃病,健康每况愈下,禄是遒就留在了上海,在耶稣会徐家汇住院专事研究工作。同时,禄是遒也在上海主教区的董家渡沙勿略堂讲道,在卢家湾震旦学院讲课,在洋泾浜救济院做慈善工作。1931年12月,经长期病痛之后,在徐家汇路(今华山路)圣母圣心会的普爱堂(在241弄7号)去世。享年72岁,留居江南47年。

传教士研究中国民间宗教,动机非常自然,他们需要了解当地宗教状况,以便传教。禄是遒神父研究中国民间宗教,起因也是传教。按本书序言的交代,"作者出版这一著作的主要目的,是要帮助在乡间的同事们,即那些新近从西方到达,还不了解中国人民宗教状况的传教士们。这些人总有一天要去和这个国家的迷信打交道。因此,他们必须对人们如何思想、信仰和崇拜有一些了解。有此配备后,他们就会少冒犯一些当地人的成见,更好地推进将基督教真理植入这块土地的伟大工作"①。按照作者的设想,把中国人的迷信方式整理出来,供传教士查阅,避免无故冒犯中国人。除了这个审慎传教的目的之外,本书还有另外两个实用目的:一,为从事"比较宗教学"的学者,提供一套研究东方信仰的范本;二,给一般读者提供一种读物,用以了解下层民众信仰中的"中国的真宗教"。②

值得注意的是,处在讲究"科学"的十九世纪,宗教研究也渐渐"科学化"。禄是遒神父已经不能再单单使用基督教神学来评判"异教",必须结合"比较宗教学"、"人类学"等"科学"方法来研究中国的"迷信"。按他的话说,主要不是要批判"迷信",而是要揭示一个"真正的中国"。禄是遒以为,上海这样的通商口岸,能够引领中国的理想,却不能代表中国

---

① 甘沛澍:《〈中国迷信研究〉序》,见本书第一卷卷首。
② 同上。

的真实,他说:"真正的中国,在通商口岸城市很少存在。文明在这里起着作用,将中国人提升到一个比他的乡村同胞较高的层面。所以,谁要想研究中国的真实生活,就必须在遥远的地区,即一些离奇的老镇,一些边远省份的隐蔽村庄来观察中国,这就是传教士所做的。"为此,禄是遒"作为传教士在江苏、安徽两省做了二十多年,还从事左右中国人社会和家庭生活的宗教,和其他无穷无尽的迷信的研究。他访问了市镇、庙宇和寺观,向人们询问神公、神母、地方神祇和神仙人物,为他未来的巨著收集了珍贵的材料"①。这种"田野调查",已经接近了现代人类学的方法。禄神父的研究,虽然还残留着基督教神学的痕迹,例如他还常常会直接表露对"迷信"的鄙视和批评,但是总体上来说,他的研究是描述性的,是力求客观的,因而大致符合作者预想中的"科学"方法。

作者虽然力求"科学",但我们也不能说《中国迷信研究》已经是一部摆脱神学气息的科学著作。在一百多年前人类学、社会学、比较宗教学草创时期,一个天主教耶稣会士必然还会有很多"非科学"的关怀。正如作者交代的,本书的主要读者,是他的传教士同事,其次才是一般西方读者。这样的读者定位,以及作者自己的价值倾向,使得本书还是要对"中国迷信"作出符合时代的评判。比如,作者和译者们,把"符咒"判断为"迷信",指出它们"在人们中激起一种求利与恐惧

---

① 甘沛澍:《〈中国迷信研究〉序》,见本书第一卷卷首。

之心,远胜于真正的(对于上帝的)崇尚和荣耀。任何访问过中国都市寺观的人都很容易发现这点。它也助长了多神论倾向,从而导致对于上帝的忽略"。① 显然,这是用基督教"一神论"和"基督论"做判断,说他们是"基督教中心论",也是可以。

《中国迷信研究》是一部度越前人的划时代巨著。以前有人(如李提摩太、苏慧廉)论述了中国的"三教"和民间信仰,也有人(如卢公明)研究某一地区民间宗教,但要么是对中文文献的阅读和理解,要么是把下层社会的宗教活动做些描述和评论。像禄是遒神父这样积几十年之力,结合文献研读和田野调查,以如此大的篇幅来记录、介绍和研究,历史上绝无仅有。《中国迷信研究》引用的文献,中文的就有《搜神记》《神仙通鉴》《文献通考》《续文献通考》《佩文韵府》《渊鉴类函》《太平广记》《抱朴子》《竹书纪年》《三五帝纪》《事物原会》《老子》《庄子》《列子》《山海经》《齐东野语》《尚书》《诗经》《封神演义》《西游记》《三国演义》《二十四史》《资治通鉴纲目》《训真辩妄》《酉阳杂俎》《檐曝杂记》《陔余丛考》《百丈清规》《仙传拾遗》《广兴记》《明一统志》《江南通志》。另外,他收集调查所到的地区,包括了安徽的徽州、黟州、庐州、无为、太平、合肥、池州、滁州、和州、颍州、泗州、霍山等地;江苏的上海、苏州、常州、镇江、通州、泰兴、如皋、宿州、邳州、海洲等

---

① 见《中国迷信研究》第二卷,甘沛澍神父代作的"前言"。

地。如此大规模的结合文献和实情的调查研究,耗费了一生,除了参考了黄伯禄神父所作的一些文献研究之外,其田野调查部分基本上是一个人完成的。

禄是遒神父的本书,先在安徽、江苏等地用法文写作,在徐家汇的土山湾印书馆出版。晚年回到上海基地后,他在徐家汇的同事,爱尔兰籍耶稣会士甘沛澍(Martin Kennelly,1859—?),联络了远在香港仔天主教修院的爱尔兰籍会士芬戴礼(Daniel. J. Finn,1886—1936)一起,帮助翻译成英文。①法文原版分二部分,共 16 卷,英文翻译本合并为 10 卷。相比法文版,英文版是一个比较好的版本。翻译的时候,禄是遒神父还在世,他懂得英语,有什么翻译问题,他们一起商量解决。乘英文版的翻译,两位母语是英语的神父参照了英、美、德、荷、比等非法语学者研究中国民间宗教的著作,相互印证,视野更广阔,更便于读者引用。更重要的是,翻译过程中,他们对引用的中文古籍做了仔细的核对和订正,做了更多的注释,使研究更加精确。英文版做了大量的

---

① 甘沛澍:1886 年来华,一直在上海传教。除了把禄是遒的《中国迷信研究》翻译成英文外,还把法国籍耶稣会士、震旦大学教授夏之时(Richard Louis,1868—?)的法文著作《中国坤舆全志》(*Geographie de l'Empire de Chine*,1905)翻译成英文"*Comprehensive Geography of the Chinese Empire and Dependencies*,1908,Tu Shan Wei,Shanghai"。芬戴礼:1927 年到达香港,曾任香港大学地理系教授。1932 年主持发掘香港仔古文化遗址;1933 年发现南丫岛古文化遗址;1936 年在广东海丰发现古文化遗址,是香港和华南考古事业的开创者之一。

修订、增写和注释,可以说是一部更新的著作,更加值得重视。英文版的第一卷于 1911 年由土山湾印书馆印制发行,接下来三卷分别在 1912 年、1913 年发行。全书大约于 1915 年完卷。

《中国迷信研究》甫出版,法兰西学院(College de France)授予他们一个特别奖①,这是法国主流学术界对于教会学术界的承认,非常难得。法兰西学院是"学院派",是欧洲"科学"和"理性"的倡导者和坚守者,通常对天主教神学持严厉的批评态度。他们乐意承认在华神父学者们的"中国迷信研究",原因有二:一,法国学院派"汉学"受耶稣会"汉学"影响很重,法兰西学院汉学家雷慕沙(Jean-Pierre Abel-Remusat,1788—1832)、儒连(Stanislas Julien,1797—1873)的中国宗教研究,直接继承了法国耶稣会士"汉学";二,法国著名社会学家杜尔克姆的学生葛兰言(Marcel Granet,1884—1940)个人关注禄是遒神父的研究。葛兰言于 1911 年在北平留学,留居平、沪两年。1919 年完成博士论文《古代中国的节庆与歌谣》(*Fetes et Chansons Anciennes de la Chine*),成为法国最有影响的汉学家。禄是遒、甘沛澍和芬戴礼在本书的著述中,不断引用该著作,试图加重本书的"学院派"色彩。葛兰言的中国宗教研究,继承杜尔克姆社会学方法,改变过去的基督教神学取向,把古典文献和田野考察

① 芬戴礼:《〈中国迷信研究〉序言》。

结合，建立"比较宗教学"。《中国迷信研究》中使用的方法，在某种程度上和法国本土的宗教学新潮流相契合。1939年，法兰西学院的外围学术机构北平法国汉学研究所成立，民俗学组的研究人员在拟定研究项目的时候，选择《中国迷信研究》，结合哥罗特的《中国宗教系统》等书，编制人名、书名通检及研究卡片，作为首要课题。①

英译者芬戴礼提示我们：理解禄是遒神父的学术思想，需要参看戴遂良（L. Wieger）的《历代中国》（*China Throughout The Ages*）和《中国宗教信仰及哲学观点通史》（*A History of Religious Beliefs...*）、马伯乐（H. Maspero）的《古代中国》（*La Chine Antique*）和葛兰言的《中国文明》（*Chinese Civilization*）。这些书籍都是西方"汉学"的主流成果，研究中国古代社会，关心夏、商、周三代古史传说中的圣贤人物。禄是遒的《中国迷信研究》，从民间信仰的角度，参与法国汉学的古史研究。禄是遒在江南地区的民间信仰中，也找到了"三皇五帝"，伏羲、神农、尧、舜、禹、汤，他把《封神演义》中的民间信仰带入古史研究，也证明禄是遒《中国迷信研究》的学术取向。

禄是遒等人的《中国迷信研究》一直受到学术界的重视，正如作者们所希望的那样，作为一中国民间宗教的资料大

---

① 葛夫平：《北京中法汉学研究所得学术活动及其影响》，《汉学研究通讯》，第 24 卷，第 4 期。

全,本书的存真价值非常高。在中国大陆一百年的"移风易俗"之后,书中记载的"迷信"许多不能找见,当年人们习以为常的风俗、规矩、礼仪、祭拜、禁忌、符号,已经荡然无存,只在遥远的记忆中回荡。现在要了解我们祖先的生活,追溯我们文化的来源,只能依靠这些纸上踪影了。1966年,台湾成文书局全套影印了英文版的本书,供学者使用,其中的珍贵资料常为人所用。《中国迷信研究》的资料价值,可以一例为证。2005年,上海市徐汇区文化局修复原属上海县华泾镇的黄婆祠,修建"黄道婆纪念馆",希望能够找到一点有关黄道婆的图像资料,遍寻不着。最后,专家在禄是遒神父的《中国迷信研究》中觅到一幅年画式样的彩画,正是清代流传的先棉神祇黄婆。亏得禄是遒神父的细心调查和录制,才为后人保存了一帧黄婆神形象。

江南一带,盛行符箓,是道教"正一派"盛行的地区。龙虎山天师道、茅山上清派、阁皂山灵宝派各有符箓,称"三山符箓"。符咒的最大功用是驱魔,把符咒贴在病家的患部,取下烧成灰烬,调在酒或水中吞服,用来治病。据说,光龙虎山天师道就有三十六箓,七十二符。道士们用它们治病、驱鬼、求神,曾经是中国日常生活中密不可分的一部分。自近代"移风易俗"、"新生活运动"、"反封建迷信"之后,短短几十年间如风卷残云,在上海这样的现代城市里根本见不到"符箓"了。前几年,江苏茅山重新印制了几本符箓图册,仅十几幅而已。禄是遒的《中国迷信研究》,则轻而易举地收录了百多幅。据作者说,他在扬州、高邮、南京、芜湖、和州、含山、无为等地的"纸马店"里,购买到这些符咒。参观寺观的时候,僧人、道士也送给他很多幅。有些符咒,还能在诸如《趋吉避凶全书》《增补秘传万法归宗》等书里找到,发表的只是他整理出来的一部分。①幸亏有这本著作,为我们保留了诸多一百多年前的符箓原本,供我们观赏研究。

禄是遒对中国社会生活中的信仰活动,做了迄今为止最为完整的收集和描述。经过他的收集整理,中国各宗教(包括对其"宗教性"有争议的儒教)的信仰特征暴露无遗。有这样一部著作,再要说中国本土文化当中没有宗教,就很难了。因为《中国迷信研究》揭示的宗教性也存在于儒家之中,说儒家不是宗教,也很难了。三十年代起,冯友兰先生力辩"儒家非宗教",但鉴于禄是遒《中国迷信研究》的确凿记录,他不得不承认禄是遒在书中描述的儒家礼仪确实是"宗教性的"。冯友兰在英文论文中说:"禄是遒的《中国迷信研究》中有几章是关于丧礼、供礼和婚礼的。禄神父书中描述的这些礼仪和《礼记》所描述的并不完全相同,但两者确实都有一些迷信,在某种意义上,它们确实是宗教性的(Religious)。"②然后,冯先生提出解释:儒家"在经典中把宗教性的元素改造成

---

① 见禄是遒《中国迷信研究》,英文版第二卷,有关符咒研究的部分。

② Feng Yu Lan, "The Confucianist Theory of Mourning, Sacrificial, and Wedding Rites," *Chinese Political and Social Science Review*, XV, 3, October, 1931.

诗歌，它们不再是宗教性的了，而仅仅是诗歌性的了。"儒教真的已经把中国人的宗教礼仪改成"诗歌"吗？读《中国迷信研究》，联系当时还天天在社会生活中演练的"中国礼仪"（祭祖、祭孔、祭天），很难否认它们的"宗教性"。最后，冯友兰也不得不按照孔德（Augeste Comte，1798—1857）的定义，说儒家是一种"人文主义""人文宗教"："如果说它们是宗教，那么它们是人文宗教（If they are to be called religion，they are the 'Religion of Humanity'）。"由于禄是遒《中国迷信研究》这本书，冯友兰不得不承认儒家也是某种宗教。

《中国迷信研究》是禄是遒神父的个人作品，但在很大程度上得到了在华耶稣会士们的集体帮助，上海徐家汇耶稣会住院内良好的学术环境，给禄是遒神父的帮助尤其重大。这里学术机构众多，学者人士云集，学习条件优越，曾经产生出大量优秀的学术作品，《中国迷信研究》只是其中一种。在本书写作过程中，已经有中国籍耶稣会士黄伯禄（斐默）的中国迷信研究著作出版，禄是遒神父显然运用了其中的材料。

黄伯禄（1830—1909），江苏海门人，1851年参与上海徐家汇依纳爵公学的创办与教学，通法文、英文。1860年晋铎，1875年任徐汇公学校长，一直在徐家汇从事文教工作，直到去世。著有《训真辩妄》《集说诠真》《集说诠真续编》《正教奉褒》《正教奉传》等著作，是中国天主教会中间学术渊博，著述丰富的著名华籍耶稣会士。《训真辩妄》、《集说诠真》是天主教会安排黄伯禄写作的反迷信著作，目的是宣传和建立正确的天主教信仰。《训真辩妄》有光绪三十年（1904）上海慈母堂第三次印本；《集说诠真》《集说诠真续编》有光绪三十二年（1906）上海慈母堂排印本。可见在禄是遒出版《中国迷信研究》之前，黄伯禄已经完成了中文"中国迷信研究"。《集说诠真》近年有新版，被收录在《中国民间信仰资料汇编》（王秋桂、李丰茂编，台湾学生书局，1989 年）中。

由于采纳了《训真辩妄》《集说诠真》的成果，使得《中国迷信研究》的中文文献基础非常扎实。很多说法，都有确凿的文献来源。查阅黄伯禄的《训真辩妄》（上海图书馆藏，光绪三十年第三次印本，上海慈母堂藏版），按"黄伯禄斐默氏识于沪西之汇堂"的序言，本书初版的年份，是"光绪九年"（1883）。本书的内容，正如作者在书名上标识的那样，分为"训真"和"辩妄"两部分："训真"部分正面阐释天主教的教义，"辩妄"部分则系统批评了作者所认为的那些负面信仰。"训真"部分从"天主二字何解第一篇"以下共 30 篇，根据十九世纪流行的天主教义，论述什么是正当的教会学说，为天主教徒确立正统信仰。从"异端当禁第三十一篇"开始，一直到"雷公第一百十六篇"，共 86 篇，作者把中国宗教的种种崇拜分门别类地列出来，加以叙述、总结和评判，目的在于矫正中国天主教徒"虚妄"的崇拜行为。"训真"讲西方神学，共30 篇；"辩妄"批中国迷信，共 86 篇。从比例关系来看，可以说黄伯禄在写作《训真辩妄》的时候，在本土宗教的批判上面着力更深。

《训真辩妄》的86篇"辩妄"之作中,全面系统地批判"迷信",是近代中国人批判"迷信"的最先声。现将作者在书中点名道姓列举的"迷信"现象再列举一遍,可以看出十九世纪中国天主教会裁定的"迷信"种类,有如下的大致情况。它们是:"叩拜亡人"、"木主"、"祭荐亡人"、"家堂"、"天地君亲师"、"纸钱"、"买路钱"、"解天饷"、"纸马"、"纸房子"、"纸旌"、"符箓"、"御火鸡"、"姜太公在此百无禁忌"、"门贴福字"、"石敢当"、"历中宜忌"、"风水"、"择日"、"算命"、"相面"、"文王课"、"六壬课"、"籤卜"、"掷珓"、"测字"、"轮迴"、"避煞"、"戒杀"、"放生"、"吃素"、"招魂"、"念佛珠"、"腊八粥"、"赤豆粥"、"上立特宠之圣人理应敬礼"、"孔子"、"老君"、"释迦佛"、"元始天尊"、"玉皇大帝"、"关帝"、"文昌君"、"魁星"、"社稷"、"城隍"、"土地"、"阎王"、"地藏"、"竈君"、"西王母"、"观音"、"天妃"、"麻姑"、"紫姑神"、"东狱"、"张天师"、"八仙"、"刘猛"、"三茅君"、"萧公"、"晏公"、"许真君"、"三官"、"五圣"、"龙王"、"马王"、"财神"、"门神"、"钟馗"、"痘神"、"四大金刚"、"灌口神"、"祠山张大帝"、"鄂王"、"施相公"、"都天神"、"萧王"、"寿星神"、"火神"、"水神"、"风伯"、"雷公"。

禄是道的《中国迷信研究》,无疑延续了黄伯禄的《训真辩妄》。两者之间的关系,是黄书在前,禄书在后。由于黄书在先,故比较简略;因为禄书在后,有机会补充增订,故而更加详尽。还有一个更有兴味的对比特征:由于黄伯禄神父是华人教徒，对中国迷信的批判更加强烈；由于禄是遒神父是法国神父，对"中国迷信"反而表现出滋滋有味，津津乐道的样子。把黄伯禄和禄是遒的中西文著作对比，很容易看出华人学者的自我批判更加严厉，外籍学者的对照研究比较客观。禄是遒神父想要品尝中国宗教"味道"的欲望，使得《中国迷信研究》如此详尽、仔细，图文并茂。

为了说明禄是遒《中国迷信研究》和黄伯禄《训真辩妄》之间的关系，我们可以把《训真辩妄》中的"许真君第九十六篇"和《中国迷信研究》中的"许真君"作一对比。两篇有同样的古籍来源：《太平广记》和《授神记》，叙述也大同小异。《训真辩妄·许真君》言："许真君第九十六篇：世称真君，姓许，名逊，字敬之。河南汝宁府人（或谓江西江宁府人），生于吴赤乌二年。及长，举孝廉（中举人），晋武帝太康初年，授旌阳（在湖北枝江县北）令，尝点瓦砾成金，分施于民，并以符咒治疫。旋弃官归，浪游江左（江南）。时有蛟精化为少年，自名慎郎，春夏旅游于江湖。一日，许逊于豫章（江西南昌府）遇之，慎郎遂化黄牛逃遁。许逊即化黑牛追之。黄牛投井，黑牛跟入。黄牛既出，奔往潭州（属河南），复变为人。许逊跟至潭州，令慎郎化归本形，并饬空中神兵诛之。东晋孝武帝宁康二年八月初一日，于南昌（府属江西）城外西山举家四十二人，白日升天，鸡犬随去，宋徽宗封为妙济真君（分见《太平广记》《重增授神记》）。按许逊点瓦砾为金，诵符咒治疫，以及白日飞升等事，同一荒诞，毋庸置辩。又按蛟精变人，复变黄牛,许逊变黑牛,追杀诛之,其事不但荒幻不经,且捏造未圆其说。盖许逊既能令神兵诛戮蛟精,何不于豫章初遇时即令诛之,乃等变黑牛追逐投井。且身为孝廉,曾官邑宰,何竟若是之不自惜耶?"

《中国迷信研究·许真君》言:"许真君,这位人物姓李,通常叫做逊,字敬之。对他的出生地没有一致的权威说法。有人说他来自河南汝宁府。《广舆记》的作者相反,认为他来自江西南昌府。他的父亲是许肃,祖父是许谈。她的母亲做过一个梦,梦到一只带金色羽毛的凤凰。这个凤凰嘴里衔着一颗珍珠,扔到了她的胸中,于是她就有了孩子。孙权(吴国的建立人)掌权后的赤乌第二年,这个孩子出生了。在他小的时候,学习了道法。在他刚刚成年的时候,他对父母孝顺,过着有节度的生活。在晋武帝太康初期,他被指令为旌阳令。这个古老的地方坐落于湖北荆州府,枝江县北面的郊区。在那几年干旱的时候,他摸过的瓦片碎块能变成金子,这样那些悲伤的人们可以还清赋税的欠款。千家万户都因为他的法宝和符箓从疾病中恢复过来。在国家陷入麻烦的时候,他辞了官,来到了扬子江南面⋯⋯⋯⋯"

《中国迷信研究》和《训真辩妄》之间确实有联系,为此荷兰汉学家 Barend J. ter Haar 认为禄是遒的著作抄袭了黄伯禄,全书价值不高。在 Barend J. ter Haar 的个人网页中,他认为禄是遒只是不加改进地沿用了黄伯禄的成果,告诫学生,不要使用《中国迷信研究》。这个结论是否真的能够成立,要根据进一步的研究,比较两者在文献考据上的不同贡献,才能最后做出。

现代学者批评禄是遒的著作中有"可怕的西方化意象"(Horrible Westernized Illustrations)。这样的批评,表达了当代西方学者对于自己过去历史上的"殖民主义"的深刻反省,是一种可贵的良知。扬弃旧时代"基督教中心论"的宗教研究,对于今天众教平等的宗教学研究是非常必要的。但是,我们也不能过于"以今律古"。要看在一百多年前,禄是遒是否比其他人有更多的"西方化意象",如果不是,相反还比他人更多些客观,则就要承认在华耶稣会士和新教传教士对中国宗教研究的开创之功。只要比较一下基督新教的著名的"反迷信"中文著作《破除迷信全书》(李干忱,美以美会全国书报部印本,1924年),就可以看出天主教耶稣会士对中国迷信的批评,相对温和。和西方流行的其他极端反异教、反迷信的作品相比,在华传教士的中国宗教研究,又是相对温和。上海徐家汇的耶稣会士们,他们还在继承利玛窦以来的"汉学"传统,比较尊重中国文化,突破欧洲十九世纪强烈的"基督教中心主义"和"西方中心主义",容纳东方,接受中国。他们研究中国宗教的目的之一,主要还是希望西方的基督徒们能够正视中国文化。这种态度,值得肯定。再者,反过来说,中国读者为什么不能也像当代西方学者一样,经常反省一下自己的历史过错,一定都要读到对自己文化的赞词才高兴呢?"闻过则喜",很难做到,却很有意义。

本文为禄是道著，李天纲主译《中国民间崇拜研究》（研究丛书十卷，约 100 万字，上海科学技术文献出版社，2009 年）序言。本书的法文、英文原名均为《中国迷信研究》（*Researches sur les Superstitions Chinoises*）。

从信仰理解宗教

　　研究思想史，从信仰的角度去理解宗教，应该是最为自然的做法，但这种方法在中国大陆的学术界却非常罕见。近代以来，大多数学者都对"信仰"有着偏见。在中国近代史领域，学者研究诸如"太平天国"、"义和团"等宗教运动，一般都采用政治学、社会学、文化研究的分析方法，而不是宗教学。虽然"宗教学"并非只谈"信仰"，也讨论宗教与政治、社会和文化之间的关系，但是"有信仰"的宗教学和"没有信仰"的社会、人文学科很不同。两者的区别在于：当别的学科把宗教问题转化为世俗问题去讨论的时候，宗教学却必须直接面对信仰。不从信仰本身来理解宗教，宗教问题就没有正解。

　　学者不能正视"信仰"，对于"宗教"存在偏见，这个现象在中国文、史、哲等人文学术界尤其明显。例如：长期以来中国学者把"义和团"仅仅作为"农民革命"、"反帝爱国"运动理解，重视"阶级斗争"等政治因素，不太考虑晚清时期华北地区"神拳"运动中的信仰因素。事实上，"马子"（男巫）们自觉"降神附体"，才会在"反洋教"时赤膊上阵，叫嚣"刀枪不入"。离开了执迷的信仰背景，义和团运动中的狂热、暴力和非理性,就无法得到应有的解释。太平天国运动,这场在南中国持续了 13 年,导致数千万人死亡的大内战,是以"上帝教"为名发动的,显然首先就是一场宗教运动。但是,中国学者却很少从信仰的角度来分析这场异乎寻常近似诡异的"太平天国起义"。于是,"太平天国史研究"("太学")就越来越走进了死胡同,已经好几十年没有什么重要成果发表了。

读周伟驰兄的《太平天国与启示录》,有豁然开朗的印象。这是期盼中的从宗教学切入历史研究,从信仰角度来理解宗教的好作品。伟驰兄扎扎实实地做了一件非常重要工作,为看似汗牛充栋,实在缺乏新意的"太平天国史研究"增加了一部极具创新意味的著作。按伟驰所引唐德刚《晚清七十年》的意见,加上自己的观察,一百多年的"太学史",有着各不相同的"面面观"。钱穆以卫道士态度反对太平天国践踏名教;胡适以改良主义立场非议太平军施暴;孙中山主张"反满",则以其为"民族革命";罗尔纲"思想改造"后,就改之为一场"阶级斗争"、"农民革命"。不同的"面面观",都没有深入到太平天国的内部,去观察"上帝教"的宗教生活,因而也不能从信仰的角度去理解这场所谓的"天国"运动。

在各种各样的解释中间,孙中山首倡的"太平天国"运动是一场"民族革命"的说法,问题最大。从信仰的角度看,太平天国的宗教信仰并非源于本土,而是新近从外部传入的。中国近代的"民族主义"是否有宗教运动的推动,这个可以讨论。从欧洲近代"民族主义"的兴起来看,各民族国家建立的背后,都有"宗教改革"（Reformation）运动在推动。但是，基督宗教（包括天主教、基督新教，或者正教、东正教）是他们民族自己的宗教，有着教会、教派和教义的争议和冲突，但都不是外来传入的，而是内部发生的。无论后来"政教"如何"分离"，基督教教会如何逐渐地退出了政治、经济和社会国家权力领域，本民族的宗教信仰和语言文字一样，都曾经是欧洲类型的"民族—国家"（Nation-state）"民族主义"（Nationalism）之基础。但是，洪秀全的"上帝教"却不是本民族的宗教。相反，太平天国以激烈破除本民族文化传统的面目出现，倘若以此作为中国近代民族主义的起源，会有一个很大的悖论。在湖广、江南地区，"上帝教"破除"阎罗妖"，毁灭了无数的祠祀、道观和寺庙。曾国藩、左宗棠、李鸿章正是以儒教卫道士的面目，打着为"名教"护法的旗号，剿灭太平军。如果说同光年间是中国近代民族主义的起源，那么倒是曾、左、李的儒教信仰更能代表汉族和中国的文化，因而更具有华夏文化"正统性"。"太平天国"固然是一个要推翻满洲王朝的汉族人政权，但它在摧毁汉族文化、经济和政治传统方式方面的激进情况却更加突出。在"反传统"方面，"长毛"的留发，比满洲的"削发"更甚。除非我们相信中国近代的"民族主义"可以建立在西方化宗教的基础上，否则很难把太平天国定义为一个"民族主义"的政权。最近三十年，中国大陆学者在全球学术环境下重新理解"民族主义"的含义，应该理解当年的费正清、柯文、芮玛丽、杜赞奇等美国学者延续中华民国时期中国学者的观点，倾向于把曾国藩、左宗棠、李鸿章的"同光中兴"作为中国近代"民族主义"的起源，更加恰当。

从文化传统和信仰类型的角度考虑，洪秀全的"上帝教"及其发动的"太平天国"运动，可以归到近代中国另一个新型传统——"普世主义"（Universalism），并作为中国近代精神的另一个渊源。中国传统文化中间，当然也有自己的"普世主义"。原来的中土普世主义，或称"天下"，或曰"大同"，或又说"心同"，都是在传统宗教（儒、道、佛）中间呈现的。十七世纪开始进入中国内地的天主教耶稣会士曾经试图把欧洲大公主义（Catholicism）类型的普世精神输入中国，其效果在文人学士和宫廷中有所反应，却还未有重大社会运动发生。到十九世纪中叶，刚刚传入的基督教新教思想，却掀起了一场巨大的社会运动，以几乎要摧毁一个庞大帝国的战争和政权方式呈现出来，成为本世纪世界史上最值得记取的大事变。只要我们是把"太平天国"按其本来面目，首先理解成一场宗教运动，那么很容易看到它与十九世纪英国和美国的"灵性奋兴运动"（Evangelical Movement）和"大觉醒运动"（Great Awakening Movement）有着密切关系。太平天国的"上帝教"其实是现代基督教"普世主义"运动在中国的第一次回响。"太平天国"以前，中国的思想运动还能孤悬于世界之外；"太平天国"以后，西方思想，包括宗教信仰，再也赶不走了，必然成为中国思想的一部分。

"太平天国"运动，是十九世纪全球基督宗教运动的一部分。跳出传统的"太学"领域,把"上帝教"与当时的世界基督宗教运动相联系,按照我在中国近代思想史领域内的阅读经验,这个工作一百年来的"太学"专家都没有真正做过。在这一方面,伟驰兄这部《太平天国与启示录》做出了最为突出的贡献。这个理所当然,又看似简单的工作,为什么长期以来没有人来完成呢?原因也很简单,就是前面已经提到的:中国学者对于"宗教"和"信仰"长期存在着一种"偏见"。对列宁主义学者来讲,全面系统地论述洪秀全和他的宗教是一件尴尬的事情,"上帝教"和"殖民主义"、"帝国主义"相联系,与"封建迷信"也牵扯不清,对"太平天国"运动的"革命性"、"先进性"都是不利的,所以——少说为妙。

把太平天国与欧美宗教运动相联系,最简明扼要的做法,就是伟驰讲的:"把宗教还给宗教","从宗教看宗教"。从前的学者不这样做,因为他们总是把"上帝教"绑在"民族革命"、"农民战争"的意识形态中去理解。通过把太平天国运动还原为"宗教革命"(简又文曾经提示,但没有详细分析),伟驰的《太平天国与启示录》用简单方法就打开了一个新的领域,看到了中国近代社会思想运动的另一个重要渊源。

传统的"中国近代思想史"忽视太平天国与欧美宗教运动的联系,首先是因为忽视了"上帝教"本身的重要性。伟驰指出"上帝教"之于太平天国非常重要,因为"上帝教贯穿太平天国全过程"、"上帝教覆盖太平天国全方面"。把太平天国看作是一场宗教运动之后,就可以自然地把它与欧美宗教运动相联系起来。在回答了如下问题："上帝教是基督教吗"、"太平天国认同基督教吗"之后，伟驰用经得起论证的分析得到了结论，和过去的"太学"专家不同，回答大致都是肯定的。既然太平天国"上帝教"也属于十九世纪全球基督教运动的一部分，我们就可以把太平天国和十九世纪欧美基督教传教运动更紧密地联系起来。把太平天国的"上帝教"看作是十九世纪基督教"普世主义"运动的一部分。剩下来的最后质疑就是：太平天国和"上帝教"是一种本土的"民间宗教"，或者应该是归入基督宗教意义上的"邪教"和"异端"吗？对此问题，伟驰的处理方法是：不能把"上帝教"传扬的"天父下凡"、"神灵附体"等活动，仅仅看作是"迷信"。这些活动，不仅仅是中国民间宗教的特征，西方宗教，乃至于十九世纪西方基督教运动中也都有类似的活动。早期的犹太教、基督教，当时的摩门教、安息日教会、五旬节派、福临派，以及今天第三世界的南方基督教派，都有类似上帝"下凡"、"降神"、"杀魔"，乃至于"多妻"的教义。伟驰从《新约·启示录》的"神魔之战"、"弥赛亚"等教义中找到了洪秀全"上帝教"的经典依据，指出："丁酉异梦模仿《启示录》"、"'新天新地'是千禧年主义"。正是经过这样追根溯源的查考和联络，伟驰发觉了太平天国的政权本质中有一种信仰上的"千禧年主义"，故而用《太平天国与启示录》作为主旨和书名，写作了这部富有创意的作品。

从"千禧年主义"的思路理解太平天国，在过去的"太学"中曾经偶尔提出，史景迁的《太平天国》一书有所提及，中国学者在论述太平天国"乌托邦"理想的时候也有涉及。但是现代学者们谈宗教,一般都并不侧重,常常是泛泛之论。伟驰从《启示录》开始的系统梳理,对于太平天国的宗教底色做了完整的揭示。经过这样的揭示,我们可以回到太平天国运动开始的时候长江南北、清朝上下都有的那种直觉:太平天国首先是一场"宗教革命"和"宗教战争"。

由于强调"民族"和"阶级"理论,忽视"宗教",我们几乎已经忘记太平天国运动其实是起源于一个小而虔诚的宗教团体。从全部记载来看,洪秀全从家乡广东花县二次去广西桂平寻找冯云山,根本无意于发动起义,而是为了传播上帝教。按瑞士基督教巴色会传教士韩山文(Theodore Hamburg)根据洪仁玕叙述整理的《太平天国起义记》,1847 年时在广西桂平紫荆山的"过山客"和当地民众中已经有了 2000 名上帝教信徒,其中不乏韦昌辉这样的大族富户,连不少秀才、举人也来加入,他们并非都可以称为"农民"。石达开、杨秀清、肖朝贵加入拜上帝会之后,不断自我见证遇到神迹。例如:有一位杨敬修的信徒去世,杨秀清亲临丧事祈祷,"室内无风,但当其魂离身时,其床帐自动至二小时之久"①。这样的"神迹"(Miracles)还有很多,"众人下跪祈祷时,忽有人跌在地上不省人事,全身出汗。在此昏迷情状之

_____

① 洪仁玕述,韩山文著,简又文译:《太平天国起义记》,收中国史学会主编:《中国近代史资料丛刊·太平天国》(六),上海人民出版社,上海书店出版社影印本,2000 年,第 867 页。

下，其人似乎有神附体，口出劝诫，或责骂，或预说未来之事"。这些神迹见证，都会被记录下来，交由洪秀全来判断哪些"是由上帝而来"，哪些"是从魔鬼而来"。① 显然，桂平起义前的氛围是宗教性的迷狂，而不是世俗性的谋划。洪秀全、冯云山、杨秀清、韦昌辉等人，完全陷入在新宗教的热情之中。从这个特殊的氛围来体会，我们就容易理解洪秀全带着信徒们去广西象州捣毁甘王爷庙的举动，是一次宗教集结，而不是一种被迫起义。这样的举动，很像是在模仿《圣经·约翰福音》里面耶稣为了清洁圣殿，大闹耶路撒冷的行为。洪秀全等人之所以这样做，乃是得了天父传旨，是"圣召"（Calling），这一点他们深信不疑。而上帝教以外的他人，自然是厌恶之极，必欲剿灭而后快。这种现象，显然就是标准意义上的"新宗教"和"宗教冲突"。按当时最接近上帝教的西方人，美国南浸礼会传教士罗孝全（Issachar J. Roberts）等人在 1852 年香港的判断，"革命之起源，实由于宗教之迫害"②。此话确实可以用来参考。可以想象，如果当时的广西桂平地区有一个多元宗教的宽容气氛，或者"上帝教"自身有一种与其他信仰和平相处的友善态度，"上帝教"甚至根本就不会"起义"，至少那一次的民间起义，就不会

---

① 洪仁玕述，韩山文著，简又文译：《太平天国起义记》，收中国史学会主编：《中国近代史资料丛刊·太平天国》（六），第 866 页。

② 罗孝全著，简又文译：《洪秀全革命之真相》，收中国史学会主编：《中国近代史资料丛刊·太平天国》（六），第 827 页。

以"上帝教"的名义。

太平天国运动对于中国近代史的重要性，一方面被强调过分了，另一方面又被完全忽视了。过分强调的，是太平天国运动的"民族性"和"革命性"；完全忽视的，是太平天国运动的"普世性"和"宗教性"。连篇累牍的"太学"，集中论证"反满"、"反封建"的合理性，却忽视了"降神"、"下凡"、"天国"和"千禧年"等宗教观念对于洪秀全、杨秀清这样的下层士人和普通民众的强烈吸引，以及在他们中间焕发出来的对于自由、平等的狂热追求。这种狂热情绪，与其说是"民族主义"的，不如说是"普世主义"的。

"民族主义"如果不加扩充，都会变成狭隘的种族主义、地方主义，演变成专制主义和小团体主义。就像"普世主义"不加限制，照搬照用，也会导致像太平天国造成的灾难性后果一样。中国二十世纪以来的"民族主义"中有着强烈的暴力主义倾向，更有浓重的汉族文化中心意识。在今天全球化的人类环境中，这些狭隘倾向都需要中国学者作出彻底反省。"辛亥革命"以后的"太学"过分强调"抗清"、"反满"，显然对中国的狭隘民族主义起了推波助澜的作用。今天的太平天国研究，如果不突破这个既有的"民族主义"模式，就不会有什么新成果。

"西方"作为一种"普世主义"的力量，当然并不自洪秀全和上帝教开始。西方文化在十五世纪的"大航海"以后，就已经进入到了中国的社会和文化。林则徐被我们的中国近代史教科书称为"睁眼看世界的第一人",其实"睁眼"应该修改成"正眼"。西方文化在利玛窦时代已经在江南和京城扎根,"西学"在明朝存在,在清朝沿用,只是大多数士大夫不作深入,不愿正视而已。正是在这个意义上,我们说徐光启是"中西文化交流第一人"。换一句话说,近代欧洲基督教发动的"普世主义"思潮,作为神学、哲学、科学、思想、文化和艺术,在明末清初已经进入中国了。但是,由于明清时期特殊的政治、经济、文化政策,中国与西方的接触,在有限的"西学"和"贸易"范围内进行。明清时期的"西学"虽未能形成完整的社会运动,但也起到了积极的社会作用,令中国与世界联系起来,共同发展。情况在基督新教来华传教后发生了变化,上帝教和太平天国运动,是一次更大范围内的中西方的"相遇"。然而,这却是一次"失去控制的相遇",西方教会的任一个差会或联合机构,都没有能力控制住在南中国内地迅速蔓延的"上帝教",中国社会更是没有一个现代体制来处理它所认为的"邪教"。宗教信仰,是太平天国内部最为重要的事务,既是初期"战无不胜"的法宝,也是后期"天国崩溃"的毒药,更是太平天国十年王朝期间所有制度的基础。宗教,是太平天国的本质。伟驰的《太平天国与启示录》从十九世纪的全球视野,看到了太平天国运动的本质。十九世纪基督教"普世主义"运动,或许还不能说明太平天国的全部本性,但它确实是被"太学"长期忽视了的重要方面。

信仰和抗议的结合,太平天国作为一场摧毁清朝统治的运动,焕发出来的反叛能量可称史无前例。中外历史上都有信仰和抗议相结合的例子,例如北宋末年以摩尼教为名义的"方腊起义",元代末年以弥勒佛信仰为名义的"红巾起义",都导致了旧王朝的覆灭。但是,历次的"宗教战争",在对一个王朝的摧毁作用上,都无法和1851—1864年以"上帝教"为名义的太平天国运动相比。事实上,清朝国力衰败,此后一蹶不振,乃至于经历了"同光中兴"和"百日维新",仍然不能恢复元气,苟延残喘了六十年而覆灭,其缘由仍然是太平天国运动导致的。

十六世纪以后,欧洲爆发了以"抗议宗"(Protestant)为名义的大范围、长时期的宗教战争。法国圣巴托勒缪之夜、德国闵采尔农民战争、瑞士日内瓦的宗教迫害,为信仰而战的"宗教战争"贯穿了欧洲近代史。欧洲"近代性"的起源处,充满了"宗教战争",异常惨酷。近代以来,学者中间有一个未经严肃证明便已广泛流传的说法:中国历史上没有宗教战争。戊戌变法时,康有为还认为中国没有基督教这样的强势宗教是个缺憾,拼命地要"侪孔子于耶稣",模仿基督教建立"孔教"。辛亥革命前夕,梁启超却渐渐地发现"中国没有宗教",至少也有一个好处。1908年,梁启超说:中国没有宗教战争,没有那种认真的狂热,什么都干得不像样,打仗也不像打仗的样子。①这个判断,当初由梁启超等人随口说出,说说而已,不可深究。但是,到了列宁主义历史学家范文澜口中,就变得那么确凿:"(中国)从不发生所谓宗教战争的特殊现象。"②中国真的没有宗教? 中国历史上真的从不发生宗教战争? 今天看来,学者们再把这个说法放回到1851年的"太平天国"、1900年的"义和团"面前,恐怕没有很多人再敢如此自信地说出那个"不"字。

洪秀全把自己的王朝定名为"太平天国",自命"天朝",其含义已经基督教化了。他所定立的"国统",是为了向人们(尤其西方传教士)强调,耶稣基督所说的"天国近了"(上帝国、神国近了)已经应验,天上的天国已经降临到中国南京成为地上的太平天国,不仅基督复临了,而且天父和天王也都同在。传教士们所孜孜以盼的"千年盛世",业已在太平天国开始。这一点是第一要义,确凿无疑的,为什么却屡屡被引申到别的地方去解释呢?

为什么现代的大部分史学家都不能"从宗教看宗教"呢? 同光时期的士绅社会,并不认为洪秀全是一个"民间宗

---

① 梁启超的这个说法,转引自顾准:《从理想主义到经验主义》(收入《顾准文集》,中国市场出版社,2007年),第一章:希腊思想、基督教和中国的史官文化,"希腊思想"。

② 范文澜:《中国通史简编》(人民出版社,1965年)"第二编:秦汉至隋统一时期·第三章:继续对外扩展并由统一走向分裂时期·第十节:经学、哲学、科学、宗教"。

教"。正是在这一点上,拜上帝教毁坏了刚刚从通商口岸地区合法传入中国的基督教的名声,更令中国士绅社会在见到基督教之前就产生了先验的仇视,这是非常不利的。士绅认定太平天国就是"洋教"和"邪教"。无论是"民间宗教"(三合会),还是"基督教"(上帝教),太平天国都是一种宗教,太平天国运动也是一种宗教战争。伟驰认为拜上帝教属于基督教历史上曾经出现过的"暴力传教",这样的解释具有说服力。

二十世纪二十年代"非基督教运动"之后,中国的知识界力图告别"宗教迷信",急于进入"现代""科学"的世界。无论褒贬,现代知识人都把自己刚刚建立的新"世界观"和评判标准,自觉不自觉地"投射"到"前现代世界"。他们一看到"宗教",就和"迷信"挂钩。在复杂的宗教现象中,他们只看到教主在欺骗愚昧的信众,不愿意承认宗教是人类最为复杂的精神现象。于是,要么把"迷信"排除出宗教现象,要么干脆就否认中国存在宗教。学者对宗教的理解,变得越来越狭隘,后来的中国近代思想史根本就不能解释像太平天国这样的宗教现象。在这方面,伟驰的《太平天国与启示录》做了极为重要的工作。虽然本书要解决的最终问题,并非是太平天国宗教的性质问题。但是回到宗教信仰的角度来理解太平天国运动,使得本书具有了重要作用,必定能在"太学"史上占有一个地位。

本文为周伟驰著《太平天国与启示录》（中国社会科学出版社，2013年）序。周伟驰，湖南常德人，毕业于中山大学哲学系、北京大学哲学系，获博士学位。任中国社会科学院世界宗教研究所研究员，著有《奥古斯丁的基督教思想》等。

流放者归来

傅铿，你一定还记得 1980 年代上海流行的那本《流放者的归来》（*Exile's Return*）吧？就是上外版的，美国文学史"迷惘的一代"分子马尔科姆·考利写的，写 1920 年代海明威那一批人离开纽约，去巴黎闯荡……他们自称"流放者"，说是"在这个伪善而压制人的国家里，年轻人没有前途。他应该乘船到欧洲去，在那里，人们懂得怎样生活"。我一直留着这本书，找到这句划过线的话，内衷仍有一颤，于是抄了出来，引我们回到过去。

你是 1992 年离开的，去美国纽约上州一所好学校留学。以后我们重逢，在纽约、新泽西，或者上海，你都是怀着感叹，提到去国前后人生转折的故事。那个时代，有相似经历的人很多。我比你早一点，从上海社科院的另一个所，去了旧金山的一所小大学。做完了访问，一年多就回来，再作冯妇。于是，此前的经历很相似，此后的命运就不同。对我们这一年龄段的人来说，1980 年代是再也不能蹉跎的岁月，最终的梦想破灭后，只有一条路："乘桴浮于海"——出国去。无论如何，你的去国决定，是完全正确的。没有这三十年的经历，就没有你现在的状态，以及心态，还有这一本上了台阶，含着更深关怀的《知识人的黄昏》。

最近十多年来，每次重逢，大家都欣赏你的良好状态。在热闹的纽约上大公司的班，与宁静的普林斯顿校园为邻过日子。你自嘲是"边缘人"、"洋插队"，在谋生职业和兴趣学业之间游离，言语之间存着遗憾。但是，谈起知识界的事情，我们没有感到你的离开。相反，在纽约和普林斯顿生活，阅历提升了你的境界。听你讲在公司里和印度籍、犹太裔同事的讨论，我很受益。谈论"多元文化"，不但需要读书，还需要生活体验，这方面你有了很多可说，可惜还没有写在书里。现在国内很多"专家学者"，阅历 So So，观点拼凑，境界更是不够。反正你也知道这类例子，就不说了。最近二十年里，中国维持"开放"，上海也慢慢地有了自己的"世界化"。但就国内人喜欢说的"时代精神"而言，纽约、巴黎，仍然是策源地，上海仍在边缘。正如《流放者的归来》书中所说，"在那里，人们懂得怎样生活"。我都不知道，今天上海还有多少人真正懂得那个"生活"。对今天的中国人，还要专门加一句说："生活"，不单单是一本收支账，还包含了文化、艺术、思想和信仰。

在你的书中，有一篇《巴黎怀旧》，赞美巴黎的文化底蕴，我很喜欢读。1990 年代中期，我在《书城》杂志上也写了一点巴黎观感，朋友抓到痒处地揶揄说：在美国待得还久一点，却喜欢蜻蜓点水地谈巴黎。没有办法，连海明威这样的本籍芝加哥人，连你这样的美籍上海人，也都是喜欢巴黎的"懂生活"、"有文化"，何况困在"东方巴黎"的我们。巴黎，或许是知识人的终极流放，是一座真正有精神的城市。朋友不会单单带你去有故事的餐馆，还会领你去看画廊、听讲座。当时就这样在巴黎恭逢了哈贝马斯、德里达、谢和耐、张广达……如果纽约是二十世纪的"世界之都"，那么巴黎在十九世纪就已经是"欧洲之都"了。据我的经验，欧美的文化学术界，都对巴黎的文化充满敬意。"美人之美"，是多么好的事情，不似这里几个驻法记者，老是在通讯中诅咒欧洲文化。

1998 年底，我从波士顿来纽约，在你家中过圣诞节，谈到美国文化的开放性，愉快畅谈，此生难忘。美国早期居民质朴、虔诚、固执，和欧洲拉丁民族的奔放、奢华、随性很不相同，"独立战争"之后，美国没有死死抱住自己的"清教主义"，或者不列颠的 WASP 精神，而是把欧洲文明整体吸收进来，成了"西方"的继承者。先是法国、德国，后来是意大利、西班牙，天主教各民族的文化都融入了。现在轮到消化非洲、日本、中国、印度族裔的文化了，虽然步履艰难，但已堪称"多元"。你用自己的经历，谈到"文化融合"之不易，但却坚定地反对亨廷顿的"文明冲突论"，我很佩服。看到身边有很多理工科出身的留学生，因为不适应美国生活，陷入"民族主义"情绪泥潭。那个时候，在纽约、在波士顿，我们都已经初闻亨廷顿的右翼"文明冲突论"，约瑟夫·奈的左翼"王道论"，还有查尔斯·泰勒、孔汉斯从欧洲赶来，用"社群主义"、"全球伦理"来驳斥亨廷顿的"保守主义"。和你一起谈这些问题，很容易深入下去，你的阅历和理性，给了很多谈助。我们说："保守主义"对美国丧失主体精神深表忧虑，但美国不是在"开放"中发展和更新着自己的主体精神吗？对于当前的"文化多元主义"，我们当然可以有所不满，但是真的让美国回去3K党时代，欧洲倒退到单一文明，中国也仍然自大或者自卑地封闭自己的帝国，拒斥"番鬼"，然后"冲突"，那这个地球就真的没有前途了。

世上凡稍大一点的问题，在自己的文化里面就看不清楚，尤其是当该文化处于专断和封闭的时期。精神的成长，需要心灵的流放，思想者需要有不同文化的经历，这已经是被古今中外大量文化运动证明了的铁律。犹太人的"diaspora"，在埃及、巴比伦，以及在欧洲各地的流放，才使希伯来文化确立起来。罗马也是通过学习希腊，才把古代地中海文明推向高峰。更不用说中国人的文化，自古便是在不同地域文明的交互关系中发展的。"开放"这一点，在我们年轻的时候曾具有广泛的共识，所以才"出国"，才"流放"。既然是"流放"，当然就会饱含悲伤，克服它才能成长。然而，这样的态度，今天却被很多人轻视。很多人在国外，甚至在国内，怎么就自我封闭起来。他们会把和异民族人群的利益分歧，都直接迁怒到生活中来，说"非我族类，其心必异"，攻击别人的文化。这里有不止一个讲"文化保守主义"的教授，说本胃只为中餐生，看见西餐就反胃。还有一些蛮在核心层的干部说：

"我们不和外国人打交道。"好像回到了清朝。

我们应该不是属于那种"盲目崇拜"吧？三十年过后，我们这一代人对"西方"都有了比较清醒的认识。这些年来，你对美国社会弊病的分析，我都很佩服地倾听。不单是你，我们的那些朋友，欧美大学里的文科教授们，都告诫中国学者不要无限赞美美国制度，现在的美国，有很大的问题。每次听到这样的忠告，我都惕然警觉，肃然起敬。我的态度是这样：首先，美国社会的问题，最好让美国知识分子自己去批评，他们更负责任，更有办法；其次，西方知识分子对自己社会的负责精神，而不是他们对"中国经验"的热情想象，才是中国同行最应该认真对待的。理由很简单，生活在世界两端的学者们，都要对自己生活的那个社会负责任，赞美对方要适度，都不要对"他者"做过度的"想象"。说实在，我认为某些西方左翼人士对"中国模式"的热情，多少是不负责任的；而不少中国学者用赛义德的理论骂西方，看似附和了欧美左翼观点，事实上反而变成了东西方文化相互攻讦的"民族主义"形态的右派话语。

例外的是，我完全能够接受你在《美国民主的除魅》一文中对美国民主的批评。很明显那不是国内"左派"的学舌腔调，而是一种有切肤之痛的理性经验，我觉得这是你所有文章中说理最透彻的一篇。你对"美国民主"的分析，是在美国社会内部进行的。即使是一个外国人，在当地生活了二十年，对那里的文化有兴趣、有好奇，当然有资格进行"内部分析"。我喜欢的利玛窦（Matteo Ricci，1552—1610），在明朝住了三十多年，融入了中国，他对儒教的评论，就是带着比较，进入了"内部分析"。其实，你不但有二十年美国生活的感性经验，而且还运用了诸如普林斯顿大学沃林教授的理性分析。你们对"美国民主"的除魅，是在维护民主的原意，而不是放弃民主的本身，这是一目了然的。在美国，民主有被共和党用商业的"公司法则"和宗教的"福音主义"操控成"反向极权主义"，进而有滑向列宁主义的危险，被你们尖锐地指出来。左翼，毕竟是可爱的知识分子，最终都是普世价值的守护者，而不是单单的美国民主政治的攻击者。

二十年来，大洋两岸，天各一方，不同的风雨来袭，我们在中国和美国面对的问题也越来越不同。令人诧异的是，这么多年，我们之间曾经一致的基本理念，并没有发生很大的变化，读你的《知识人的黄昏》，更感到这一点。坦白地说，我曾有一个担心，担心你在美国工作改行，陷在公司政治中，思考问题会受到局限，变成一个不断抱怨的普通白领。现在知道，这担心完全是多余的，阅读和思考超拔了你的精神。在美国，你的灵魂是自由的。不单是未竟的学术理想支撑了你的阅读，更是对人类命运的热烈关注引导着你的思考。你的《重新阅读雷蒙·阿隆》，我也是很喜欢，几次阅读阿隆后的感觉，都和你非常接近。1980 年代，萨特是我们年轻时最为中意的法国思想家，他的存在主义哲学和文学，感染了整整一代人。那时候，虽然知道，但却没有很好地平衡萨特曾经对苏联等极权体制有过不当的赞美,部分原因是对他的思想对手雷蒙·阿隆不甚了解。和你一样,我是后来才读到阿隆的《社会学主要思潮》,还有严搏非兄前几年在"新星出版社"推出的《雷蒙·阿隆回忆录》。读过以后,深感像阿隆这样看似稍右,当初就抵制萨特借用苏式体制来批判"美国民主"的思想家,才是走在历史的中道上。我完全同意你的说法:"阿隆的思想,属于那种逆水行舟的独行者的识见。"在当今中国"左"、"右"言论都过甚其词,许多学者仍然身处"宁左勿右"的潮流中,敢于纠偏的"中道",才是难能可贵的,不是吗?

傅铿,读你的《知识人的黄昏》,是一次触动。触动了20年前的那些记忆。那时候,上海知识界很多人离去,都是从很好的位置上出国去。我们一起读书7年的同专业室友,你都认识的,都是学得很好的一批人。毕业以后,X从上海大学,P从社科院,都去了中西部,也改行到了IT。我初访旧金山,也曾被认为不会再回来。确实是,1990年代离去的那一代知识人,大都一去不复返。我当然是指精神上的"复返",回来探亲的不算。看到今天中国的思想界的困顿,学术界的混乱,大学、研究院里存在那么多的问题,无从解决,我常常想到的是:你们的离开,也不枉然;一去不复返,更是自然。当然,如果你们这一批人仍然留在上海,我们之间的"小环境"会好一些,今日所谓的"海派文化"或许还能多撑住一些。如今要说二十年的发展,学术的空间固然渐渐撬开,但是思想的空间,却仍然疙疙瘩瘩,磕磕踬踬。为求新知,为获新解,我们这些人仍然需要精神上的"流放"。难能可贵的是,你却带着你的思想作品,回到我们中间。虽然不是海外那些"专业分子"的高头讲章,但你的阅历和思考,诚挚而深沉,让我们真切地感受到"流放者归来"。

本文为傅铿《知识人的黄昏》(生活·读书·新知三联书店,2013 年)代序。本文曾刊登于《东方早报·上海书评》,2011 年 12 月 11 日。

跨越石牌门

清末民初,欧、美国家有大批传教士涌入中国,其人数之多,现在想起来是一件不可思议的事情。据教会内部统计:"1889 年有 1296 名新教传教士在华。"①到 1905 年,在华新教传教士已经达到了 3445 名,其中 1432 名男性,1038 名传教士妻子,964 名单身女性。1910 年,新教在华的外国传教士人数增加到 5144 名。②还有一个数字,统计美国"学生志愿海外传教运动",1886 年到 1918 年间他们派出了 8140 名传教士,其中有 2524 名到了中国。③按那类"无利不起早"的物质主义思维方式,自私自利的西方社会怎么派得出这么多的传教士来华传教? 还带来了那么多钞票? 既然难以想象,于是"精

---

① 见《在华新教传教士大会》(1890),第 732 页。转见于赖德烈著,雷立柏等译:《基督教在华传教史》(香港,汉语基督教文化研究所,2009 年),第 513 页。

② 见《新教在华传教一百年》附录。转见于赖德烈著,雷立柏等译:《基督教在华传教史》,第 513 页。

③ Clifton J. Philips, "the Students Volunteer Movement and Its Role in China Mission," 1886—1920, in John Fairbank ed., *the Missionary Enterprise in China and America*, Harvard University Press, 1974, p.105.

神鸦片"、"文化侵略"、"思想毒害"等各种各样的阴谋论就发明出来。

其实,倘若追究大量传教士来华的原因,主要动力是精神性的,那就是英、美民族在十九世纪"维多利亚时代"(1837—1901)的社会发展中,出现了持续不断的道德主义运动——"灵性奋兴"(Evangelical Movement)。教会历史学家赖德烈说:十九世纪,是一个灵性奋兴的时代。工业化、城市化、现代化的初期,反而刺激了基督教的复兴。当时,基督教会动员出很多人来从事社会服务,他们不但服务本国,还愿意献身其他民族,当然是以上帝的名义。在高等教育并不普及的时代,他们大多受过良好的大学教育。这等的宗教热忱,在二十世纪后半叶的欧、美社会忽然消失了。现在有余力向国外输出传教士(或曰"宗教渗透")的民族,不是英、美、德、法、意等"西方国家",而是有着充足信仰活力的南韩、菲律宾、印度等亚洲民族。不可思议的现象是,现在世界各地的传教士较少白人,较多黄人和黑人。

有时候,信仰热忱确实是危险的。过于炽热,会灼伤传教对象,让人避之唯恐不及。但是,回顾十九、二十世纪的西方基督教传教运动,我们并没有发现特别过分,需要严厉谴责的传教行为。传说是传教士"傲慢"、"阴险"和"毒辣",意图毁灭中华文化,多半是因为误会和无知,在碰撞、冲突后形成的民族敌对情绪,是添油加醋的意识形态。近几十年来的中国和新加坡等国家和地区的中华学者,多半都认为传教运动是一场"中西文化交流",基本面是健康的。别的不说,近年来经常进入"全国十佳医院"排行榜的上海瑞金医院(原天主教耶稣会广慈,1907 年)、仁济医院(原基督教伦敦会仁济,1844 年)、北京协和医院(原基督教平信徒洛克菲勒捐助,1919 年)、四川华西医院(原英美基督教仁济、存仁,1892 年),都是当年传教运动留给我们的有用遗产,这个必须承认。

为什么说十九、二十世纪的中华传教运动会是一个积极的文化事业? 回答这个问题很简单,一看实践,二明学理。从学理上来说:当时各大基督教会都进入"现代性"(modernity),都在自己的传教学(Missiology)中加入了"世俗主义"(Secularism);从实践中来看:来华传教士大量借助了文化工具,在神学知识之外,还掌握了现代科学文化知识,有时候甚至分不清他们的第一职业到底是传教士,还是医生、教授、科学家、出版家……这样的"学术传教士"太多了,近年来的华人学者们还原历史,做了大量研究,现在对这些人在中华近代文化事业中的积极贡献已经相当清楚了。比较知名的有:合信(Benjamin Hobson, 1816—1873)、理雅各(James Legge, 1815—1897)、丁韪良(William Alexander Parsons Martin, 1827—1916)、林乐知(Young John Allen, 1836—1907)、傅兰雅(John Fryer, 1839—1928)、李提摩太(Timothy Richard, 1845—1919)、李佳白(Gilbert Reid, 1857—1927)、福开森(John Calvin Ferguson, 1866—1945)……这其中也包括在传教士群体中籍籍无名,却在自己的岗位为华人默默奉献的福益华(Edward Bliss,

1865—1960）。

　　爱德华·布里斯，给自己起的中文名字叫"福益华"，时刻提醒他"为什么在中国"，证明他来华的初衷是想造福异族、利益中华。一些人喜欢对所有的外国言行都作"阴谋论"的猜测，却故意忽视他们的"动机"。像"福益华"这样的人，都已经把自己的来华动机刻在名字上了，总应该考虑一下吧？一些批评家还会继续指责地说：不能只看动机，他们虚伪，说一套，做一套，我们要看功效！然而，即使从"动机与功效的统一"来讲，福益华这样的医学传教士也没有任何针对中国人的恶言恶行，只是一视同仁地治病救人，活人无数，且默默无闻。传教史上有一些"布道英雄"的名字有人提及，但"福益华"这样的乡村医生却籍籍无名，一般的人名辞典上都查不到。普通志愿者成千上万，他们的事迹并不都来得及载入史册。但是，故意地漠视，甚至抹黑他们，还用曲解的方式来记录，那就是另一回事了，殊不公正。

　　《邵武四十年》是一部家族传记，儿子小爱德华·布里斯在自己的晚年，为他父亲的在华活动写了一部历史，讲述了一个动人故事。波士顿附近新伯利港的布里斯（Bliss）家族是公理会（Congregational Church）信徒，这个不算有名的新英格兰家族中也出了不少人物，其中好几个是著名传教士。布里斯家族和人文思想家爱默生（Emerson）是沾亲带故的姻亲关系。爱默生上了哈佛，爱德华则选择了耶鲁，上医学院，立志出国，当传教医生。在地域隔绝的十九世纪，欧美的某些偏僻小镇上却会有国际主义精神，这是非常神奇的现象。Johnson 家 Lee 家，在教堂里谈论亚洲、非洲，印度、中国……全镇的人们跟着就眼界开阔，思想解放。新伯利镇上的人喜欢往外国跑，不是"通商"，就是"传教"。反过来看，明、清正统儒家缺乏"探求"（adventure）精神，顶多是以中华为"天下"，固守"父母在，不远游"的戒律，除非做官，不离乡土。中西文化之间的差异，最终是由各自的信仰和宗教决定的。十九世纪的基督教确实比儒教更加"国际主义"，儒教一步步地陷入了"民族主义"，这是中国文化的悲哀。当时，欧、美的青年基督徒们，很多人都志愿告别双亲，携妻带子，跨洲跨洋地加入"外方传教"（Foreign Mission），福益华是万千之畴中的普通一位。

十九世纪末，二十世纪初，先是英国，后来是美国，向中国输出了大量的传教士。英语世界的"维多利亚时代"，"既是最好的时代，也是最坏的时代"。大城市如伦敦、纽约、波士顿、芝加哥、旧金山都在急剧发展，社会动荡，矛盾突出，城市家庭和教会少有余力支持传教。相反，一些小城镇、小城市的古老、虔诚、富裕的家庭，却能够贡献出受过教育的优秀子弟，到海外传教。所以，我们在中国看到很多传教士来自欧、美的小镇、小城，并不说明他们来自贫困乡村，只能像商人那样到东方来赚钱求发展。相反，福益华和林乐知、李提摩太等著名传教士一样，都是来自有身份、有教养的家庭。在福益华的时代，只有百分之一的男子能从大学毕业。耶鲁大学毕业之后，他完全可以服务同胞，福益华却来到了中华。可见，"传教"与"通商"的动机完全不同，"信仰"和"牟利"的做法有天壤之别。

传教士来中国，当然是要传播基督教的信仰，这不是问题。问题在于：如果一个宗教的教义是"国际主义"、"人道主义"的，而且与自由、民主、道德、科学等具有"现代性"的价值观念并不对立，也不故意去伤害一个正常的社会、文化与个人，为什么就不能传播呢？十九世纪后期，是英语民族海外传教的高峰，英国、美国、加拿大、澳大利亚教会收到大笔捐款，也有大批年轻人踊跃报名，志愿出国。1795年，英国建立"伦敦会"，发誓要把福音书传遍全世界；1924年，美国布道家穆迪更是提出口号，要实现"一代人之间的基督化"（Christianization with in This Generation）。英、美基督徒的这些口号，是一种强势表达的"野心"（Ambition），一个人、一个组织在信心满满的时候自然就会有种"英特纳雄耐尔就一定要实现"的高调。问题是，"国际主义"来到了当地是怎样落实的？十九、二十世纪的基督教会在中国的海外传教，并没有采用"圣战"、"专政"、"××斗争"等暴力手段。相反，他们采用迂回而柔和的"间接传教"方式，对于中国近代社会的"新科学"、"新文化"都有重要意义。

十九世纪欧、美基督教会发明了许多新的传教手段，传教差会一般不是采用传统的"属灵"方式直接宣教，而是采取"医学"（Medicine）、教育（Educational）和出版（Printing）等方式,称之为"间接传教"(Indirect Mission)。教会开办医院、学校、报纸、杂志、出版社、学会、博物馆、图书馆等等世俗机构,传播基督教的价值观念,逐渐皈依信徒。这样的话,来华传教士们往往都有双重职业,他们兼任医生、教师、出版人、学者,就像福益华这样,担任着医生职务,是一些用医学作为手段传播福音的"医学传教士"。按当时人的看法,这是一个光荣使命,崇高职业,是传教士中的技术精英,"从伯驾(Peter Parker)时代起,医生就是宣教队伍中受人尊敬的成员"。他们的人数不少,1905 年在华西教士 3445 人,有301 位是医生,其中男医生 207 位,女医生 94 位。当年,各大传教会开办医院 166 间,药房 241 间;经这些医院治疗的住院病人是 35301 名,门诊病人更达到 1044948 名。①1905 年的"间接传教"成就,已经表明基督教会是中国近代医学的开创者。在"间接传教"事业最为发达的上海,早期医院和早期大学都是由教会创办的,如仁济医院、公济医院、广慈医院;圣约翰大学、沪江大学、震旦大学等。

如果说"间接传教"是现代传教学上的发明,那"社会福音"(Social Gospel)就是二十世纪神学上的创新。二十世纪初年,以纽约协和神学院为代表,美国基督教会提出"社会福音"的主张。这种神学思想认为:福音书不但可以拯救人的

----

① 见《新教在华传教一百年》,第 674 页统计表。转见于赖德烈著,雷立柏等译:《基督教在华传教史》,第 551 页。

灵魂,还应该发挥作用,去拯救每个人的身心,以及由人类群体构成的社会肌体。这是一种接近于"社会主义"理想的社会改造思想,有些派别甚至明确提出了"基督教社会主义"。在英、美基督教徒看来,中国是最应该实行社会拯救的国度。现代医学不发达,卫生条件落后,瘟疫和疾病丛生;清末社会改革失败以后,动乱、革命和内战摧毁了原来的社会秩序,各项制度有待重建。还有,很多中国人在恶劣的生活环境中逐渐丧失了原有的价值观念和道德准则,不懂得用正确的信仰来维持自己的文化和文明。种种弊端,正是基督教会十分愿意加以改良的,只不过这种改良还不是最终目的,最终目的是借以皈依民众。

在上海等大城市受过新式教育的中国籍医生,通常都不愿去乡镇执业。新式医疗、现代教育最为匮乏的地区是地处边远的农村地区,社会破产状况严重。看到了这一点,国外差会便组织本国的医生前来中国内地志愿传教。靠着治病救人的人道主义,借助现代医学的先进手段,"医学传教士"几乎无远弗届,受人欢迎,传教效果也很好。派遣福益华的差会是"美部会"(American Board of Foreign Mission)。福益华从耶鲁大学医科毕业后,应聘来中国传教,招募的广告上就写明不是留在上海、汉口、天津、北京等大城市,而是要下到福建的贫困山区邵武府城。福益华的儿子小爱德华·布里斯说,他父亲更愿意成为一名医生,而不是传教士。也就是说,福益华的第一身份是医生,而不是牧师,他是为了治病救人才来中国的。福益华当然是有宗教精神的,但他确实首先是一位"人道主义"者。清末民初的传教史充满了这样的例子,来华传教士们都比较偏向于"世俗主义",更乐于从事社会、人文和科学事业,而不是"宗教狂热"。无疑,这样的医生,多多益善;这样的基督教,有益无害。

福益华真的是一位普通医学传教士,尽管《邵武四十年》中的故事很是动人,但主人翁的经历并不曲折。1891 年,他从耶鲁大学医学专业毕业;1892 年,他跨过美洲大陆,在旧金山登船来中国;1893 年到 1933 年,他用福益华的名字在福建邵武行医。在长达四十年的时间里,他一个人,每年预算只有 350 美元,却要为闽北地区的 200 万人口服务。他在1898 年用自己的工资,加上在美国募集的款子,建造了当地第一家医院。福益华是闽北地区现代医疗事业的奠基人,本想终身留在这里,服务病人。但是当地被工农红军占领后,作为一个"帝国主义分子",他不得不离开。福益华答应他在四十年中积累起来的闽北病人,说一定会回来。事实上,回到新英格兰家乡以后,福益华和他的夫人一直在努力,随时准备回到中国,回到他的病人中间。

由于本书是用个人的日记、书信和档案资料写成的,因而保留有不少有意思的细节,很多是我们容易忽视的。比如,当时的传教差会派出教士的时候,非常注意他们的婚姻(恋爱)情况,尽量要求他们配对而行。福益华没有把波士顿未婚妻带来,却在福建找到所爱。来华传教士人数中,女性比例超过了男性,让男性能够较容易地找到妻子。由此,我们看到当年传教组织者的用心之细致,组织之严密。1901 年,福益华在福州爱上了一位女传教士梅·波兹;1902 年这位女教士改名为梅·布里斯,嫁给了福益华。如此一例,我们明白了为什么有那么多的传教士夫人,还有单身女传教士,目的当然是为了不给当地社会造成负担,或者弄出绯闻和丑闻。

1911 年,小爱德华·布里斯出生在福建,大清王朝在这一年变成了中华民国。短短的十几年里,闽北地区深陷动乱之中,比清末更加糟糕。袁世凯政权、北洋军阀、广州军政府和苏维埃政权在这一地区变换拉锯,政局混乱。变换的政权,越来越民族主义;排外的浪潮,使得外国传教士无法生存。回国以后,小爱德华的职业是新闻报道,成为 CBS 著名栏目的编辑。在他的描写中,中国清末民初的政治、社会和信仰状况都栩栩如生。按他整理的家族史料,他父亲好几次从军人的枪口下脱险,劫后余生。溃败的北洋军阀士兵,从他们身上抢劫戒指、眼镜;占领当地的国民革命军人,要求把北洋伤兵扔出医院,专门治疗他们的人员——那位国民党军官用手枪顶住了福益华的脑门,只是在最后关头没有扣动扳机。回到病床前的福医生"感到了恐惧",几乎瘫在地上。在民族主义的狂热中,救死扶伤的外国医生,也会被当作"帝国主义的走狗",无端被杀害。中国的问题明显地是出于"内乱",而各方追究的原因却都是"外患",强烈的民族主义情绪,打断了还处于萌芽状态的国际主义，令中国陷入更大的困境。

福益华在华生活的四十年，正是中国社会发生重大变故的时代。由于他在偏僻的邵武、福州地区生活，没有在上海、北京、南京等中心城市度过，就不像林乐知、李提摩太、福开森那样遇到很多重要人物，见证到一系列重大事件。但是，福益华四十年的偏僻生活，其实并不平凡，他同样经历了中国社会在清末民初的重大转折。一个比较开放的"维新"事业，艰难地引进了一些西方的医院、学校、新闻出版等现代文化机构。几十年的"民教冲突"酿成"义和拳"奇祸之后，清朝也没有完全关闭"传教"通道。然而，"革命"以后强大起来的民族国家却越来越不能容纳基督教的传教活动，哪怕是像福益华这样的"间接传教"。这一切都是怎样发生的？福益华在华四十年经历正好为我们提供了这样的案例，可以分析。小爱德华·布里斯使用的资料，绝大多数是父亲、母亲留给他的信件。这些资料，被处理成了非虚构文学，写出了动人故事，供一般读者阅读。然而，注重实证的历史学家也可以一看，因为从这样一种私家的记载，我们也能发现一个公共的历史。

本文为小爱德华·布利斯著，安雯译《邵武四十年：美国传教士医生福益华在华之旅 1892—1932》（中央编译出版社，2015 年，"三辉图书"出品）序。

"一切虔诚终当相遇"

　　陆达诚教授的《存有的光环》在复旦大学出版社出版了！此事耽搁已久，心有愧疚。经过我的同事魏明德、朱晓红教授，陈军编辑的努力，现在成功了！作为为此书出版牵线搭桥的人，我想写几句庆贺文字，兼而以同乡后学的身份，表达一些对于陆教授的敬意。

　　陆教授是台湾辅仁大学宗教学系教授、系主任，是中文学界的欧洲现代哲学、宗教学、生死学等学科的开拓者。陆教授是一位只知耕耘，不求闻达的学者。他在1970年代即留学法国，师从著名哲学家莱维纳斯。1992年受命创办辅大宗教学系，是台湾各大学中第一个，也是办得最好的一个。2011年2月，我在台湾大学社会人文高等研究院访问时，专程去看望陆教授，学习讨教。陆教授在辅大神学院餐厅请吃午饭，赠送了我这本《存有的光环》。早就知道陆教授的文字优美，有着独特的生命体验。当我请他申请版权，出大陆版时，陆教授一如既往地谦虚，说："你读读就可以了，一点小小的文字不必惊动大家。"我的说辞很简单："您应该让自己的文字回到上海，让家乡的故旧新知同来欣赏。"陆教授略作思考,也就答应了。

　　1935年,陆达诚教授出生在上海的一个天主教徒家庭。从他出生起,中国城市中产阶级孩子们按部就班的正常教育,就不断被抗战、内战和各种运动打断。通常,上海法租界的孩童可以从震旦附小、附中读到震旦大学、震旦女子文理学校,一直受中法融合式的教育。1950年代初,受到时局动荡和变故的影响,青年陆达诚没有走完这条道路,反而投身到徐家汇修院,发愿当神父。1955年9月8日以后,他回到市区家里养病,并在1957年申请离开了大陆。在香港修道三年以后,他于1960年定居在台北,并在1963年去菲律宾马尼拉神学院学习哲学,最后修成了耶稣会神父。1970年,他远赴法国学习哲学,6年后获得博士学位回到台湾。陆教授是一位既服务于教会,更造福于学界的两栖学者。更有甚者,陆教授还兼跨各门学科,他懂哲学,有阅历,有思想,更热爱写作,曾担任台北耕莘文教院青年写作研习会主任,吴经熊、余光中、白先勇、陈履安……都是他们请来的讲师,三毛那一代台北文青称他为"陆爸"。陆教授仍然说着上海话,讲国语、法语时也带着上海口音,但他住得最久、奉献最多的城市不是上海,而是台北。"陆爸"作为台北文化的一部分,上海的文化学术界却很少有人知晓。

　　有缘结识陆达诚教授,是在1994年的合肥。香港道风山丛林筹建基督教文化研究所,刘小枫、杨熙楠邀请大家商议汉语神学,陆达诚和庄庆信教授一起从台湾赶来。一如台北文青描述的,初见陆教授都会被他的儒雅风范所吸引。他的发言,说理不强调,形容不夸张,循循善诱,令人如沐春风。然而,随着谈话深入,或者细读文字,就会察觉到陆教授的平淡形容之下,还有着不平凡的生命体验,绝不简单。后来到了巴黎,程抱一(Francois Chen)先生针对我的问题,专门地说:"1940、50年代从上海、南京出来的读书人,多数都很成功,表面上也快乐,但是骨子里却都存着一种Melancholy的气质,怀乡(Nostalgia)之情是他们做出好学问的动力之一。"我非常同意这样的看法,哲学和文学、历史学一样,需要那份真诚的感性,问的就是:你到底为什么要做学问?你的研究和你的生存到底有怎样的关系?陆教授研究的是哲学家马塞尔,关注的是生命("存有")的本质。我猜想,他是在研究中把自己的小我,与时代之大我,以及人性之超我贯通,才有了那份"曾经沧海难为水"般的宁静。

在台湾,"中央研究院"、台湾大学、台湾师范大学都移植了大陆的近代"实证主义",并不十分重视哲学、儒学、神学、宗教学等领域的"玄学"研究。有之,也是胡适之类型的考证、校勘和整理。在这种格局下,私立辅仁大学等院校借机发展自己有特色的人文学科(Humanities),在哲学、宗教学领域做出了领先全台湾的成就。辅仁大学及其神学院的方豪、罗光、张春生、房志荣、黎建球、项退结、陆达诚、沈清松等学者,大都兼通中西文化,掌握多种欧洲语言文字,并有独特专著贡献于学术界。他们开拓的哲学、宗教学等许多学科,一度超越台大，独占鳌头。在这一系列的辅大学者中间，陆教授的地位是非常重要的。辅大的哲学、神学和史学教授们各有传承。陆教授兼通的是西方现代哲学和当代新儒家思想，治学风格是典型的耶稣会式的融贯中西。"融贯中西"，并非泛泛之说。1970年，陆教授赴法国攻读博士学位，导师就是"十月革命"后从立陶宛流亡到法国的著名哲学家莱维纳斯（Emmanuel Levinas，1906—1995）。此前在1967年，他在香港与流亡的当代新儒家代表人物唐君毅（1909—1978）见面，拜他为师。唐君毅先生后来与陆达诚神父多次通讯，陆神父以马塞尔、莱维纳斯的生命哲学来诠释"新儒家"，而唐君毅则表现出对于"梵二"会议之后天主教神学的同情与理解。陆达诚教授说，唐君毅后期很欣赏有神论的存在主义哲学家马塞尔，还有发表。不同的宗教和信仰，可以上帝之名平等对话，唐君毅甚至动情地说："一切虔诚终当相遇。"陆达诚神父则说，他一生有二位恩师，"其一是唐君毅，其二是马塞尔"。中西两位哲学家，未曾谋面，却达成了沟通与和解。他们的思想并不是冲突的，而是可以交流、融合的。陆神父促成了这个结果，他确实是一个中西思想的调解人。

我有一个自以为是的发现，还没有告诉过陆神父，不知道是对是错。我觉得：在唐君毅、莱维纳斯和陆达诚教授自己的思想和文字之间，有一个共同特征，就是"exile"。唐君毅在香港办新亚书院，兴"海外新儒家"，那是流亡；莱维纳斯以流亡犹太人的身份，从立陶宛出来，更是一种"diaspora"。

陆达诚教授怀着信仰离别亲人,远走他乡,有些是因为志愿,有些则是出于被迫。陆教授在《存有的光环》中并没有一字涉及他的早年经历,但我们仍然可以读出他文字底下透出的对于母亲、家人、故乡和自己城市文化的思念,这是一种生命之情,可以超越,但不能泯灭。我以为,正是这种带着 exile 的生命之情,推动了陆教授去研究哲学,并选择了存在主义哲学家马塞尔为对象,研究其生命的"存有"。借助马塞尔哲学,陆教授超越了自己的经验,与我们这个纷乱的世界达成了和解。

近年来,陆达诚教授已经从辅仁大学宗教学系退休。最后几位硕士生、博士生毕业后,陆教授有更多的机会回上海探亲。2012 年春天,上海有徐光启诞辰纪念,曾邀请他来与会,忽生意外,便没有成行。一年后,他自费过来了,就在徐家汇旧地,三五知己的聚会中还有他的童年伙伴。今年夏末,陆教授又来到上海,和他的小学同学陈耀王先生谈徐家汇变迁,和我们宗教学系和利徐学社的老师谈马塞尔、莱维纳斯、德日进、方豪、罗光……谈起《存有的光环》,我们还是歉疚。好在一切已经就绪,出版指日可待,这次真的可以让陆教授的著作回到故乡。因为书前已经有了台湾大学关中永教授的"代序",复旦大学朱晓红教授又写了大陆版的"序",陆先生还有"自序",再写一篇序文真是多余。为此,这里只写一点附言放在最后,把本书大陆版的缘由说一下。其实,这篇跋文更想遥寄一点对于陆达诚神父的敬意,多说了几句,还请编者、读者谅解。

　　本文为陆达诚《存有的光环：马塞尔思想研究》(复旦大学出版社,2016年)的后记,陆达诚,上海人,法国巴黎第四大学博士,导师是著名哲学家莱维纳斯。担任台湾政治大学、东吴大学哲学系教授,长期任职辅仁大学宗教学系,退休前担任系主任多年。著有《马塞尔》,翻译德日进《人的现象》等。

马尔智和"兰花指"

1930年2月27日,梅兰芳(1894—1961)先生在美国纽约百老汇四十九街剧院(49th Street Theater)作访美首场演出,剧目为《汾河湾》。梅兰芳是旦角,扮演的是薛仁贵的妻子柳迎春,讲述了一个忠贞、凄婉、悲惨的动人故事。因为成功,后几场演出就转移到了纽约帝国剧院(Imperial Theater)。随后几个月,梅兰芳开展全美巡演,在芝加哥,演出地点是公主剧院(Princess Theater);在旧金山是提瓦利剧院(Tivoli Theater)、自由剧院(Liberty Theater)、都会剧院(Capital Theater);在洛杉矶是联音剧院(Philharmonic Auditorium);在檀香山是自由剧院(Liberty Theater)。大家特别担心的事情总算没有发生,美国人居然看懂了京剧! 票房出尽,演出获得了成功。

对于美国的观众和评论界来说,梅兰芳京剧艺术的最大看点就是"花旦"——男扮女装。有一年,在密尔沃基的老同学家里,与一位从芝加哥大学东亚系毕业的查尔斯博士聊天,他曾跟余国藩(Anthony C. Yu, 1938—2015)先生研究苏州评弹,说:对美国的高层次观众来讲,中国传统戏曲中的男扮女装,最有魅力,超过看脸谱,看武打。这个论断大概是对的,中国士大夫对宫廷内外的娈童龙阳,以及昆曲、京剧中间的男扮女装,都视为平常。但是,刚刚走出基督教伦理的十九世纪西方人对此则叹为惊世骇俗,人性释放,很是欣赏。据老北京的新学者齐如山(1875—1962)先生说,北京的外国人原来并不喜欢京剧:"欧美人士向来不看中国戏,在前清时代,西洋人差不多都以进中国剧院为耻。"①外国人本来不看中国戏,这是有原因的。明清传统戏曲在庙会、堂会、法会上演出,曲目中有不少鬼戏、淫戏、无聊戏,传教士以为伤风败俗,一直抵制。令人诧异的是,到了清末民初,情况发生改变,西方人发现了京剧,开始欣赏!

民国初年的变化原因来自双方,一方面欧洲、美国的自由主义、世界主义运动,正在破除西方人基于基督教自我中心论的道德伦理,开始欣赏别的文明。另一方面,中国戏曲的现代运动,也在更新自己的旧习惯,开放自身,走向现代。沪、京(平)两地的"改良京剧"改变了台本、台风,适应城市新阶层的审美趣味。二十世纪初年,一批留学归国的艺术家(如齐如山、李叔同等)进戏园看戏,逐渐把传统京剧往现代艺术方向引导。民国以后,中国人的欣赏习惯发生变化,舞台上出现了一批新剧目,也有了一批好演员,"花旦"行当尤其人才辈出。清末以来的老一辈名角,以老生、武生为主,如

---

① 齐如山:《梅兰芳游美记》,北平,1933 年,卷一,页六。

"京派"的谭鑫培、汪桂芬、孙菊仙,"南派"的杨月楼、盖叫天、周信芳等,都是生角。到了民国,"京派"、"海派"的各家舞台上,就是梅兰芳、尚小云、程砚秋、荀慧生等"四大名旦"的天下,同一出戏里,捧的是旦角。"旦行、老生的位置对换"①,是清末民初南北舞台上的一个现象,值得深究,是否代表了一种"新艺术"倾向?想来是的,它表明"内廷供奉"时代西太后、嫔妃、格格、太监、宫女们的女性品味("老生"),换成了市民社会工商人士等男性视角("花旦")。

这样的转变风气中,在上海和北京,出现了一些欣赏京剧的外国人,他们通常是汉学家、外交官、洋行职员。按齐如山的说法,1915年某一天,留美同学会在北京外交大楼宴请美国公使芮恩施(Paul Reinsch,1869—1923),梅兰芳走唱《嫦娥奔月》,这"算是西国人士观看中剧的头一遭"②。芮公使次日持帖驱车,到梅寓拜访,可见那是真的欣赏。芮恩施公使在外交大楼听《奔月》,并不是外国人看京剧的"头一遭"。在"华洋一体"的上海福州路丹桂戏园,静安寺路张园,外国侨民、职员、领事、学者早就参与京剧观赏活动。随便翻一下记载:1896年3月26日下午,李鸿章出使俄罗斯等欧美八国,曾在张园安凯第设宴招待各国驻沪官员,并"预召梨

---

① 徐城北:《梅兰芳与二十世纪》,生活·读书·新知三联书店,1990年,第29页。

② 齐如山:《梅兰芳游美记》,卷一,页六。

园,在园演剧"①。当然,外国人看京剧流行为风气,还是民国初年的事情。那时候,欧美的一些访华团体和重要个人,开始把京剧作为中华文化的一个符号,去福州路、张园、天桥、六国饭店赶个时髦。在北京(平),进故宫,拜天坛、登长城、访梅君、观梅剧,成为外国游客的保留节目。②问题来了,新的审美群体进入剧院以后,编、导、演人士与观众互动,会考虑他(她)们的口味。既然要迎合外国人的口味,京剧就会为他们的"猎奇"(exotic)心态而改变。

民国上海、天津、汉口、北平的京剧观众以市民为主,洋人可以忽略不计,真的要到纽约、芝加哥、旧金山、洛杉矶演出,观众不熟汉人习俗,不谙中华文化,就必须考虑他们的审美习惯。访问美国之前,京剧评论家、策演人齐如山、张彭春(1892—1957)颇为担心,担心梅兰芳扮演的"花旦"会被误解成某种性别游戏。这两位中西兼通、新旧并知的学者,为了让京剧登上百老汇的大雅之堂,预先启发观众,不要过于关注男性演员的女性化,强调:"男人扮女子,不是模仿真女子的动作,却是用美术的方法来表演女子的各种情形神态。"也就是说,值得欣赏的不是性别的倒错和反串,而是表演中的"手指、目视、举足、转身等等小动作,处处都有板眼,并且都

---

① "名园设宴"照片说明,转见《风华张园》(图录),同济大学出版社,2013年,第37页。

② 参见齐如山:《梅兰芳游美记》,卷一,页九。

有美术的规定"①。他们提示观众:不要只盯住男扮女装,男性演员克服性别差异,把非常细腻的女性特征表现出来,这才是艺术。

数百年来,京剧积累了许多特殊的表演手段,当时的"四大名旦"都有一个本事,就是在念、唱、做、打之外,还能用不同的手指造型,表现出女性细微的年龄、性格和心情差异,以及她们的喜、怒、哀、乐。美国观众对这项"花指"艺术,最是感到神奇,这可能吗? Yes! 用手指表达情感,只有中国的戏曲能够做到;在各派戏曲中间,还是京剧演员做得更好;1920 年代的南、北伶界,梅兰芳又是做得最好的! 这就是民间所称的"兰花指"。孩提时,小伙伴们说某嗲男、某嗲女会用"兰花指",初以为就是模仿兰草交错的意思。后来听大人解释才明白,说的还是由梅兰芳登峰造极的花指造型,"兰花指"专指梅兰芳的花指功夫。梅兰芳的艺术功力千千万万,仅仅一把"兰花指"就表现非凡,值得爱好者们记录和收藏。

1931 年 8 月,梅兰芳访美演出回国后一年,一位年轻的美国籍中国艺术研究学者,安娜堡密西根大学附属人类学博物馆的策展人马尔智(Benjamin March, 1899—1934),追随梅兰芳而来。这位年轻学者带着自己的专业照相机来的中国,就是想记录梅兰芳的"兰花指"。马尔智出生在芝加哥,1922 年毕业于芝加哥大学的文科,随后在纽约的协和神学

---

① 齐如山:《梅兰芳游美记》,卷二,页二十五。

院进修，想成为一个传教士。在纽约的时候，他还顺从个人兴趣，去大都会博物馆进修艺术课程。1923 年，他找到一个机会来华工作，先在河北大学（Hopei University）①任教，教授英文、拉丁文、圣经研究。1925 年后，他在燕京大学（Yenching University）担任讲师，从事中国艺术的教学和研究。1927 年，马尔智回到美国，担任纽约哥伦比亚大学的中国艺术讲师，出任过底特律艺术学院的策展人。1920 年代是美国的"镀金时代"，经济高速发展，收藏家层出不穷，对中华艺术的兴趣也不断增长。美国的重要大学，哈佛、耶鲁、哥伦比亚、芝加哥、伯克利等，都在这一时期仿效欧洲，开始了"汉学"研究。像马尔智这样富有亚洲经历的年轻学者是稀缺人才，美国"京剧热"兴起后，他又一次得到机会，回到北京，追踪梅兰芳。

1930 年梅兰芳在美国大城市巡演的时候，马尔智已经是一位当地的"中国通"（Old China Hand）。目前缺乏他的"观梅"资料，但是如此重大的活动，可以理推他在演出现场。要么是在纽约，要么是在芝加哥，在两个熟悉的城市里，马尔智应该看过梅兰芳。另外，马尔智与梅兰芳的朋友圈关系很深。与齐如山一起策划梅兰芳美国之行的张彭春（1892—1957），毕业于哥伦比亚大学（1915），后来任教于芝加哥大学

---

① 据马尔智家属提供的资料是"Hopei University"，只能翻译成河北大学。但是，当时的教会大学，或者国立大学系统中并无"河北大学"（Hopei University），此处存以待考。

(1931),是马尔智的校友和朋友。在中国,"北平国剧学会"的傅芸子(1902—1948)、傅惜华(1907—1972)兄弟曾和马尔智在燕京大学共事。①通过北平"国剧"界的朋友圈子,马尔智很容易接触到梅兰芳,他加入到了京剧的海外推广事业中。马尔智对中华艺术的兴趣,原来只是在书画领域,他曾经在上海的英文刊物《中国科学美术杂志》(*China Journal of Science and Arts*)发表专业论文。马尔智1931年回到中国,是申请到了美国学术团体协会(American Council of Learned Society)的基金,研究宋元画家钱选(1239—1299)。看起来,研究"兰花指"是马尔智的副业,是受到梅兰芳访美影响的一个新的兴趣。

在这里,马尔智的北平"国剧"朋友圈值得重视,张彭春、傅芸子、傅惜华,加上更早一些的齐如山,他们都是归国留学生,分别有留法、留美、留日的经历。在海外求学和游历的时候,他们爱上了西方的歌剧、话剧、音乐剧,对西方近代艺术有深入了解。回国之后,北京(平)的这个留学生群体,不满戏曲界的保守和因循,和上海的"南派"艺人一起,对清代作为"内廷供奉"的京戏做了彻底改造,使之成为中外社会雅俗共赏的市民艺术——京剧。京剧

---

① 以上马尔智生平资料,见于谢小佩收集整理,由美国华盛顿佛利尔、萨克勒博物馆提供,并得到马氏家属许可公布的马尔智图片文献集。该文献集即将由上海辞书出版社出版,以下未有注明的资料来源,都出自该图片文献集,这里感谢收藏者和编译者,也烦请读者留意。

在1930年代的大繁荣，和他们的"改良"工作极有关系。这场早期的"京剧革命"，后来被人们有意无意地忽视了。有一位在西方人中间推广京剧的艾伦(B. S. Allen)先生在《中国戏园》("Chinese Theatres")一文中回顾这个历程，说："一个未经点化的欧洲人，如果认为中国戏曲很奇怪，大多数的戏园都没什么意思，在里面待上五个小时很不舒服，这也是对的；并不止是个别留学生在提到他们去中式戏园看演出时，都高傲而厌恶地叉起了双臂。"

新派学者鄙视京戏的情景，被齐如山这样的留学生，也被马尔智这样的汉学家给破除了。在二十世纪轻视中华传统文化的气氛中，京剧却逆势发展，成为雅俗共赏、中外同赞的艺术方式。京剧成功的原因，并非齐如山在美国宣称的"一切照旧"①，而是他身体力行地"改良国剧"②。新派知识分子"改良京剧"的举动，是二十世纪京剧繁荣的原因。1970年代被导入歧途的"京剧革命"，发展出扭曲怪异的"样板戏"，这才毁了现代京剧事业。1930年代"改良京剧"的积极成果，完全出乎"新文化运动"领袖们的预料。胡适、陈独秀、鲁迅等人一直对北平学术界，上海工商界"捧戏子"的风气痛加批评，却对传统"京戏"改造成现代"京剧"的可能性估计不足。齐如山、张彭春，还有马尔智等新派学者认为："中

① 齐如山：《齐如山回忆录》，宝文堂书店，1989年，第140页。

② 同上引书，第87页。

国戏园中保存着一种值得赞美的戏剧精神,""如果用嘲讽的口吻来谈论中国戏曲,并不妥当。……我们还不如说:不能把握他们的习俗,缺乏经验,不懂语言,才是让我们不能欣赏好几百年来给无数高度文明而聪明的人们带来乐趣的戏剧的原因。"① "海 归"(Returned Students)和"汉学家"(Sinologists)们顶着"捧戏子"、"合倡优"的非议,联手改造传统"京戏",发展现代"京剧",事实证明是一条正确的道路。

马尔智欣赏梅兰芳,尤其是对京剧的"旦角"艺术作了详尽的阐释,他说:"梅兰芳擅长扮演的旦角,源于他家几代人的传统。中国戏剧的角色主要分为四个种类:旦角,或女性部分;生角,或男性部分,通常也是主要角色;净角,或花脸,一般是反派角色;丑角,或喜剧演员。前两个角色强调的是唱和演,对武生来说重要的是健壮的体质和杂技能力。这里很难正确地讲旦角就是模仿女性。中国戏剧是一门艺术,其中蕴藏着一定的与中国画的密切相似之处,它从来都不是对自然的模仿。""旦角,不仅仅是一个假扮的女性;相反的,却是一个虚构的形象,艺术的再现。是对一个女子的阐释,而不是一个女子的代表。旦角是现实的,(但他)就像中国山水画的现实,如同彩虹从周密精华的现实落入清水一样。"说得太好了! 梅兰芳的"花旦"不是模仿、表现性别,而是再现、诠

---

① 转引自梁社乾:《京剧欣赏》,载《中国科学美术杂志》,1927年1月,第7页。原文为英文,代表西方开明学者对于京剧的一般态度,并不是齐如山等人的直接文字。

释性别。我们发现，这段话几乎就是对齐如山观点的重复，马尔智加上了他从中国画研究心得中得到的"通感"，十分贴切。

为什么要收集"兰花指"，马尔智有专门论述，其中或许还隐藏了"改良京剧"的秘密。他说："在（京剧）表演中，塑造姿势的效果是起很大作用的。中国式舞台一般伸长地进入剧场的观众，演员从三面可见。每个手势的形状，必须参考这个境况；以及每一个动作，必须参考全身的塑造效果。每当一个手移动时，必须是在身体部分的另外一个地方的，相应平衡下的动作。"马尔智描述的"中国式舞台"是"T"型构造，观众从三面来观剧，贴近演员。旧式舞台是"供奉内廷"时代的小戏台，适合封闭式的"堂会"和乡间的"庙会"环境。舞台贴得近，演员就必须把"花指"演得十分地细腻，以供挑剔。1920 年代上海、天津等地的新建剧场，都是现代化的"大舞台"，很难近距离欣赏"花指"。舞台上已经看不清晰的艺术，必须要用摄影、画像来仔细记录。

在纽约，总策演齐如山，总导演张彭春在百老汇式的大舞台上，套装了一副中式戏台，他们尽可能地保留中国舞台元素。"台上的第一层仍用该剧场的旧幕；第二层是中国红缎幕；再往里第三层，是中国戏台式的外檐，龙柱对联；第四层是天花板式的垂檐；第五层是旧式宫灯四对；最里第六层，就是旧式戏台：隔扇、门帘、台帐，两旁也有同样的隔扇、镂刻窗眼,糊上薄纱……。"①这样一个原汁原味的"中式舞台",犹如一副俄罗斯套娃,隔了好多层,完全欣赏不到诸如"兰花指"这样的细腻表演,岂不遗憾? 现代"大舞台"和传统"小戏园"的冲突是无法回避的。齐如山先生预料到这样的困境,临行之前就写作了一本《梅兰芳艺术一斑》,把京剧艺术中的行头、冠巾、胡须、扮相、脸谱、身段、兰花指等等,一一画谱,详尽罗列,供观众对照。该书的"兰花指"一章,列举了"含苞"、"初篆"、"映日"、"吐蕾"、"护蕾"、"伸萼"、"避风"、"握蒂"、"含香"、"陨霜"、"蝶损"、"雨润"、"泛波"、"怒发"、"迎风"、"醉红"等等53种指法。如此细腻的指法,又是稍纵即逝,在新式舞台上表演,即使用望远镜也难以捕捉。马尔智的想法是对的,他把"兰花指"拍照下来,传递给美国的观众,就近观赏。1923年8月的某一天,马尔智在齐如山、傅芸子、傅惜华的陪同下访问了位于北京东城无量大人胡同的梅兰芳宅邸"缀玉轩",留下了一套"兰花指"倩影。

西方人欣赏京剧,将之作为中华文化的象征物来把玩,这是一个值得关注的现象。中华文化不单单属于中国,也不仅仅归之于传统。中华传统汇入世界文化之林,自然而然就是人类现代文明的一部分。传统不能靠传统的方式谋生存,必须以改良的手段作保存;用全新的眼光来鉴别中华文化的精华和糟粕,成为清末民初各行各业的普遍现象。外国观众

①　齐如山:《梅兰芳游美记》,北平,1933年,卷二,页十六。

初看京戏,哪怕他(她)们是一脸茫然,不提任何意见,也会对现代京剧的命运发生影响。"改良京剧"的实践者必须回答他(她)们的疑问和困惑,事实上最后做出改变的通常不是外行的观众,而是行内的从业者。"现代京剧"是在与现代观众(城市平民、工商阶层、知识分子、西方汉学家、东方文化爱好者)的互动中诞生、发展和进步。"文革"以后,很多次陪外国朋友在"天蟾舞台"看专场演出,剧目中必有《三岔口》武打戏,就知道毕竟是观众决定了舞台。其实,西方人不是被动地接受中华文化,并不是你演什么,他(她)就看什么。清末民初在华的西方学者,带着他(她)们的困惑,对中华文化做了翻箱倒柜式的透彻研究。他们也参与了"改良京剧",马尔智就属于"汉学家"这一群体。

1923年,马尔智离开美国的现代大都市芝加哥、纽约,只身闯入神秘而古老的北京,初时只是一个对中华文化懵懂无知的毛头小伙子。几年之间,他以在芝加哥大学、哥伦比亚大学打下的文学、神学和艺术专业功底研究中华艺术,迅速成为一位汉学家、中华艺术的鉴赏人。马尔智的专业身份,令他很容易地进入到上海、北京(平)的外侨学术圈,圈子中有老牌"中国通"福开森(John Ferguson,1866—1945)和苏柯仁(Arthur de Carle Sowerby,1885—1954)。清末民初在华西侨学术圈以上海的亚洲文会(The North China Branch of the Royal Asiatic Society,1858—1949)及其附属的机构和杂志为中心。马尔智是亚洲文会的会员,据登记资料,他是"美国学者"、隶属"燕京大学",登记居住地在"北京",在会时间为"1924—1933",会员类别是"OM"(普通会员)。① 我们还在苏柯仁、福开森主编的《中国科学美术杂志》上找到马尔智的三篇论文,它们是:《临清塔》("The Lin-tsing Pogoda",1926.11)、《中国绘画中的透视画法》("A Note on Perspective in Chinese Painting",1927.8)、《苹果与冒险》("Apples and Adventure",1926.8)。马尔智的相册中,留有二幅在福开森花园(Ferguson Garden)的旧影,可见他是老先生喜欢的年轻人;苏柯仁则在马尔智去世后,安排在《亚洲文会会刊》上发布讣告,还在自己的杂志上为他写了一篇热情洋溢的书评。

在中国艺术研究领域,京剧只是马尔智刚刚开始的爱好,中国画才是他多年专攻的特长。他在生命的最后几年里回到中国生活,就是为了研究宋、元、明、清的山水画。然而,我们发现马尔智的新兴趣和旧专长并不矛盾,他研究过的中国的山水画、宝塔、陶瓷,以及京剧"兰花指",都属于造型艺术,他似乎对所有的中华文化形象(images)都感兴趣。1929年,马尔智出版了一本《我们博物馆里的中国和日本》(*China and Japan in Our Museums*);1934年,密西根大学出版社(Michigan University Press)出版了他的专著《陶器种

---

① 参见:王毅著《皇家亚洲文会北华支会研究》,收为上海图书馆编:《皇家亚洲文会北华支会会刊(1858—1948)》(上海科学技术文献出版社,2013年)附录,第443页。

类的标准》(*Standards of Pottery Description*);1935年,巴尔的摩威佛里出版社(Waverly Press)出版了他的另一部专著《国画术语》(*Some Technical Terms of Chinese Painting*),这已经是他去世的一年之后,这本书的扉页上告示读者他去世的消息。同一年,马尔智还有一本重要的中国艺术研究著作出版,这就是他的《梅伶兰指》(*Orchid Hand Patterns of Mei Lan-Fang*)。一位年轻的汉学家,勤奋著述,不断出版,在短短的35岁的年华中,留下了四部专著,以及很多篇的论文。

马尔智在1925年6月25日与一位在南京的循道会传教士女儿多萝西·罗(Dorothy Rowe)结婚。直到1932年,他们才有了第一个,也是唯一的孩子——女儿朱迪斯(Judith)。1934年,回到美国的马尔智,在密西根大学所在的安娜堡家中忽然心脏病发作,据说是心律失调,治疗五周后,于12月13日去世。1936年5月,在《中国科学美术杂志》上,苏柯仁介绍《国画术语》,给马尔智以高度评价。关于本书,他说:"对那些有兴趣学习中国画的人来说,这本小书极其有用。中国画家所用的全部术语,这里都有介绍和评论……";关于作者,他说:"马尔智,年轻一代的美国中国文化研究学者中最有希望的一位,他那种如同潮涌一般的著述,应该是已经切断了;本书付印的时候,他却去世了。"[①]把

---

① 《中国科学美术杂志》,1936年5月,第262页。

马尔智排在美国最杰出的中华艺术研究学者之列,是上海、北平学术圈的共识。1935 年,《皇家亚洲文会会刊》在讣告中,慎重而负责地评论说:"马尔智,美国最重要的关于远东艺术的作者之一。"①

　　本文为谢小珮编译《马尔智与他的〈梅伶兰姿〉》(上海辞书出版社,2016 年)代序。全文曾刊登于《书城》,2015 年 9 月号。

---

　　① 　上海图书馆编:《皇家亚洲文会北华支会会刊(1858—1948)》Vol. LXVI(1935), 33—696,第 138 页。

人文、认同、传承与文献渊源

地名：浦东之渊源

"浦东"，现在作为一个"开发区"的概念，留在世人的印象中。1990年代，"浦东"是国内外媒体上出现频率最高的词之一。1993年1月成立上海市政府直属地方银行，以"浦东发展银行"命名，可见当代"浦东"之于上海的重要性。1992年10月，上海市政府执行国家"浦东开发"战略，以川沙县全境为主体，将上海县位于浦东的三林乡，以及当年曾划归杨浦、黄浦、南市等市区管理的"浦东"部分一并归还，设立"浦东新区"。2009年，上海市政府又决定将地处浦东的南汇区（县）全境划入，成为一个辖境1429.67平方公里的副省级行政单位，高于上海的一般区县。"浦东"，作为一个独立的行政区划概念，以强势的面貌，出现于当代，为世界瞩目。

"浦东"一词出现得晚，但绝不是没有来历。浦东和古老的上海、松江和江南一起发展，已经有了上千年的历史。固然，浦东新区全境都在3000年前形成的古冈身带以东，所有陆地都是由长江、钱塘江携带的泥沙，与东海海潮的冲顶推涌，在唐代以后才形成的。上海博物馆的考古队，没有在浦东地区找到明以前的豪华墓葬。但是，这里的土地、人物和历史，与上海县、松江府和江苏省相联系，是江南地区吴越文明的繁衍与延伸。经过唐、宋时期的垦殖、开发和耕耘，浦东地区的经济、社会和文化在明、清两代登峰造极。川沙、周浦、横沔、新场这样的乡镇，日臻发达，绝非旧时的一句"斥卤之地"所能轻视。

浦东新区由原属上海市位于黄浦江东部的数县，包括了川沙、南汇，和上海县部分乡镇重组而成。从行政统属来看，浦东新区原属各县设立较晚。清代雍正四年(1726)，从上海县析出长人乡，设立南汇县；嘉庆十五年(1810)，由上海县析出高昌乡，南汇县析出长人乡，加上八、九两团，合并设立川沙抚民厅，简称川沙厅。开埠以后，租界及邻近地区合并发展，迅速成为"大上海"，上海、宝山、川沙等县份受"洋场"影响，卷入到现代都市圈。南汇县则因为离市区较远，仍然隶属于江苏省松江府。1912年，中华民国建立后，废除州、府、厅建制，南汇县归江苏省管辖，川沙厅改称川沙县，亦直属江苏省。1928年，国民政府在上海设立特别市，浦东地区原属宝山、川沙县的乡镇高桥、高行、陆行、洋泾、塘桥、杨思等划入市区。1937年以后，日伪建立上海市大道政府、上海特别市政府，将川沙、南汇从江苏省划出，隶于"大上海市"。1945年抗战胜利以后，国民政府恢复1912年建置，川沙、南汇仍然隶于江苏省。1950年,中华人民共和国公布省、市建置,以上海、宝山两县旧境设立上海直辖市。浦东地区的川沙、南汇两县,归由江苏省松江专员行政公署管辖。1958年10月,中华人民共和国国务院将浦东的川沙、南汇两县,及江苏省所辖松江、青浦、奉贤、金山、崇明等五县一起,并入上海市直辖市。此前,1958年1月,江苏省嘉定县已先期划归上海市管理。

"浦东新区"之前,已经有过用"浦东"命名的行政区划,即1958年到1961年设置的"浦东县"。1958年,为"大跃进"发展的需要,上海市政府在原川沙县西北临近黄浦江的地区,设立"浦东县",跃跃欲试地要跨江发展,开发浦东。"浦东县"政府,设在浦东南路,辖高桥、洋泾、杨思三个镇,共十一个公社,六个街道。1961年1月,因工业化遭遇重大挫折,上海市政府在"三年自然灾害"中撤销了"浦东县",把东部农业型"东郊"区域的洋泾、杨思、高桥等乡镇,划归到川沙县管理。沿黄浦江的"东昌"狭长工业地带,则由对岸的老市区杨浦、黄浦、南市区接手管辖。"浦东县"在上海历史上虽然只存在了三年,却显示了上海人的一贯志向。即使在1950年代的极端困难条件下,仍然怀揣着"开发浦东"的百年梦想,只要有机会,就想干一下。

现代的"大上海",原来是从上海、宝山两县的土地上生长起来的。明代以前,上海、宝山仍以吴淞江(后称"苏州河")划界。吴淞江以北的"淞北",属宝山县;吴淞江以南的

"淞南",属上海县。吴淞江是松江府之源,"松江",原名就是"淞江","府因以名"。按明正德《松江府志》的说法,"吴淞江,后以水灾,去水从松,亦曰松陵江。"水克火,木生火,"淞江"去"水",从"木"为"松江",上海果然"火"了。清代以前,上海文人的方志、笔记、小说,以及他们的堂号室名,都用"吴淞"、"淞南"作为郡望。1607 年,徐光启和利玛窦合译《几何原本》,在北京刊刻,便是署名"泰西利玛窦口译,吴淞徐光启笔受",自称"吴淞"人。另外,清嘉庆年间上海南汇人杨光辅编《淞南乐府》,光绪年间南汇人黄式权编《淞南梦影录》,昆山寓沪文人王韬(1828—1897)作《淞隐漫录》《淞滨琐话》,采用"淞南"、"吴淞"之名说上海,可见明、清文人学士,都用吴淞江作为上海的标志。吴淞江是上海的母亲河,"黄浦江是母亲河",只是 1980 年代以后新出的说法。

明、清时期的黄浦是一条大河,却不是首要的干流。方志里的"水道图",都把"吴淞江"置于"黄浦"之前。"黄浦",一说"黄歇浦"的简称,仅是一"浦",并不称"江"。在上海方言中,"浦"大于河,小于江,如周浦、桃浦、月浦、上海浦、下海浦……黄浦流经太湖流域,水流较清,经闵行、乌泥泾、龙华等镇,汇入吴淞江。吴淞江受到长江泥沙的影响,水流较浊,淤泥沉淀,元代以后逐渐堰塞。于是,原来较为窄小的黄浦不断受流,成为松江府"南境巨川"。明代永乐元年(1403),上海人叶宗行建议开凿范家浜,引黄浦水入吴淞江,共赴长江。从此,江浦合流,黄浦占用了吴淞江下游河道。黄浦江的受水量和径流量,大约在明代已经超过吴淞江了。但是在人们的观念中,黄浦江仍然没有吴淞江重要,经济、交通和人文价值还不及后者。康熙《上海县志》的"水道图",仍然把吴淞江和黄浦画得一样宽大。从地名遗迹来看,地处吴淞江下游的"江湾",并非黄浦之湾,而是吴淞江之湾。同理,今天黄浦江的入口,并不称为"黄浦口",依然是"吴淞口"。

黄浦江以东地区在唐代成陆,大规模的土地开发则是在宋代开始,于明代兴盛。宋、元两代,浦东地区产业以盐田为主,是属华亭县的"下砂盐场"。从南汇的杭州湾,到川沙的长江口,"大团"到"九团"一字排开,团中间,还有各"灶"的开设。联系各"灶",设立为"场",为当年的晒盐场,"大团"、"六灶"、"新场"的地名沿用至今。随着海水不断退却,海岸不断东移,盐业衰落,明代以后浦东地区便继之以大规模的围海造田,农业垦殖。早期的浦东开发,在泥泞中筑堤、围垦、挖河、开渠、种植,异常艰辛。为了鼓励浦东开发,元代至元年间的松江知府张之翰向中央申请减税,他描写浦东人的苦恼,诗曰:"黄浦春风正怒号,扁舟一叶渡惊涛;诸君来问民间苦,何用潮头几丈高。"算是一位了解民间疾苦、懂得让利培本的地方官。

随着浦东的早期开发、浦东人的财富积累,"浦东"以独特的形象登上了历史舞台。"黄浦江"的概念在清末变得重要起来,上海人的地理观念由此也经历了从"淞南—淞北"到"浦东—浦西"的转变。至晚在明中叶,"浦东"一词已经在上海人的日常生活中使用。万历《上海县志》载："由闸江而下，若盐铁塘、沈家庄，若周浦，若三林塘，若杨淄楼，此为浦东之水也。""闸江"，即后之"闸港"，在南汇境内；"盐铁塘"、"沈家庄"，今天已不传，地域在南汇、川沙交界处；"周浦"、"三林塘"在川沙境内；"杨淄楼"在今"杨家渡"附近。"浦东"，顾名思义是东海之内，黄浦以东的广大地区，是泛称，没有确指。明清时，因为黄浦到杨树浦、周家嘴汇入吴淞江，故"浦东"只指南汇、川沙地区，还没有包括当时在吴淞江对岸，属宝山县的高桥地区。历史上的"浦东"一词，只是方位，并非地名。同治《上海县志》卷首"上海县南境水道图"中解释："是图南起黄浦中界蒲汇塘，而浦东、西之支水在南境者并属焉。"这里的"浦东"，仍然仅仅是指示方位。通观清代文献，"浦东"一词并没有作为地名，在自然地理、行政地理的叙述中使用。

时至清末，"黄浦"的重要性终于超过"吴淞江"，同治《上海县志》说："（松江）一郡之要害在上海，上海之要害在黄浦，黄浦之要害在吴淞所。"黄浦取得了地理上的重要性，主要是它成为中外贸易的要道，近代上海是从黄浦江上崛起的。1843年上海开埠以后，华界的南市（十六铺）和英租界（外滩）、法租界（洋泾浜）、美租界（虹口）连为一体，在几十年间迅速崛起，这一段河道，只属于黄浦，不属于吴淞江。更致命的是，1848年上海道台麟桂和英国领事阿礼国修订《上海租地章程》的时候，英语中把"吴淞江"翻译成了"苏州河"（Soo Choo River），作为英租界的北界。"苏州河"是以外滩为终点,从此以后,吴淞江下游包括提篮桥、杨树浦、军工路、吴淞镇的岸线,在现代上海人的心目中就专属"黄浦","黄浦"由此升格为"黄浦江"。囊括上海、宝山、川沙三县的"大上海",也正式地分为"浦东"和"浦西"。"后殖民理论"的批评者,可以指责英国殖民者用"苏州河"取代"吴淞江",还捏造出一条"黄浦江"。但是,我们的解释原理是既尊重历史,也承认现实。从自然地理来看,原来用东西向的吴淞江,把上海分为"淞南""淞北",是一个局促的概念,确实不及用南北向的黄浦江分为"浦西""浦东"更为大气与合理。地理上的重新区分,顺应了上海的空间发展,以及上海人的观念演化,更反映了上海的"近代化"。

认同:浦东之人文

浦东的地理,顺着吴淞江、黄浦江东扩;浦东的人文,自然也是上海、宝山地区生活方式的延续与传承。"开发浦东"是长江三角洲移民运动的结果,明清时期的上海,已经是一个移民导入地区,北方人、南方人来此营生的比比皆是。但是,当时的"浦东开发",基本上是上海人民的自主行为,具有主体性。400多年前,历史上最为杰出的上海人徐光启,就是浦东开发的先驱。徐光启是上海城里人,中国天主教会领袖,编《农政全书》,号召国人农垦。话说有一位姓张的北京人,是帝都里最早的天主教徒,他"由利玛窦手领洗,后来徐光启领他到上海，在徐宅服务。不久，即在黄浦江边垦种新涨出之地，因而居留焉"。京城的张姓移民，在徐光启的帮助下站住脚跟，归化为上海人。徐光启后裔徐宗泽在《中国天主教传教史概论》中说，这块滩地，就是现在浦东的"张家楼"。

元代黄岩人陶宗仪，因家乡动乱，移民上海，"避兵三吴间，有田一廛，家于淞南，作劳之暇，每以笔墨自随"，遂作《南村辍耕录》。松江府华亭（上海）一带果然是逃避战乱、修生养息、耕读传家的好地方。上海的一个神奇之处，就在于这一片鱼米之乡，还总有滩地从江边、海边生长出来，而且平坦肥沃，风调雨顺，易于开垦。愿意吃苦的本地人、外地人，都很容易在浦东获得更多的土地，过上好日子。子孙繁衍，数代之后就成为占据了整村、整镇的大家族。

"朱、张、顾、陆"，史称江东大族，浦东的众姓分布也是如此。南汇县周浦镇朱氏，以万历年间朱永泰一族的名节最堪称道。徐光启及第之前，永泰曾请他来浦东教授自家私塾。徐光启位居相位之后，召他儿子入京办事，永泰居然婉拒。直到顺治十六年，永泰的孙子朱锦在南京一举考取南榜"会元"，选为庶吉士。朱锦秉承家风，"决意仕途，优游林下"（《阅世编》），淡泊利禄，不久就致仕回浦东，读书自怡，专心著述。浦东士人，因为生活优裕，方能富而好礼。浦东张氏，举新场镇张元始家族为例。张元始为崇祯元年进士，曾为户部侍郎。满洲入侵的关头，他回到松江、苏州地区为支用短缺的崇祯皇帝筹集军饷,调运大批钱粮,北上抗清。东林党争,他"弹劾不避权贵"(《阅世编》),"性方严,不妄交游,留心经济"(《光绪南汇县志》),浦东籍的士人,多有耿直性格。浦东顾氏,举合庆镇顾彰为例。江南顾氏,传说是西汉封王顾余侯之后,川沙顾氏,则是明代弘治十八年状元顾鼎臣家族传人。顾鼎臣(1473—1540),昆山人,位居礼部尚书,任武英殿大学士,明中叶以后家族繁衍,散布在昆山、嘉定、宝山、川沙一带。太平天国战乱之后,江南经济恢复,川沙人顾彰在村里开设一家店铺,额为"顾合庆"。生意成功,周围店家不断开设,数年之内,幡招林立,成了市镇,人称"合庆镇"。顾彰"开发浦东"有功,两江总督端方赏了顾彰的长子懿渊一个五品头衔,顾彰的孙子占魁也被录取为县庠生。浦东陆氏,我们更可以举出富有传奇色彩的陆深家族为例。陆深(1477—1544),松江府上海县人,高祖陆余庆以上世居马桥镇,元季丧乱,曾祖德衡迁居到黄浦岸边的洋泾镇。这样一户普通的陆姓人家,累三世之耕读,到陆深时已经成为浦东的文教之家。弘治十四年(1501),陆家院内的一棵从不开花的牡丹,忽然开出百朵鲜花,当年陆深在南京乡试中便一举夺得"解元"。后来大名鼎鼎的昆山"状元"顾鼎臣和陆深同榜,这次却被他压在下面。陆深点了翰林,做过国子监祭酒,也给嘉靖皇帝做过经筵讲,但接下来的官运却远远不及顾鼎臣,只在山西、浙江、四川外放了几次布政使。陆深去世后,嘉靖皇帝怀念上课时的快乐时光,也只给他加赠了一个"礼部侍郎"的副部级头衔。不过,陆深给上海留下了一个大名头:陆家宅邸、园林和坟茔地块,在黄浦江和吴淞江的交界处,尖尖的一喙,清代以后,人称"陆家嘴"。

浦东地区的南汇、川沙,原属上海县,这里和江南的其他地区一样,物产丰富,人物鼎盛,文教繁荣,产生了许许多多的世家大族。"朱、张、顾、陆"的繁衍,是浦东本地著名大姓的例子。事实上,外来移民只要肯融入上海,即使孤身一人,也能在浦东成家立业,建立自己的家族。无锡华氏家族,元代末年有一位华岳(字太行),因战乱离散,来到上海,在浦东横沔镇苏家入赘。按本地习俗,人称为"招女婿",近似于"打工仔"。然而,华岳一表人才,并不见外,奋身于乡里,他"风姿英爽,遇事周详,一乡倚以为重"(转引自吴仁安《明清时期上海地区著姓望族》)。这位"引进人才"在苏家积极工作,耕地开店,带领全村发家致富,族人居然允许他自立门户,用华氏传宗。乾隆初年,华氏子孙"增建市房,廛舍相望"(《南汇县志·疆域·邑镇》),这就是浦东名镇"横沔镇"的起源。管窥蠡测,我们在浦东横沔镇华氏家族的复兴故事中,看到了明、清时期上海社会接纳外来移民的良性模式。寄居浦东,入籍上海,认同江南,融入本土社会,这是外来者成功的关键。"海纳百川",是上海本地人的博大胸襟;"融入本土",则更应该是外来移民的必要自觉。浦东人讲:"吃哪里嗒饭,做哪里嗒事体,讲哪里嗒闲话。"热爱乡土,服务当地民众福祉,维护地方文化认同,是天经地义一般的重要。

南汇、川沙原来都属于上海县,清代雍正、嘉庆年间刚刚分别设邑,为什么会在清末就有一个和上海"浦西"相对应的"浦东人"的认同发生,这是值得思考的问题。"浦东人",就是明、清时期的"上海人",他们在近代历史上形成了一个子认同(sub-identity)。二十世纪开始,"浦东人"和黄浦江对岸的"大上海"既联系,又分别,大致可以用文化理论中的"子认同"来描述。十九、二十世纪中,浦东的地方语言,和上海市区方言差距拉大;浦东的农耕生活,和市区的大工业、大商业有些不同。尽管朱其昂、张文虎、贾步纬、杨斯盛、陶桂松、李平书、黄炎培、叶惠钧、穆藕初、杜月笙等一大批川沙、南汇籍人士,活跃于上海,但是"浦东"是他们口中念念的家乡,"上海"是他们心中一个异样的"洋场",因为"大上海"的文化认同更加宽泛。

清末民初时期,占人口约 10％的上海本地人,接纳了约 90％的外地人、外国人,这里熔铸出一种新型的文化。"华洋杂居,五方杂处",现代上海人的认同要素中,不但包括了苏州、宁波、苏北、广东、福建、南京、杭州、安徽、山东人带来的文化因子,还有很多英国、法国、美国、德国、日本的文化因子。"阿拉上海人",是一个较大范围的城市文化认同(Identity);"我伲浦东人"则是一个区域性的自我身份(Status)。熟悉上海历史的人都知道,两者之间确有一些微妙的差异。但是,这种不同,互相补充,互为激荡,属于同一个文化整体。这种差异性,正说明上海文化的内部,自身也充满了各种"多样性"(Diversity)，并非是一个专制体。文化，是拿来欣赏的，不是用作统治的。上海的"新文化"，有过一种文化上的均势，曾经对"五方"、"华洋"的不同文化加以欣赏。在这个过程中，浦东地区保存的本土传统生活方式，是"大上海"的母体文化，支撑了一种新文明。无论浦东文化是如何迅速地变异和动荡，变得不像过去那样传统，但它却真的曾以"壁立千仞，海纳百川"的胸襟，接纳过世界各地来的移民。它是上海近代文化（俗所谓"海派文化"）的渊源，我们应该加倍地尊重和珍视才是。

传承：浦东之著述

直到明、清，乃至中华民国的初期，江南士人的身份意识仍然是按照乡、镇、县、府、省的单位，一级一级，自然而然，由下往上地渐次建立起来的。日常生活中，江南士人都使用自己的真实身份，"徐上海"、"钱常熟"、"顾昆山"地交际应酬，不会只用一个"中国人"的表面身份来隐藏自己。只有当公车颠沛，到了"帝都魏阙"，或侧身挤进了"午门大阅"，沾上些许皇帝的虚骄，才会偶尔感到自己是个"中国人"。儒家推崇由近及远，由里而外，渐次推广的传统人际关系，有相当的合理性。在此过程中，不同地域的人群学会了尊重各自的方言、礼节、习俗、饮食和价值观念，在一个"多样性"的社会下生存。今天，"多元文化观"在"国家主义"盛行的二十世纪，以及"全球化"横扫的二十一世纪,面临着巨大的困窘。如何在当今社会,发掘传统,面对危机,重建认同,是一件很重要的事情。

二十世纪中,在现代化"大上海"崛起中,上海地区的学者和出版家,一直努力将江南学术的优秀传统,汇入"国际大都市"的文化建设,出版地方性的文献丛书便是一种做法。1936年,负责编写《上海通志》的上海通社整理刊刻了《上海掌故丛书》第一集14种,后因"抗战"、"内战"发生,没有延续。1987年,华东师范大学出版社编辑影印了《上海文献丛书》,共5种;1989年,上海古籍出版社标点排印了《上海滩与上海人丛书》,共23种。县区一级的文献丛书,有《松江文献系列丛书》(上海社会科学院出版社,2000年),共12种;《嘉定历史文献丛书》(中华书局,2006年),线装,二辑。在基层文化遗产保护前景堪忧的大局势下,地方传统文献的整理出版工作倒是在各地区有识之士的坚持下,努力从事。上海浦东新区地方志办公室的同仁们,亟愿为浦东文化留下一份遗产,编辑一套《浦东历代要籍选刊》。复旦大学出版社凭借独有的学术组织能力和编辑实力,竞得这一出版使命。这样的工作,对开掘浦东的传统内涵,维护当地的生活方式,发展自己的文化认同,都具有重要意义,无疑应该各尽其力,加以支持。

编订《浦东历代要籍选刊》,首要问题是如何厘定作者的本籍,将上海地区的"浦东人"作者挑选出来。清代中叶之前,现在浦东新区范围内的土地和人民并不自立,当时并没有"浦东人"。但是,明、清时期江南地区的乡镇社会异常发达,大部分读书人的籍贯,往往可以追究到镇一级。为此,我们在确定明、清时期的浦东籍作者时,都以镇属为依据。那些或出生,或原居,或移居,或寓居在现在浦东地区乡镇的作者,尽管著述都以"上海县"、"华亭县"、"嘉定县"标署,但随着清代初年"南汇县"、"川沙县",以及后来"浦东县"、"浦东新区"的设立,理应归入"浦东"籍。

例如:高桥籍举人孙元化(1581—1632)追随徐光启,有著作《几何体用》《几何算法》《泰西算要》等传世。当时的高桥镇在黄浦东岸,属嘉定县,孙元化的籍贯当然是嘉定。清代雍正二年(1724),嘉定县析出宝山县,孙元化曾被视为宝山人。1928年,高桥镇划入上海特别市的浦东部分,从此孙元化可以被认定为"浦东人"。陆深的浦东籍贯身份,也可以如此确定。《明史》本传称:"陆深,字子渊,上海人。"按叶梦珠《阅世编·门祚》记载,陆深科举成功后曾移居上海城里,居东门,称"东门陆氏"。然而,陆深的祖居地及其坟茔,均在浦东陆家嘴,理当被视为"浦东人"。相对于原本就出生在浦东地区的陆深、孙元化而言,黄体仁(1542—1620)自陈"黄氏世为上海人"(《曾大父汝洪公曾大母任氏行实》),进士及第为官后,即在城里南门内扩建宅邸,黄家里巷命名为黄家弄(黄家路)。另外,黄体仁的父母去世后,也安葬在西门外周泾(西藏南路)的黄家祖茔(参见《先考中山府君先妣瞿孺人继妣沈孺人行实》），是地地道道的上海人。黄体仁之所以被认定为浦东人，是因为他在九岁的时候，为躲避倭寇劫掠，曾随祖母和母亲在浦东避难，并占用金山卫学的学额，考取秀才，进而中举、及第。科场得意以后，他才回到上海城里，终老于斯。明代之浦东，属于上海县，他甚至不能算是"流寓"川沙。然而，从黄体仁的曲折经历，以及后来的行政划分来看，他在川沙居住很久，确实也可以被划为"浦东人"。

选择什么样的作者，将哪一些的著述列入出版，这是编选《浦东历代要籍选刊》的第二个难点。唐宋以前，浦东地区尚未开发，著人和著述很少，可以不论。到了明、清时期，浦东地区开发有年，文教大族纷纷涌现，人才辈出，著述繁盛，堪称"海滨邹鲁"，绝非中原学人所谓"斥卤之地"可以藐视。按复旦大学古籍研究所近年来数篇博士论文的收集和研究，明、清时期上海浦东地区的著者人数，不亚于松江府、苏州府其他各县。研究统计清代中前期有著作存世的松江府作者人数共 525 人，其中华亭县（府城）147 人；上海县 123 人；娄县 65 人；青浦县 60 人；金山县 51 人；南汇县 31 人；奉贤县 22 人；川沙县 2 人；未详 2 人。这其中，南汇、川沙属于今天浦东新区，都是刚刚从上海县划分出来。如果把两县 33 人的作者人数还给上海县，则上海的人数为 156 人，超过了松江府城华亭县，更超过文风素称鼎盛的嘉定县（102 人）。以南汇县本籍作者 31 人为例，加上列在上海县的不少浦东籍作者，这个新建邑城境内的文风一点不比其他县份逊色。此项统计,参见杜怡顺复旦大学博士论文《上海清代中前期著述研究》。

　　明代天启、崇祯年间,以松江地区为中心,有"复社"、"几社"的建立。那几年,江南士人的文章风流和人物气节,尽在苏、松、太一带。经历了清代顺治、康熙年间的高压窒息,到乾隆、嘉庆年间,上海地区的文风又有恢复。顺应苏州、松江地区的"朴学"发展,"家家许郑,人人贾马",这里做考据学问的人也越来越多。因此,浦东学者也和其他江南学者一样,在经、史、子、集的研究上下过功夫。《易》《书》《诗》《礼》《乐》《春秋》的"经学",二十四史之"史学",天文、地理、历算、农、医、兵、杂、小说家,诗文词曲,释、道教,"三教九流"的学问都有人做。在这样丰富的人物著述中,挑选和编辑《浦东历代要籍选刊》,是绰绰有余,裕付自如。

　　浦东地区设县(南汇、川沙)之后的 200 年间,各类学者层出不穷。以清末学者为例,周浦镇人张文虎(1808—1885)以诸生出身,专研经学,学力深厚,卓然成家。道光年间,他帮助金山县藏书家钱熙祚校刻《守山阁丛书》,一举成名。1871 年,张文虎受邀进入曾国藩幕府,破格录用,负责"同光中兴"中的文教事业。他刊刻《船山遗书》,管理江南官书局,最后还担任南菁书院山长。张文虎学贯四部,天文、算学、经学、音韵学,样样精通。按当代《南汇县志》的统计,他著有《舒艺室杂著》《鼠壤余蔬》《周初朔望考》《怀旧杂记》《索笑词》《舒艺室随笔》《古今乐律考》《春秋朔闰考》《驳义余编》

《湖楼校书记》和《诗存、诗续存、尺牍偶存》等著作,实在是清末"西学"普及之前少见的"经世"型学者。

1843 年上海开埠以后,浦东地区的学者得风气之先,来上海学习"西学",成为中国最早的一批精通西方学术的学者。李林(1840—1911),名浩然,字问渔,幼年在川沙镇从镇人庄松楼经师学习儒家经学。1851 年,李林来上海,入徐家汇依纳爵公学,学习法文、文学和科学。1862 年加入耶稣会,1872 年按立为神父,1906 年继马相伯之后,担任震旦学院哲学教授和教务长。李林创办和主编《益闻报》《格致汇报》《圣心报》等现代刊物,传播西方科学、哲学和神学,著有《理窟》《古文拾级》《新经译义》《宗徒大事录》等,还编辑有《徐文定公集》《墨井集》等。这样一位贯通中西的复合型学者,在清末只有他的同班同学马相伯等寥寥数人堪与之比。如果说明、清时期的浦东士人还是在追步江南,与苏、松、太、杭、嘉、湖学风"和其光,同其尘"的话,那开埠以后的浦东学者在"西学"方面确是脱颖而出,显山露水。

"且顽老人"李平书(1851—1927)是高桥镇人,父亲为宝山县诸生,太平天国占领江苏时以难民身份逃到上海。十七八岁时,才获得本邑学生资格,进入龙门书院学习。这位浦东学子聪明好学,进步神速,不久就担任《字林报》《沪报》主笔,在城厢内外倡导"改良",开设自来水厂。1885 年,经清廷考试,破格录用他为知县,在广东、台湾、湖北等地为张之洞办理洋务,样样事体做得出色,且一心维护清朝利益。李鸿章遇见他后，酸溜溜地说"君从上海来，不像上海人"，算是他的肯定与表扬。李平书确是少见的洋务人才，他奉行"中体西用"，一手创建了上海城厢工程局、警察局、救火会、医院、陈列所等等。最后，他还从张之洞手中要到了"地方自治权"，担任上海自治公所的总董（市长）。李平书在1911年辛亥革命高潮中转而支持革命党，可见"且顽老人"是一位深明大义的上海人——浦东人。在仍然提倡士宦合一、知行合一的清末，李平书也有重要著述，他的《新加坡风土记》《且顽老人七十自述》《上海自治志》都是上海社会变革的佐证。

浦东地区的文人士大夫，经历了明清易代，又看到了清朝覆灭，还亲手创建了中华民国。所谓"历代"，愈来愈精彩，浦东人参与的历史也愈来愈重要。孙元化、陈于阶（康桥镇百曲村）等浦东人，为抗御清兵献出生命；李平书、黄炎培、穆湘玥等一代浦东人，参与缔造了中华民国；黄自、傅雷这样的浦东人，为中国的现代艺术作出了独特贡献；还有像张闻天、宋庆龄这样的浦东人，侧身于中国的共产主义运动。这些浦东人都有著述存世，品类繁多，卷帙浩瀚，选择起来破费斟酌。我们以为，刊印《浦东历代要籍选刊》应该本着"厚古薄今"的原则，对那些本来数量不多，且又较少流传的古籍，包括在上海图书馆、复旦大学图书馆收藏的刻本、稿本和抄本，尽可能地借此机会抢救和印制出来，以飨读者。至于在民国期间，直到现在经常用平装书、精装书形式大量出版的近现代浦东人的文集，则选择性收入。

出版一部完善的地方文献丛书，还会遇到很多诸如资金、体例、版式、字体、设计等人力、物力方面的问题。好在有浦东新区地方志办公室、浦东新区文化局的鼎力支持，复旦大学出版社的精心组织，加上复旦大学历年毕业的学者，以及相关专业的博士后、博士生的积极参与，《浦东历代要籍选刊》一定能圆满完成。受浦东新区方志办和复旦出版社的邀请，由我担任本丛书主编，感到荣幸的同时，也觉得有不少责任。因教学、研究事务繁钜，不能从事更多工作，但一定会承担相应的策划、遴选、审读、校看和复核任务，做出一部能够流传，方便使用的文献集刊，传承浦东精神，接续上海文化。

本文为《浦东历代要籍选刊》丛书总序，该丛书由上海市浦东新区政协文史资料委员会、地方志办公室和档案馆编辑，由复旦大学出版社 2017 年后陆续出版，本人受邀主编。

金山钱氏《守山阁丛书》与它的时代

　　道光年间，金山钱氏对江南文化作了两项特殊贡献，值得今人铭记。第一项是十五年（1835）的冬天，钱熙祚（1801—1844）出资，率领弟弟熙泰、同邑顾观光、南汇张文虎、平湖钱熙咸、嘉兴李长龄，及海宁李善兰，"寓西湖，就文澜阁校书"（白蕉《〈钱鲈香先生笔记〉序》，上海图书馆藏稿本）。他们三度去杭州四库全书文澜阁，抄书四百三十二卷，校书八十多种。回到金山后，顾观光、张文虎等人把录得的钦本与江南藏家诸本详细校勘，定为善本。第二项是在十七年（1837）的春天，朝廷强令开采位于金山县的秦望山、查山，石块用于修筑海塘。金山，县以山名，却本来少山。两座不足十丈之高的山丘位于钱氏阡陌之中，一旦开采，百姓坟茔毁去不说，十里山水颓然，一方文脉残断，局势万分危殆。当此之时，富户钱熙祚挺身而出，义捐运费，说动了官府改在吴兴县的大山里采石。保住了这两座孤山，令金山地区至今仍然有山，事迹遂传诵为"钱氏守山"，为乡人所撰的《张堰镇志》记载。道光二十四年（1844），钱熙祚资助的这一丛书雕版刻成，开门刷印，求购者中有远自朝鲜赶来的。为此，钱氏专门建造了一座四层楼的藏书阁,储版藏书。丛书和书楼均以"守山"之训作命名,这就是清末读书人都很熟悉的金山"守山阁"和《守山阁丛书》。

《守山阁丛书》当时就很成功,书楼和丛书命名得更是不同凡响。"守山",人所谓"为天地立心,为生民立命,为往圣继绝学"的家国天下情怀涵焉;陈子昂《登幽州台歌》那种"前不见古人,后不见来者"的怆然,也隐然其中。然而,还是有一些钱氏命名"守山"时不知道的重大意义,愈到后来愈加显现,今人就看得更加清楚。首先,《守山阁丛书》的刻成,标志着清代中叶以后松江府及上海地区作为藏书、刻书中心地位的上升。江南是传统的刻书、藏书中心,有钱就刻书,诗书以传家是古训,书界有"苏本"、"浙本"、"建本"之誉。从狭义的江南来说,苏、松、常、杭、嘉、湖,尤以苏州府的藏书家最为著名。明代万历年间,常熟毛晋的"汲古阁"驰名江南;清代顺治年间,常熟钱谦益的"绛云楼"异军突起;乾隆年间,常熟瞿绍基"铁琴铜剑楼"建造完成;到嘉庆年间,又是吴县黄丕烈的"士礼居"蔚为大观。然而,文运流转,时至道光年间,经过又一次的财富积累,地处海甸的松江府文风强势崛起,出现了一批大藏书家、藏书楼。嘉道之际著名文人龚自珍(1792—1841)因父亲担任苏松太道道台,青年时期在上海住了十二年,两个儿子还都入籍上海。以龚自珍读书、交游之广博,他在内阁、翰林院都不曾寓目的版本,回上海时却在李筠嘉(1766—1828)的"慈云楼"、"古香阁"里觅到了,因而对本地的藏书风气刮目相看。"大江以南,士大夫风气渊雅……上海李氏乃藏书至四千七百种,论议胪注至三十九万言。承平之风烈,与鄞范氏、歙汪氏、杭州吴氏、鲍氏,相辉映于八九十年之间。"(龚自珍《〈上海李氏藏书志〉序》)。

继万历年间因棉布生产的经济繁荣之后,康熙年间开埠,雍正年间苏松太道移治,沿海地区的南北货贸易令上海地区又一次财富集聚。富而好礼,读书、藏书、刻书的风气渐渐兴盛,已有领先江南的势头。龚自珍说上海李氏的"慈云楼"可以与宁波范氏"天一阁"相称,并非虚语。金山钱氏"守山阁"之外,上海十六铺大沙船商人郁松年荟集的"宜稼堂"50万卷藏书更是惊人,晚清时期湖州陆心源"皕宋楼"、丰顺丁日昌"持静斋",甚至商务印书馆东方图书馆的"涵芬楼",无不取自"宜稼堂"。时至晚清,上海地区的图书收藏、刊刻、印刷、发行,古今并行,中外杂糅,福州路的图书事业已然引领了江南和全国。但是,如果我们今天要选一个事件来象征"上海文化"在中国近代史上的中心地位的开端,"鸦片战争"前就从事校勘,战争甫结束刊刻、发行的《守山阁丛书》庶几可以应之。《守山阁丛书》之外,金山钱氏还编辑了《艺海珠尘》《小万卷楼丛书》和《指海》。这一系列丛书的刻成,标志着上海地区的刻书、藏书事业的强势崛起。从这个意义上来说,"鸦片战争"之前金山及松江府各处藏书家的崛起,为清末上海地区新式图书事业的繁荣打下了扎实的基础。同时,他们正好居于上海图书事业从江南边缘到近代中心的中间时期,具有新旧时代过渡的蕴意。

其次,《守山阁丛书》的意义,还在于它是一套延续"江南文化"学术传统的著作,其蕴含就体现在书目中。我们知道,钱熙祚编辑《守山阁丛书》的动因是他购得了常熟刻书家张海鹏(1755—1816)"传望楼"的《墨海金壶》。该书楼在嘉庆年间过火之后,难以为继,残版散出,被金山钱氏收购。为了补齐和校勘这些残版,钱熙祚起意去杭州西湖边的文澜阁抄书。按张之洞、范希曾《书目答问补正》提示,1921年上海博古斋影印《墨海金壶》115种(原为117种),大部分是翻刻宋、元版本的经史注疏。在江南考据学风气中,该丛书采入了几种"乾嘉之学"的经史考证作品,如惠栋的《春秋左传补注》、江永的《礼记训义择言》《古韵标准》。眼光独到的是,《墨海金壶》收入了西洋教师艾儒略(Jiulio Aleni,1582—1649)的作品——《职方外纪》。收入这一本"西学"作品,异乎寻常! 表明江南的一般读书人确实是见识宏阔,并不拒斥"泰西"学说! 现在看起来,《守山阁丛书》中的经史考证、诸子异说的版本之优良都是其次的,"西学"才是它的价值核心。当时"海内好学之士皆欲得其书,朝鲜使人至以重价来购"(张文虎《〈守山阁剩稿〉序》,上海图书馆藏稿本),原因在此。阮元(1764—1849)是嘉道年间的江南学术领袖,曾在他主编的《畴人传》中收入牛顿(奈端)传,推崇西方自然科学。他在《守山阁丛书》序中表扬说:"其书采择校雠之精,迥出诸丛书之上。"阮元亦应该是特别赏识了这一点,才给予如此之高的评价。

　　钱熙祚和他邀请的这一批编书、校书、刻书的学问人，眼光独到，匠心独运，收入了许多难度极高的"西学"著作。在十七世纪初的明末就进入江南的"西学"，被称为"利徐之学"，即由利玛窦、徐光启等中西人物合作奠定，主要是指其中的欧洲天文、历算、数学、医学、哲学等自然学说。我们知道，《职方外纪》是杭州李之藻编辑的《天学初函》中的一种。正是沿着《墨海金壶》的线索，《守山阁丛书》从"四库全书"的《天学初函》中又抄出了《简平仪说》（熊三拔、徐光启）、《浑盖通宪图说》（李之藻）、《圜容较义》（利玛窦、李之藻）三种。其他"西学"著作还有《晓庵新法》（王锡阐）、《五星行度解》（王锡阐）、《数学》（江永）、《推步法解》（江永）、《天步真原》（穆尼阁、薛凤祚）、《远西奇器图说录最》（邓玉函、王徵）、《新制诸器图说》（王徵）等六种，加上《职方外纪》，本丛书一共收入了"西学"著作 11 种。又据《书目答问补正》提示，1889 年上海鸿文书局、1921 年上海博古斋影印《守山阁丛书》110 种，"西学"占了十分之一。继徐光启万历年间引进之后，"西学"的种子又一次在上海地区复苏，再度与传统的儒家经学角力。

　　我们注意到，《守山阁丛书》的刊刻始于 1835 年，那时候还没有"鸦片战争"，金山学者已经在复兴"西学"。一般学者都喜欢说"鸦片战争"以后，清代士人才开始"睁眼开世界"。也有说因为粤籍或在粤学者更加关注"夷情"，所以在"西学"研读和传播上得风气之先。然而，我们看到金山的这个知识群体,他们并不是受了"坚船利炮"的刺激才研读"西学"的,而是在此之前就一直自习天文、历算、测量、力学。确实,广东人对鸦片战争反应强烈,粤商潘仕诚刻《海山仙馆丛书》收录了《几何原本》(利玛窦、徐光启)、《测量法义》(利玛窦、徐光启)、《测量异同》(徐光启)、《勾股义》(徐光启)、《圜容较义》(李之藻)、《同文算指》(李之藻)、《火攻挈要》(汤若望)、《全体新论》(合信)、《翼梅》(江永)。但是,《海山仙馆丛书》中收入的"西学"著作,刊刻时间晚至 1849 年(咸丰己酉);《守山阁丛书》则是筚路蓝缕,从 1835 年(道光乙未)就开始了。研究中国的学者有"冲击—反应论",强调鸦片战争的震慑作用;另有主张中国内部的思想文化变化,称为"内在理路"。如果说《海山仙馆丛书》的解释模式适用于"冲击—反应论"的话,那我们理解《守山阁丛书》则可以顺着"江南文化"已有的进步线索,按照思想上的"内在理路",看他们如何遵循着一种学问自觉,走上了中国文化的现代转型之路。

《守山阁丛书》刻成的第三项意义还在于,它为咸同之际开始的"洋务"和"变法"培养了一批最早的"西学"人才。在"守山阁"校书、刻书的人物中,钱熙祚积劳成疾,过早去世。丛书刻成之日,他在北京等候政府表彰,猝然去世。钱熙祚去世后,他的哥哥熙辅、弟弟熙泰、堂弟熙经、儿子培让、培杰,还有姻亲韩应陛,继续出资出力,聘请更多学者加入选书、校书、刻书。这一系列丛书的刊刻,令金山知识群体人物走出江南,享誉全国。精通数学、天文、地理和医学的学问大家,金山钱圩人顾观光(1799—1862)是刻书的实际主持人。钱熙祚去世之后,他继续守山阁图书事业。海宁秀才,继承"乾嘉之学"数学成就的李善兰(1811—1882),被邀请了一起校读数学书。顾观光为他的《四元解》(1846)作序,帮他刻印《麟德历解》(1848)。这些数学、天文著作的写作和出版,直接传承是清代"乾嘉之学";再追溯的话,他继承的就是明末的"利徐之学"。1852年,李善兰被邀请到上海英租界墨海书馆,和伦敦会传教士伟烈亚力(Alexander Wylie,1815—1887)一起翻译《几何原本》后九卷(1856),那就和利玛窦、徐光启翻译的《几何原本》前六卷直接贯通了。《几何原本》前六卷和后九卷的翻译,都和上海有关。从某种意义上来说,这个可贵的延续性案例并非偶然。从明末徐光启,到清末李善兰,在众多的传承人中间,有王锡阐、梅文鼎、江永、钱大昕、李锐……也有"守山阁"学者这一群体。这一学者群体,都是过去所谓的"吴派"、"皖派",以及他们的余脉。百多年中,"利徐之学"、"乾嘉之学"一直在江南徘徊,却都离上海不远。顾观光、李善兰,是清末最早精通"西学"的江南学者,他们的活动地就在上海。值得再一次强调的是,他们的老师并不是"鸦片战争"以后来华的伦敦会传教士,而是万历年间已经到达江南的耶稣会士。

校书、刻书、读书,沉潜往复,守先待后,最后才是自己立说著书,这是古人研究学问的最佳方法。因为《守山阁丛书》的刊刻,聚集起来的专业学者不止一个人,而是一整个群体。

在1840年代,他们是江南和全国最早,也是唯一精通近代数学、历算、天文、地理的人群。我们大致可以这样理解这个特殊的知识群体:当全国士子都还在皓首穷经,苦读"文科"(四书五经)的时候,江南学子已经另辟蹊径,迎难而上,研习起"理科"(数学、物理、天文、地理,即清末所谓"格致之学")来了。继上海徐光启、仁和李之藻之后,江南学者在清代道咸之际再一次对"西学"孜孜以求,研读、翻译和著述"利徐之学"。我们至今还是不太明白,在数学、物理、天文、地理等学问换不来秀才、举人、进士功名的科举时代,是什么样的力量激发了金山和江南士人的学术热情,去学习"格致之学"? 大家知道,"格致之学"(自然科学)能够拿出来到社会上去"经世致用",那是在曾国藩、李鸿章、左宗棠推动的"洋务运动"以后了。在"西学"筚路蓝缕、困顿寒酸的嘉道年间,他们自带盘缠,自备枣梨,耗尽家产,并没有实用目的,为的只是守住前人的学问,刻下能被后代认可的"不刊之说"。在没有找到更加确切的解释之前,我们只能说这些不带有功利目的的奉献行为,是来自一种"纯学术"的冲动,是受到了自然之理的感召。

"同光中兴"中的"洋务运动",中国思想学术的主流一度向"西学"开放。伦敦会墨海书馆、江南制造局译书馆,以及地方官办的苏州书局、杭州书局、金陵书局刊刻了不少"天文、历算、推步、测量"和"声、光、化、电、重学"著作。这些活动中隐隐约约地都有《守山阁丛书》知识群体的身影。上海地区的学者又一次得风气之先，因而在近代科学、文化、出版和教育事业中有大的施展和发挥。顾观光在1862年去世，这一年十月，清朝在北京开设了"京师同文馆"（外语学院）。1866年，同文馆增设"算学馆"（数学系）。如果顾观光还在世的话，同文馆总教习（校长）丁韪良（William Alexander Martin，1827—1916）或许就会选这位精通算学、几何、天文、历算和重学的金山学者来担任教习。海宁李善兰赶上了时代，经曾国藩幕府推荐，丁韪良聘请他担任算学馆教习（系主任），是同文馆里唯一的华人教习。

　　另一位有幸进入清朝"同光中兴"事业的学者，是南汇县周浦人张文虎（1808—1885）。张文虎也是被曾国藩罗致到幕府，作为著名幕僚，受到洋务大员的推荐而显露头角。清末政治有一个鲜明的特点，就是真正有能力的干才不在中央，而在地方，尤其在直隶，在两江。张文虎、李善兰这一群专业人士都有实际才干，都不是一般用来装点门面的摇头晃脑儒生。曾国藩、李鸿章把他们招致幕中，继续校书、刻书、教书，主持学术和学校，对中国文化的近代转型起了重要作用。清朝同光之际开始的"变法"，既不是民间的诉求，也不是中央的号召，而是"中兴"大员在内忧外患逼迫之下的不得已、不自觉的地方治理行为。因此，曾国藩、李鸿章的幕府才是"变法"的中枢，而支撑幕府的人才，则是像张文虎、李善兰等来自基层的地方学者。按张文虎《舒艺室诗存》中记录的情况看，他在同治二年（1863）就已经进入到曾国藩在安庆的幕府，并且在文官中扮演士林领袖的角色。同治二年十二月十九日，文人们以苏东坡生日为名在周缦云家里雅集，张文虎为主盟，出席者有海宁李善兰、瑞安孙衣言、阳湖方元徵、归安杨见山，以及王孝凤、叶云岩、陈小舫、刘开生、李小石等。（参见《孙衣言孙诒让父子年谱》，上海社会科学院出版社，2003 年，第 48 页）。张文虎凭着过硬的考据和广博的见识，1882 年被江苏学政瑞安黄体芳（1832—1899）聘请为江阴南菁书院首任山长。南菁书院取朱熹"南方之学，得其菁华"之意，是清末"变法"以后第一座开设数学、天文、历算课程的地方书院。张文虎和李善兰，一南一北，掌握了地方和中央新派学问的枢纽，可见《守山阁丛书》知识群体的领袖作用。

当代研究近代史的学者，大多是通过张文虎、李善兰的治学事迹，或者是张之洞的《书目答问》，才依稀知道一些《守山阁丛书》以及金山钱氏的事迹。受到意识形态的干扰，中国近代史其实是一门比较粗疏的学问，不需要查证很多，就可以下很重大的结论。比如我们尽可以说林则徐是"睁眼看世界的第一人"，而不顾徐光启在此前的 200 多年已经翻译了《几何原本》；我们也常常说近代数学只是从京师同文馆算学馆开始的，而不顾顾观光、张文虎、李善兰的数学学问其实是从"利徐之学"、"乾嘉之学"而来。认识到这一点，我们仍然可以评论说《几何原本》和"乾嘉之学"中的数学知识非常有限，不成体系，落后于时代。但是当了解了《守山阁丛书》

以及这个知识群体的事迹，我们至少会同情地理解这批知识人的"守山"精神。我们可以看到，一群地方上的知识人士是如何用搜书、校书、刻书的方式，传承着一种殊关重要的学问，守先待后，发扬光大，确实是一种了不起的科学精神。

2019年2月11日，复旦大学中华文明国际研究中心有一个关于江南文化在县、镇、乡级地方转型的研究计划。为了搞清楚《守山阁丛书》的刊刻情况，我和中心特约研究员项宇博士、马相伯研究会会长马天若兄一起访问了金山区张堰镇。接待我们的是老朋友，原金山区教育局局长、上海顾野王文化研究院院长蒋志明先生。作为数学教授，蒋院长非常崇敬徐光启，曾专程邀请我到金山中学向师生们介绍明末的数学翻译成就。作为金山亭林镇人，蒋院长又对《守山阁丛书》中的人物、环境和刊刻有直达基层的了解，远超我们从书本上得来的印象。经他热情接待，我们踏勘了秦山，面对这座颓然的孤山，我们对金山人"守山"精神的敬佩之心油然而生。2020年4月23日，新冠病毒疫情稍缓，我和项宇博士又一次驱车前往张堰镇，这一次同行的是金山钱氏后人钱基敏女士，她多年来奔波于上海市区和金山及江、浙各地，孜孜不倦地编写金山钱氏家族史。地方人士对本土文化的坚守精神，远超我们的想象，让我们感受到这才是一种文化发展"生生不息"的原动力。

这一次陪同钱女士的访问，金山区文旅局陆佰君副局长正式接待我们。陆副局长除了支持和鼓励钱基敏女士的家族史研究之外,还郑重提出要与上海图书馆、复旦大学等机构合作,做好"守山阁文化"的发掘、研究和推广工作,令大家都很兴奋。我们都说"守山阁"这个名字起得好,有着极强的象征意义,要加以介绍和推广。蒋志明院长的概括更加好,他说金山人的"守山精神",就是要守住三座大山。一守秦山,那是自然之山,鱼米之乡的环境不能毁去;二守书山,那是文化之山,藏书读书,刻苦求实的风气不能中断;三守人山,那是人才之山,金山人在"吴根越角"地带创建出来的繁盛文脉要一代代地传承下去。金山人的"守山精神",何尝不是江南文化的精神,上海文化的精神?也应该成为当代中国文化的精神。每思及此,看到这一群群、一代代地方人士的坚守,觉得这块土地上的文化还有希望。以此小文,代为钱基敏女士《一个书香世家的千年回眸》书序,并对金山人的"守山精神"再一次表示敬意。

本文为钱基敏著《一个书香世家的千年回眸》(文汇出版社,2020 年)代序。全文另刊于《书城》2020 年 9 月号。

入世界城市文化之林

　　上海是一座具有丰富文化传统的城市。向上海市民展示这种文化，可以增强对于自己城市生活的自信，热爱和认同这块土地；向中国人民展示这种文化，可以丰富中华民族的"文化多样性"，改善自己一度过激的民族自豪感；向全球的公众展示这种文化，更可以用一个中国近代国际大都市的真实面貌，加入世界城市文化之林，改变十九世纪以来西方民族对中国逐渐形成的偏见。这种偏见也传染回中国，大家简单地认定：中国经济"一穷二白"，中国人是"东亚病夫"，中国文化长期"停滞落后"等等。每一种偏见的形成之初，都不是无缘无故的，都有它的理由。但是，如果从上海城市的本身历史来观察，可以看到这些生了长腿的偏见，自说自话地走得太远了，需要矫正。中华人民共和国中央政府决定把2010年世界博览会的举办权授予上海，并决定以"城市，让生活更美好"为主题，给了上海一个展示自己历史文化的机会，也给了中国人民一次恢复自信，显示自豪的机会、表达了自"新文化运动"以来，中共数代领导人对上海历史地位的充分认定。

　　一般来说，上海的历史文化也可以分为古代、近代和现代。即使和城市历史更加悠久的"六大古都"（西安、洛阳、开封、北京、南京、杭州）相比，上海的古代文化也不是一无长处。古代上海地区从未曾被立为都城，"府"（松江）是这个地区的最高建制。但是，作为地处江南水乡、民众士大夫安逸生活的富庶地区，至少在五六千年之前，上海的社会文明水准就能比肩黄河、长江流域的任何地区。近年来青浦福泉山遗址，松江淞泽、广富林遗址的发掘，单凭出土的玉璧、玉琮，就可以证明远古上海地区的原住民文化有着和半坡、红山、龙山、三星堆遗址相媲美的高度的文明。

　　如果我们按照国内外许多学者的建议，把中国和上海近代历史的叙述源头，稍稍上推到明代，我们发现松江府的上海、华亭，苏州府的嘉定，是明清帝国全境内经济、文化最发达的区域。不但产业发达，人才辈出，而且已经成为国内外很多重大事件的策源地。传说松江府的棉纺织业，"衣被天下"，其实泰半棉布出自黄道婆的故乡上海；上海县出产的蓝布，在印度、欧洲市场上挂了"南京"品牌，称为"南京蓝"。上海的近代文化繁荣，其来有自，并非偶然。

　　十九、二十世纪的上海文化，进入了完全近代的形态。由于中西文化大强度地对撞和融汇，上海代表了通商口岸地区的城市文化，形成了中国最具"现代性"的城市文化。上海仍然不是中央一级的行政中心，没有国家级的文化设施。但是，中外市民创造出公共类型的城市文化，学会、学校、医院、博物馆、图书馆、出版社、报社,依托发达的信息、资金、人员和技术,造就了一种中外共融的"新文化"。"洋务运动"以后,上海率先发展出近代形态的城市文明。中华民国和中华人民共和国的文化领袖们共同拥戴的"新文化运动",同样也是肇端于上海,流布到全国。

上海的文明,源远流长,历久弥新。近现代的上海文化,既是一种带有地方特征的城市文明,也是华夏文化的一种最新样式,同时也属于二十世纪人类创造出来的全球文化的一部分。这样一种文化,我们要着力加以保护、发展和传扬。

上海文化发展基金会为繁荣本市文艺创作计,特委托本课题组整理出一套能够展示上海文化发展脉络、表达上海城市文化精神的题材资源,以供美术家、文艺家借鉴,同时亦帮助创作和遴选作品,参与 2010 年上海世界博览会的设计投标。为此目的,特编写《世博上海历史画卷》,供绘画创作界人士参考。

作者谨以《世博上海历史画卷》献给在上海这块土地上辛勤耕耘的先贤、先烈和先祖们;献给将会在这块土地上开创自己的事业,延续这座城市文化生命的后人们,他们包括由一般意义所称的"本地人"、"中国人"和"外国人"汇合起来的所有上海市民,即更加普遍意义上的"新上海人"。

本文与张安庆(上海文艺出版总社编辑)合作

　　本文为《世博上海历史画卷》一书拟前言。该书为2007年本人应上海中国画院邀请所策划的100幅历史作品素材，包括题目、内容、场景和主题说明，以及这篇前言。创作完成之后，部分策划文字收录在《上海历史文脉美术创作工程》（上海人民美术出版社，2015年）中。邀请者未能信守版权合同承诺，前言不予采用，仅在其序言承认"复旦大学哲学学院教授李天纲教授……执笔撰写文字材料"，是美术创作的"文字脚本"。今在此将原拟前言收入，策划全稿另行出版。

近代上海信仰空间的多样色彩

　　王启元、石梦洁写了一本有关上海宗教场所史地考证的书《保釐云间：上海历史上的神祇、信仰和空间》，邀我写序，读后颇有些惊喜。这些年来，启元的治学领域越来越宽，从他在复旦中文系古籍所的博士论文所作的明代江南佛教，延伸到上海地方史、近代佛道教，乃至中西宗教交涉等课题。做学问，一定是要持之以恒，在一个领域内深耕细作，把问题摸透想明白，这是自然。但是，适时适当地跨领域，换题目，也是做学问的不二法门。40年前在我在复旦历史系读书的时候，中国思想文化史研究室的老师们有一个说法，每五年即使不开一个新领域的话，也要换一个新题目，不然原来的学问就会固化、僵化，想来蛮有道理。当时还没有"跨学科"（Cross Discipline）的说法，但学术原理是一样的。跨界的方法是有益的，也是有效的，当把上海地方史和宗教生活这两个领域合在一起的时候，一个新的领域，一批新的题目就浮现出来了。

　　《保釐云间》中的一些题目看似细小，比较冷门，其实相当重要，关系地方文物，也联系到地方认同。"徐光启的故居在哪里"、"上海的罗神庙"、"城楼上的四位守护神",其他诸如龙华寺、南翔寺、天通庵、敬一堂等,启元都是用考据学的方法来清理史迹,然后用宗教学的方法来解释变迁。十九世纪中迅速成长为"国际大都市"的上海,其实也是一个信仰资源异常丰富的本土城市。即使到了1930年代,即使在充分城市化了的沪中、沪东、沪西市区,仍然存在着大量传统寺庙、道观,当然还有更多新建立的西式的礼拜堂、天主堂,壮丽辉煌。上海的信仰空间,只是表面上被城市化、世俗化浪潮掩盖了,实际情况却是它们一次次顽强地重建、竭力地转型,去适应现代社会。《保釐云间》用很多有趣的故事提醒读者,信仰不单是精神性的教义形态,更明显的是物质性的实体形态。后者更经常为市民们津津乐道,因而更容易成为当地人民的文化认同。书中钩沉出那些有幸保留下来的信仰空间,成为大都市里的标志性建筑,如龙华寺、静安寺;有些不走运的教堂、庙宇遭遇冲击,艰难维持,也终于保留下来,成为文化遗产。如原南市区老城厢徐光启家族的敬一堂、徐氏宗祠,就可以为城市中的故事和传奇。稍稍考证、分别一下的话,我们看到那些被拆除的信仰场所,如罗神庙、天通庵,大多并非是因为缺乏信徒,或者是阻扰进步、妨碍市政被淘汰的。查看下来,一系列"现代化"运动的意识形态冲击,才是信仰空间消失的直接原因。

"保釐"一词,出自《伪古文尚书·毕命》句:"以成周之众,命毕公保釐东郊。"周康王任命毕公在东郊设治所,保护民众。该治所是不是一种宗教场所,如祠、如庙、如坛,不得而知,经师如孔颖达并没有明说。但是,明清时期江南各地都祭祀不同的神祇,作为自己城市独特的保护神。地方共同体有自己的信仰特征,从文化认同的原理看,江南都邑和同期的意大利城市并无二致。苏州城隍庙供春申君黄歇,上海城隍庙供秦裕伯,在乾隆年间已经名闻江南。上海人不但每年春秋两季在城里的大庙里公祀秦裕伯、黄道婆,还把自己喜欢的各路神祇供到城楼上去,天后、观音、真武、关帝,"城楼上的四位守护神"。老上海人在初一、十五,或者逢到重大事项,都会登上城墙,给那些儒、道、佛神祇烧香,祈求"风调雨顺","保境安民"。这是《保釐云间》考证和复原出来的一段消失了的本土信仰。

上海在嘉靖三十二年(1553)仓促建造,至 1911 年为对接租界交通一夜拆除,在 358 年之间有一座周长十二里、不大不小的圆形城墙。有城墙的年代里,上海县在万历至乾隆年间的富庶和繁华,已经追赶苏、扬都会,超过了大多数江南县城。一个明显的征象,就是上海人在城墙上大建阁楼、庙宇,安置神祇。烧香烧到城楼上,这种盛况在府城、都城也不常见。上海的大寺庙不在城里,故城厢没有大型佛塔。但是,上海小东门上的丹凤楼安置天后(妈祖)宫,东北城墙上建有观音阁,新北门上安置真武(大帝)庙,西北城墙上大境阁则供奉武圣关帝，也算是高擎信仰。乾嘉年间，丹凤楼在城墙上再加建三层高楼，一楼观景，二、三楼烧香，沪城八景中"凤楼远眺"、"江皋霁雪"、"黄浦秋涛"、"海天旭日"四景都在城墙上，城墙上香火缭绕，香客、游人络绎不绝。说起来有这么多神祇分镇东、西、南、北，上海在清中叶以后确实暴发了，后来租界（北市）的融合型超高速发展，也是以老城厢（南市）作基础。宗教空间护佑世俗空间，或者这就是所谓"保釐云间"的蕴意吧。

按学者此前的考证，最早在万历年间，上海的"丹凤楼"由抗倭时期的敌楼改建为祭祀用途的庙宇，安顿从福建来的顺济庙妈祖（天后）。史家有称，这一次的偃武修文，上海后来的发展就比较顺当了。历次战乱，哪怕小刀会占领了上海邑城，李秀成攻入了西郊徐家汇，最后总会有所保卫，天佑上海，逢凶化吉。大概也是这个原因，近代上海市民的护庙、建庙热情非常高涨。我们发现，历次毁庙之后，上海的每一座寺庙几乎都在次年就重建了。按《保釐云间》中记录的情况，1853年，小刀会、太平军烧了大境阁、真武庙，上海市民在收复上海后马上都加以重建，然后市面恢复，发展如初。1911年底，李平书等人在辛亥革命高潮中提议拆除上海城墙，除了"大境关帝庙"保留下来外，城墙寺庙的众多神祇一天之内就消失了，从此无法修复。当时来看，真武庙、关帝祠、天后宫的香火仍然旺盛。一下子没处烧香，从信仰生活

市的文化,更使得他能够方便从事这方面的工作。希望看到更多年轻的文史学者,在自己的专业之余,也来写写上海,事有可兼,发现身边。

　　本文为王启元、石梦洁著《保釐云间:上海历史上的神祇、信仰与空间》(上海古籍出版社,2020 年)序。《澎湃新闻》2020 年 4 月 3 日刊登本文,题为:"《保釐云间》:呈现现代上海信仰空间的多样色彩"。

"我是第一名"

　　素闻中国雕塑艺术界有"南张北刘"之称,读过陈耀王先生《塑人塑己塑春秋》一书,对此说法,体悟更深了。"南张",即上海雕塑家张充仁(1907—1998)。在新人蜂起,竞相炒作的中国当代美术界,张充仁的作品少人提及。然而,张先生晚年留在巴黎的雕塑作品,如《密特朗》《德彪西》《埃尔热》《丁丁》《雷纳三世》,以"罗丹再传"、"中西兼融"的风格传世,口碑很牢靠。据说,张充仁的手模和罗丹、毕加索的并列为三,放在法国国家艺术博物馆中。还有,经过《丁丁历险记·蓝莲花》的传播,"中国张"更是为欧美十数亿读者所知晓。当代中国画师们挤在"西方主流"艺术门口吵闹推搡的辰光,张充仁老早就蹲了里厢,确乎是一位世界级的艺术家了。

　　"北刘",则是另一位相仿年龄的雕塑家刘开渠(1904—1993),安徽淮北人,在北平习艺,在巴黎进修,1930年代回国后也在上海从艺。1950年任上海美协主席,杭州中央美院院长;1953年调北京,负责创作《人民英雄纪念碑》,后任中央美院副院长、中国美术馆馆长,在国内的地位远比张先生显赫。比较而言,张先生一直蜷在上海卢家湾合肥路旧居,艰难维持私立"充仁画室"(1935—1966)。只在1987年以80岁高龄定居欧洲前,担任过几年"上海油画雕塑创作室"的"名誉主任"。

"南张北刘",谁更优? 这个问题,艺术圈内的人尚且见仁见智,艺术圈外的人更是无缘置评。不过,张充仁本人对此似乎是有意气未平的。《塑人塑己塑春秋》中透露了一段故事,很有意思。1992年,85岁的张充仁从巴黎回上海,在母校汇师小学,对着师生讲故事,讲他四年级初小毕业,图画成绩考第一,奖品是一只画箱、一套画笔、一盒颜料。小囝开心,翘首以盼,以为唾手可得。不想却有一阵风吹来,把贴在奖品上的"张充仁"名字卡片刮走。捡回来时,看管奖品的同学错把卡片放到第二名上,结果他只得了一本《中华图书故事》。这件事他耿耿于怀,视为厄运,"此事好像在冥冥中启示我,虽然我是第一名,但得到的只能是第二名! 而这样的事,一直持续到我的一生"(《塑人塑己塑春秋》)。都说张充仁后半生逆来顺受,极其低调。但是晚年一吐这心底的纠结,可见艺术家的秉性非常亢直:他这一辈子,争的是"第一名"。

这几年,看陈先生写张充仁传,不时地会知道一些美术界的轶闻,很有听故事的乐趣。但遇到像"一阵风吹走了第一名"的掌故,就笑不出来了。这"一阵风",不止关系着一位艺术家的生平,而是管窥起上海城市的文化,带出了苦涩的痛史。上海美术,所谓"海上画派",曾经是何等的辉煌,它是中国现代美术的摇篮，却在 1950 年代以后慢慢地式微了。
"文革"前还勉强撑作为"半壁江山"，近来的上海美术，却和
电影、音乐、舞蹈、话剧、戏曲、新闻、出版等一起，都从原来的
"第一名"的中心地位滑落，不要说是"南北并立"，或者屈为
"第二名"，大部分的艺术门类，就是连一些二线城市的水平
都不如。这种情况是怎样发生的，笼统来说很抽象，也难以
理解。但是，看看艺术家张充仁的个人经历，就可以略知一
二了。陈耀王前辈先生，与张充仁世交，幼时同住卢家湾，又
同是在伯多禄堂听道望弥撒的天主教徒，兼因舅舅王珲是早
期"充仁画室"的高足，故侦知上海美术界内情甚详。《塑人
塑己塑春秋》告诉我们一些点状的信息，可以知道近代上海
文化的轨迹曲线。

1989 年，陈先生在巴黎探望张充仁时问他：你在欧洲是
大艺术家，"国内同行关注得却是少之又少，真是'墙里开花
墙外香'呀！"此话的背景是：充仁大师来去巴黎和上海，在北
京转机，从没有一个人来看他。对于这个类似"南张北刘"的
旧话题，张充仁回答说："作为一个艺术家，我尽了力，我自己
的责任尽了。至于能否竖立起来，这不是我力能所及的事。
我还是要做我力能所及的工作，继续从事我心爱的雕塑艺
术。"我觉得，这是最表现张充仁一生精神状态的闲话了。
1950 年代以后，充仁大师年富力强，艺术精湛，阅历无数，门
生遍南北，齐白石曾推为"泥塑之神手"，许多人目为第一，心
中的无冕之王。可是，就因为张充仁在政治上有"缺陷"，作

品再好，仍然挫折连连，郁郁不得志。

大师不是"不靠拢组织"，他竭尽全力，贡献自己作品，题材也很"进步"。1949年初夏，上海刚刚易帜，他就主动雕塑了一尊《解放》，一位青年男子用力挣脱绳索的样子，裸体中蕴含着罗丹式的力与美。次年，举办"华东农展会"，他又送去了一尊三米多高的雕塑《丰年》，放在入口处。1952年，上海市政府筹备在苏州河口外滩建造人民英雄纪念塔，在全国征集设计方案，张充仁的作品《无产阶级革命创造中华人民共和国》（又名《向共和国致敬》）被评为第一名，市长陈毅也很喜欢。张充仁和他的助手王珲、徐宝庆正准备打样建造，不料有关方面查下来说："资产阶级影响严重的张充仁所涉及的图样是不妥当的。"（《塑人塑己塑春秋》）直到1959年，张充仁还为迎接"国庆"十周年，向北京呈送了精心制作的马、恩、列、斯浮雕像，希冀被采用，仍然是自讨没趣。

按五、六、七、八十年代的政治标准，张充仁被认为在政治上有问题。在三、四十年代，张充仁曾经给哈同夫妇、蒋介石、陈公博、于右任、冯玉祥、居正、司徒雷登、唐绍仪、徐朗西、杜月笙等人塑过像，这一连串名字，吓退了干部们。难怪有人一直压住他，保持沉默，既往不咎，允许他继续创作，就算是对大师的肯定和保护了。张充仁的艺术生活不温不火地延续着，比如说：1935年创办的"充仁画室"，一直延续到1966年的"文革"爆发。上海民间有"美术院校好考，充仁画室难进"的说法，可见大师的技法，还在传授。上海人民美术出版社出版了他的水彩画谱,我们一代人的中、小学图画课上用的就是张充仁、哈定等人的教材。大师尽可以积极表现,但无论是工农兵题材的重大作品,还是鲫鱼青菜的市民生活小品,都时时受到批评。"文革"后"拨乱反正",张充仁创作的《聂耳》(1983)雕像,又获得了"第一名"。还是因为有人阻扰,一直没有建造,十年后才在淮海中路、复兴路口竖立起来。难以置信的是,这是大师一生留给上海市民的唯一一座雕塑作品。

张充仁在1949年后拿不到"第一名"的情况,虽然是特殊,但也很典型。在上海这个庞大的都市里,社会阶层很复杂,真正的符合教科书定义的"无产阶级"并不多。易代之际,艺术家、作家、教师、学者、职员、店员、演员、小业主、自雇人士,甚至一般小市民,都多多少少带着旧社会的"原罪"。几十年来,他们的历史问题和现行活动,都被意识形态的新标杆量了又量,时时地被审查、限制、改造和利用。客观来说,张充仁艺术生涯的挫折,是当年上海艺术界众多悲剧中最好的了。他既没有像作家邵洵美那样被以"反革命"罪关进提篮桥监狱,也没有像翻译家傅雷那样不堪侮辱,含冤自杀,甚至也没有像著名画家刘海粟那样,被打成"右派"。这一方是因为他积极配合"改造",另一方是由于组织上用足统战政策"给出路",双方默契,才让张充仁安然渡过了"肃反"、"反右"、"四清"、"文革"等运动,最终还批准他出国访问,定居法国。

　　张充仁的经历,算是幸运的。在三十年的一个接一个的运动中,"幸运"是偶然的,要有人关照才是。按陈耀王先生的记录,有一事件,或许正是张充仁每次都能侥幸过关的原因。1955年,上海各界揭批天主教,张充仁是虔诚教徒,世受教恩,实在难以叛教,为难到头发落光,身体病倒,住进了医院。市长陈毅闻讯后,亲自跑到医院来探望,把手下的干部臭骂了一通:"乱搞一通,把很多有创作能力的知识分子搞病了。你心里不肯讲的话,不讲很好嘛,我们共产党就要这样的人,我们不要嘴讲其好,心里另想一套的。回去好好研究学问,养好身体,为建设新中国贡献自己的力量。"(《塑人塑己塑春秋》)在上海,那些整起人来"宁左勿右"的,常常都是些本地干部,他们都是过来人,明白人,知道自己的做法很过分。但是,他们常常有辫子在别人手里,极想用实际行动来表现自己的"进步"和"革命",因而更加"残酷斗争,无情打击",这是上海社会常常比内地城市更加"左顷"的根源。可是,既然有"市里一把手"的话,下面的干部就可以个案从事,恢复人情,不再为难张充仁了。这个解释,不知能否得到陈先生等前辈人士的首肯,毕竟他们才是那个时代的亲历者。

　　从张充仁的经验,可以看到上海美术和上海文化在1950年代以后急剧往下运行的轨迹。张充仁没有选择,他虽年纪不大,却在"旧社会"涉世太深,身有"原罪",不可能像刘开渠那样被赏识,调去充实官方学院派。"充仁画室",被特许存在,已是奇迹。他以"南派"的民间风格,在上海艰难传承任伯年、周湘、徐咏青以来的"海派"绘画传统。张充仁、刘海粟、余凯等人一起，措薪传火，战战兢兢地保存着自土山湾以来的现代上海绘画传统。徐悲鸿承认：土山湾、徐家汇和上海，是中国近代美术的摇篮。然而，上海美术从"摇篮"到"繁荣"，用了一百年。此后上海美术急剧地转而"荒芜"，各门艺术失去"第一名"，时间不过几十年。如今的上海美术界，既贡献不出刘开渠，更是找不到张充仁。张充仁还有一个选择，他选择离开，选择出国。他去巴黎谋求真正的艺术评价。和布鲁塞尔、巴黎的同学、同行重逢后，借着出国办个展的机会，他把留存在"充仁画室"的所有作品，他勤奋创作却不被重视的杰作，都带去了巴黎。在巴黎，他更是疯狂创作，八十高龄，昼夜不息。歇息之际，环视宇内，他仍然有一个问题：中国雕塑界，"谁是第一名？"1980 年代，上海大批人才的出走，何其悲壮！应该有一部大书来撰写。有没有人统计过，八十年代和张充仁一样流失到海外的"海派画家"有多少？笔者的亲戚朋友中，也有数人卷在其中，有的境遇不错，有的却是很惨。人才流失，如羸弱躯体失血，让上海文化加剧衰败，很快失去了"第一名"。然而，人才们想要在国际平台上获得艺术同行们真正有价值的评价，那样的"第一名"，才有分量。在这里，不得不说：不好意思，真的很遗憾，画家们的这种心态，至今还在。张充仁大师，我们心目中的"第一名"，就是这样走了，离开了他祖祖辈辈的老土地上海——七宝、徐家汇、卢家湾，去了巴黎。1998 年，大师以 91 岁高龄去世,安葬在巴黎东郊的 Nogent 公墓。感谢陈耀王先生把这么跌宕的故事告诉我们,也感谢好友徐跃慷慨承担出版之责,为我们这一辈人存下有关自己城市艺术生活的重要记忆。

本文为陈耀王著《塑人塑己塑春秋——张充仁传》(学林出版社,2013 年)代序。曾以《张充仁:我是第一名》发表于《文汇报·笔会》2011 年 9 月 16 日。

"土山湾的最后传人"

今年的 6 月 6 日,叶兆澂先生画展将在徐汇区艺术馆开幕。按绘画成就,叶兆澂应该是一位大师级的人物了。其他不说,站在叶兆澂油画《芳艳烂漫》之前,如果还是心如止水,不为所动,那世界上也就没有能够让你兴奋的作品了。画作中玻璃花瓶之透彻,看得到画家的纯净之心;瓶中扶郎花之浓烈勃发,似乎要掀翻整个画面,乃至是闹猛了房间。闲花小品,不足三尺,画得如此富有感染力,让人想得起凡·高在巅峰时期的《向日葵》。刘海粟先生称赞叶兆澂的画风"纵横郁勃",实在不是虚语。可惜的是,兆澂先生的作品藏在陋室,在国内只为三五知己所认识。

刘海粟(1896—1994)晚年为叶兆澂的画展,用篆体题写"学古有获"的直书;颜文樑(1893—1988)则在 93 岁时为叶兆澂题写"后起之秀"的条幅。两位大师,加上另一位已故艺术大师张充仁(1907—1998),都和叶家是世交。他们摸着小兆澂的头,认了他做学生。但是除了向前辈请教画艺外,叶兆澂没有依赖他们的圈内关系;绘画圈内外,至今很少有人知道大师们还有这样的嫡传弟子。事实上,叶兆澂更愿意认一位在中国绘画史上几乎是籍籍无名的画师做启蒙老师。1950年代初,少年兆澂奉父亲之命,追随徐家汇土山湾画馆的"余相公"学画。余凯(1892—1984,耶稣会修士,江南人称修士为"相公"),是画馆解散之前的最后一任馆长。既然叶兆澂的画艺得授于"最后的土山湾画家"余凯,今天我们在这里,就顺理成章地称他这位硕果仅存的关键画家是"土山湾画馆的最后传人"。

徐悲鸿(1895—1953)曾经说:"土山湾……盖中国西洋画之摇篮。"此话不是虚言,既不是客套,也没有必要。刘海粟、徐悲鸿两位大师,后来南北分途,各据沪京要津,年轻时却都是在上海法租界的周湘画馆中学习。周湘(1871—1933),先在土山湾学习西洋油画,然后才在外面传习西画。土山湾画馆是在1851年由西班牙耶稣会士雕塑家范廷佐(Joannes Ferrer,1817—1856)创建的,据说连"海上画派"的前辈任伯年(1840—1896)也曾经在土山湾学习西式素描和透视,"土山湾"确实是中国人学习欧洲艺术的渊薮。1958年,一百多年历史的"土山湾"终至关闭。余凯和叶兆澂,两位师生在这所郊外的画室里孤独坚守,直到1966年的"文革"爆发。

叶兆澂,1942年生于上海。那时,上海的"黄金时代"已经过去,日军的炮火使得上海陷入在板荡飘摇之中。父亲叶宇青(1903—1975)在上海法租界公董局任"华文秘书长",负责华人事务。这个位置既可以权倾一时,也可以瞬间罹难。

因为忠于职守,公文之间,中外不欺;薪水之外,一介不取,叶家在上海人经历的 1941 年、1945 年、1949 年的三次大变局中,居然都没有把柄可抓,小兆澄也就专心学画。经此庭训,叶兆澄和他的父亲一样,迄今为止绝不参与任何政治活动,也不谋取社会荣誉,画作中从来没有一幅时髦题材。当然,因此也就狷介耿直,没有学会圆滑、世故、权变等谋生技巧。随着土山湾画馆的关闭,上海画坛众多大师的星散,叶兆澄凭着自己的画艺,在上海工艺美术厂做着美工设计师,业余钻研画艺,置身圈外。

数十年中,兆澄先生是一个离群索居的纯画家,没有交际生活。在他住过的黄浦、虹口和泗泾的寓所中,就是独自作画,既无家庭生活,也无关系应酬。但是,叶兆澄保存着超常的生活热情,要么不说话,说话就是一触即发,势如破瓜。交谈中,可以发现叶兆澄的内心远比庸常人等更细致,想象更丰富,理解更透彻,表述更大胆,一个艺术家需要的敏锐、热情、真诚和勇气,他绝不只是遮遮掩掩的七分、八分,而是丝丝入扣、淋漓酣畅的九分、十分。孤寂的个性,使得叶兆澄作品看上去和同代人的风格完全不同。一大群艺术家聚在一起探讨个性,弄出来一堆雷同的作品;一位艺术家孤寂地生活,并不标榜,每一幅作品却都充满了鲜明的特征。叶兆澄的画,很难归在当代中国美术的一个派别中。央美、国美、川美、南艺、鲁艺、解艺,还有上海的油雕院,都和他没有任何关系。中国画坛之大,没有容下他,他在当今的艺术体制之外。叶兆澂一直表示他不想有任何标签,如果一定要有标签,我想他是愿意接受"土山湾画家"这个称号的,尽管今天的中国画坛,并未把"土山湾"收编在册。确实,我们在《教宗若望保禄二世像》(2000,素描)的肌肤质感中,看到了余相公传授的扎实功底;另外,我们在《中华圣母》(1965,油画)的澹泊宁静中,看到了叶兆澂坚忍不拔的虔诚个性,以及无怨无悔的土山湾认同。

因家庭传统的缘故,叶兆澂是天主教徒。但是,用宗教般的热诚来创作,和他在哪一个教会关系不大。他说:信仰天主,或者释迦牟尼、玉皇大帝,或者老天爷都可以。问题是要真信,真信就有热情。他说:老天爷并不眷顾我,不给我家庭子女,不给我财富荣誉。但是,他仍然是公平的,关了一扇门,又开了一扇窗,他让我在画图上面有才能,有成就。2010年,是来华耶稣会士利玛窦(Matteo Ricci, 1552—1610)去世400周年,叶兆澂有作品《播道华夏之先驱》(2010,国画),真的令人喜欢。他笔下的利玛窦,全不是一个伟岸教士在训育开导的样子。侧身的神父,微曲的项背,低垂的下颚,闭合的眼帘,就像是一个筚路蓝缕、筋疲力尽、走到天堂之前的老者。这幅作品,符合现代人对宗教的理解,亲切、平常、贴近人性,虽不神秘,却在内心注满了力量。

因为是"土山湾"的传承人,叶兆澂先生心目中有一个与众不同的艺术殿堂——梵蒂冈。上海的西洋画家,包括叶兆澂的老师刘海粟、颜文樑、张充仁,还有林风眠、徐悲鸿、潘玉良、赵无极……都是把巴黎卢浮宫,或者蒙马特高地看作心目中的艺术殿堂。然而,世人只记得巴黎是十九、二十世纪的艺术之都,却忘记了十四、十五、十六、十七世纪的梵蒂冈才是"文艺复兴运动"的渊源之地。在梵蒂冈访问,有人告诉说:历代教宗有三个"不知道":一不知道教会有多少房地产,二不知道耶稣会士在想什么,三就是不知道圣伯多禄大教堂地库中有多少珍宝。知情人说:梵蒂冈的艺术品,超过卢浮宫不止百倍。叶兆澂在土山湾随余相公学艺,学的就是罗马。这几年筹建"土山湾博物馆",经过调查研究,搞清楚当年的土山湾热衷的是"文艺复兴"艺术,雕塑课学米开朗基罗,油画课学拉斐尔,水彩画学维涅尔,前三者都是罗马派,只有后者属于巴黎。自小的气氛中,叶兆澂认定了罗马才是自己心目中的艺术殿堂,他要去梵蒂冈走一趟。

1985 年,叶兆澂获得欧洲汉高基金会的支持,在德国数个城市,还有巴黎举办巡回画展。在欧洲,他不卖画,不交际,不定居,只在自己的画作前徘徊,听听观众的评语,便喜不自禁。2000 年,叶兆澂意犹未尽,又是孤身一人,带着作品,独闯罗马。某一个朝圣日里,叶兆澂在圣彼得广场见到了教宗若望保禄第二(John Paul II, 1920—2005),献上了一幅《中华佘山圣域》(2000,绒绣)。这是叶兆澂此生唯一出让的作品,分文不售,只为跻身于罗马二千年的艺术殿堂。教宗爱中华,把这幅上海绒绣画留在自己房间。老教宗一生为信徒们行摸头降福礼,受者不止千万人众,临终前却独独记得叶兆澄，托人把他常用的一串念珠送到了上海。念珠面前，叶兆澄不单是虔诚，更多是自豪。他说：中国人学习西洋艺术，得到了欧洲艺术殿堂的承认，这个最重要。

2010年是中意文化交流之年，叶兆澄应意大利政府邀请，带着自己的作品，在利玛窦的家乡城市马切拉塔、圣城佩鲁贾、首都罗马举办个人画展。老练的意大利人，挑剔的法国人，严谨的德国人，都在叶兆澄的画作中看到了上海人、上海文化和上海艺术发展中的天地沧桑。和老师张充仁一样，叶兆澄也是一位在家乡少为人知，在欧洲却誉满各地的"上海画家"。艺术家在自己城市里被排斥为"陌生人"，他们的知己在陌生的城市。上海画家闯西方，"墙内开花墙外香"，我们有太多这样的经验，通常都含着曲折和痛楚，间或就有传奇和荣耀，这不需要我们来反省吗？为什么我们的城市不能容纳、鉴赏和赞美叶兆澄这样的艺术家，而需要一次次地借助"出口转内销"？

欧洲艺术界赞美叶兆澄，除了他"土山湾"招牌式的扎实功底之外，更多的是作品风格中的中华文化底蕴。无论是早年淡雅、深邃画风的《枫桥寒趣》(1961，油画)、《富春山水》(1963，油画)、《云雾黄山》(1964，油画)、《淡妆仕女》(1964，油画)，还是近年来热烈、抽象画风的《氤氲秋色》(1989，油画)、《秦汉马车》(2000，油画)、《长城秋色》(2009，水彩)，都是有着强烈"中国风"(Chinoiserie)的作品。这些作品，不是靠着临摹、素描和写生就能创作的，画面中有一股心灵的力量是显而易见的。简庆福先生在《兆溦画集序》中说："真正的艺术家应该是会把自己的心弦、情感以至于生命融入到作品中,流贯其间,而绝对不会因为一时名利的驱动而能产生创作的灵感。这在古今中外都是一样的。"叶兆溦,这位"土山湾的最后传人",靠他的退休工资在生活,用他的纯净心灵来作画。

本文为 2013 年 6 月"叶兆溦画展"(上海,徐汇艺术馆)前言。

附录:

土山湾画馆的最后传人

在一幢虹口区大连西路的老公房中,蜗居着一位年逾七旬的老画家,他孤身一人,依靠微薄的退休金,过着清贫而充实的生活,他整天徜徉在艺术的海洋里,很少与人交往,在上海更是名不见经传,鲜为人知! 但在欧洲,在文艺复兴的发源地意大利和艺术之都法国巴黎,却是大名鼎鼎,备受钦崇。他就是土山湾画馆的最后传人,也是刘海粟、颜文樑和张充仁三位大师的得意门生叶兆溦。

众所周知,土山湾画馆,是我国西洋画的发源地,曾被徐悲鸿先生称为"中国西洋画的摇篮"。土山湾画馆把欧洲从文艺复兴以来逐渐完善的西方绘画教育体系,移植到中国，培养了一代又一代的绘画人才。我国很多著名的艺术大师均直接或间接出自其下。土山湾画馆在西洋画在中国的传播、促进中西文化的交流和交融方面，影响至为深远。1949年后，随着天主教的萎缩，土山湾画馆于1958年被并掉，但画馆中还留下的几间平房，一直维持到1966年"文革"开始，才被逼彻底结束。守护着土山湾画馆的末代管家是生于1892年的天主教耶稣会修士余凯，大家尊称他"余相公"。

余相公是位艺术造诣极深的书画家，他11岁进土山湾孤儿工艺院，和周湘、徐咏青、张聿光等都是同门师兄弟，只是他淡泊名利而更专心致志于艺术教育。余凯从不涉足美术界的社交活动，但沪上一些著名的艺术家如刘海粟、颜文樑、张充仁、李咏森、张眉荪等，却常去土山湾造访，和他共同探讨绘画的心得和艺术的真谛；也是在土山湾孤儿工艺院出身，蜚声全球的雕塑大师张充仁和被誉为海派黄杨木雕祖师爷的徐宝庆，都对他敬礼有加，以师礼相待！

相公在1949年前曾任类斯小学校长多年，在那里他发现有位学生叫叶兆澂，颇有艺术天赋，常于课余教以绘画。叶兆澂1942年出生于上海一个中西文化交融的书香门第，他幼承家学，自小喜欢绘画。上世纪50年代初，余相公离开学校去主持土山湾画馆，叶兆澂继续追随余相公学画。从画铅笔画线条开始，仅素描就整整学了 6 年,接着再学水彩画和油画。余相公对待教学十分严格,追求完美甚至达到苛刻的地步。在土山湾十多年的艰苦学习,让叶兆澂打下了扎实的绘画功底。为了不断开拓他的视野,余相公又让叶兆澂师从刘海粟、颜文樑和张充仁三位大师,从而博采众长,画艺大进,深得前辈们的赞许。

叶兆澂的早期油画深受达·芬奇、拉斐尔和伦勃朗的影响,画法写实而细腻;后来刘海粟要他多看塞尚和梵高的作品,使他从往昔临摹和反映自然的写实画风,逐步转向到抒发和表现自己心灵的感受,而笔法也变得粗犷而写意,但在他粗犷而变形之画中,显现出来的并非虚妄空幻,而是大胆运笔中见到的传神和真实。他继承了土山湾中西绘画融合的传统,更加注意笔法和意境,从他的画面中可以强烈地感受到中国画的影响。

1985 年叶兆澂在刘海粟的支持下,应德国汉高(Henkel)艺术基金会的邀请,赴德国举办个展,在多个城市巡回展出一年多,好评如潮;其间他又赴巴黎访问三个月,深受欢迎,法国文化部还为他办妥了在法国定居的手续,但他还是回到了祖国。

2000 年叶兆澂把为教宗若望保罗二世画的像和创作的《中华佘山圣域》图,带到梵蒂冈,亲自把画献给老教宗。这是一幅画在绢上再用丝线绣成的画作,画面上近处是教宗在默默祈祷,远景是山顶上的佘山圣母大殿,这件形象逼真、意境深远、中西艺术交融的作品,带给老教宗极大的喜悦,他把这幅画挂在自己的卧室中,好常常想起中国、为中国祈祷;这位老教宗临终前,把自己日常使用过的一串念珠,托人转送给叶兆激留作纪念!

2010—2011年是中国和意大利文化交流年,叶兆激收到意大利的邀请信,请他到利玛窦的故乡马切拉塔市举办画展,纪念利玛窦逝世400周年。画展在市中心开幕,市长等社会名流亲自为画展剪彩;接着又去意大利的文化名城佩鲁贾展出。2011年10月又应邀到罗马市中心著名的圣安东尼展览馆展出,意大利的政要、多国大使、社会名流等都参加了开幕式,很多艺术家,包括莫斯科美术学院的老教授,都远道而来,多次前往展厅观慕,好评如潮!

叶兆激是个穷画家,却从不卖画,他三次出国办展,不花国家钱财,不求企业赞助,全凭兄弟、同学相助和个人的节俭,才得以成行。他在国外注重个人的形象,弘扬中华文化。很多外国人出高价收藏他的作品,叶兆激却一幅不卖,他说我在国外办展,是为了中西文化的交流,不是为赚钱而来的。他的品格在国外受到人们的尊重和赞扬,随着电视等媒体的广为宣传,叶兆激成为当今中西文化交流的明星和欧洲著名的中国艺术家,他到法国、奥地利、瑞士、梵蒂冈等国参观访问,到处受到人们的尊敬和隆重的接待,但他拿到意大利的长期签证后,还是按时回国,并把全部展出的作品运回祖国。

叶兆澂的五次出国访问,开阔和丰富了他的视野,使他从传统的写实画风,逐渐发展到尝试以自己独特的方式来表现其外部世界和内心世界的统一,他的画风也渐渐趋向抽象。叶兆澂至今未婚,他视艺术如生命,追求卓越、追求完美是他终身的目标,这些都缘自从小受到土山湾余相公的影响。在当今追逐名利的世界中,他身居陋室而怡然自得,依然保持自身的风格,继续埋首于他的艺术创作。也许淡泊名利、追求完美、志在奉献,也是土山湾画馆修士们的一种特殊传承吧!这次徐汇区文化局在徐汇艺术馆办《叶兆澂归国画展》,我们期待他的艺术能得到大家的认同和欢迎。

本文为陈耀王先生所撰,附录于此,供参考。陈耀王,广东台山人,1935 年生于上海。曾任无锡市农业科学研究所副所长,从事畜牧业研究。退休后从事上海绘画历史的资料收集和著作撰写,出版《塑人塑己塑春秋:张充仁传》(学林出版社,2013 年)、《摄影大师:简庆福的光影岁月》(基督教中国宗教文化研究社,2016 年)、《既雕且琢,复归于璞:张充仁的艺术生涯》。

连环画还活着

　　"连环画"死了吗？现在可以回答说：没有！还活着！由徐家汇街道组织，上海文艺出版社推出的《连环画系列丛书》首批六本《画说徐家汇》，将在 2013 年上海书展面世。这六本连环画包括了《徐家汇》《土山湾》《百代小楼》《光影徐汇》《徐光启传说》和《马相伯故事》，平装之外，还有精装纪念本。读者去书展的话，可以找一找摊位，看一看这几本连环画的故事、体裁、画风、笔触，有没有上海滩"小人书"的踪影？是不是百年以来"老海派"的遗风？读者当然会有自己的判断，但我们要说：这一套连环画是有传承的，还是不错的。

　　大凡 40 岁以上的读者，都有童年看"小人书"的经历。《三国》《水浒》……我们这几代人，都是先翻"小人书"，再看"四大名著"。连环画，租一套三五分钱，蹲在地上看，就是我们那几代人的电视、卡通、游戏和电玩，陪伴了青少年，也启蒙了一生的知识、阅历和情感。曾以为连环画男小囡看得多，后来翻到张爱玲的《流言集》，其中的《更衣记》《到底是上海人》有张小姐画的插图，活脱脱就是连环画中的人物样子。可以知道，上海女小囡也是看连环画的，不单看，还试着自己画。还有,"小人书"其实不止小人看,大人、老人都看的,就像"童话"不止是儿童的话,成年人也爱童话,这个就不用说了。

问题是,现在已经很少人看连环画了,就像"中国人现在不写信"一样。在"小人书"的诞生地、大本营——上海,差不多濒临灭绝,这是令人痛惜的事情。近年来,徐汇区文化局决心继承连环画事业,为上海连环画申请到了市级"非物质文化遗产"。第一批《画说徐家汇》六本,就是他们背地推送,和徐家汇街道一起出手拯救连环画的初步行动。这套连环画,说的是徐家汇。"徐光启"是"徐家"的老祖宗,"马相伯"是从徐家汇走来的"百年之子";"土山湾"是上海和中国近代工艺、美术的发源地,"百代小楼"和"光影徐汇"说的是在中国和亚洲极度辉煌的唱片、电影事业。这些上海文化之最,都集中在徐家汇地区,非常神奇,值得纪念。但是,"徐家汇"和"连环画"一样,也差不多要淹没在各种各样的"广场"、"中心"和"商厦"堆里了。徐汇区的文化工作者共同"打捞徐家汇","激活土山湾",这项活动令人兴奋。更令人兴奋的是,主事者还认为:要用"海派"的方式纪念上海文化,画连环画,说徐家汇,所以就有了这套《画说徐家汇》。

将近二十年前,我的老师朱维铮带我们编辑了《马相伯集》。前几年,又和朱老师一起主编了《徐光启全集》。做文献整理的,本不擅长画面构造。文化局和街道的主事人,请到上海最后一代连环画家徐亦君、桑麟康等,也请我们来出主意，提意见。创作者们埋头苦干，精益求精，编写了剧本以后，精心构思，反复修改，品味老上海的场景和神韵，把徐光启和马相伯，还有徐家汇的种种，一一画出来，活灵活现。有一幅画面，话说1911年飞机刚刚发明，法国冒险家环龙（Vallon）试飞到上海，出了故障，土山湾的工艺师帮他修复。初稿画了一架老旧飞机，是螺旋桨式的。会诊时一眼发觉，应该是双翼式的。调整之后，一下子就对头了。诸如此类的修改，不计其数，连环画因此就有了"古早味"。

作为《徐光启全集》和《马相伯集》的编者，我感谢这套连环画的画家、编者和编辑们。他们把书中枯燥的文字，变成了生动的画面。徐光启、马相伯，还有徐家汇、土山湾就活过来了，走到了我们中间。字里行间的抽象场景，一一跃入画框，成了掌上珍玩，何不是件雅事？《三国志》是正史，《三国演义》是说书，《画说三国》就是连环画、小人书，"文化文化"，就是这样一步推一步，文字煮，文火炖，慢慢"化"出来的。只要创作认真，想象合理，发挥得当，学者的文字，变成了"小人书"，没有什么掉价的，反而是感激不尽的。感谢画家和创作者们努力，为徐汇区民、上海市民延续城市文化文脉，也保存了一份连环画遗产。

最后要说的是，单单徐家汇一家，救不了"连环画"这个画种。如今数字化的电玩时代，连环画不可能卷土重来，匹敌游戏机房，再次普及成"小人书"。但是，正因为如此"过时"、"老旧"，今天的连环画倒是可以登堂入室，成为某种"经典"艺术,为有品味、能欣赏的高雅人士的珍藏。"小人书",这个诞生于上海,为好几代上海人,也为多多少少中国人所酷爱的艺术种类,还要生存下去。这,要靠大家的努力。

本文为新编连环画《画说徐家汇》(黄树林编文,桑麟康绘图,上海文艺出版社,2012年)前言。曾以"连环画还活着"为题,刊登于《新民晚报·夜光杯》2013年8月18日。

城市人的"乡愁"

　　徐锦江的《愚园路：对一条路的路史式探究，为了回家》，是今年上海书展上面世的一部力作。锦江兄在复旦大学学中文，文字功夫扎实；几十年在《解放日报》（办公大楼用《申报》《新闻报》旧址）工作，长期主长《申江服务导报》，更是博闻广记，资讯来源丰富。《愚园路》这部作品，做的是历史文章，把同一条马路上的人物踪迹、史实佚闻串联起来，读来如行山阴道上，兴味盎然。上海新闻界有一个好传统，就是大报纸不辞小掌故，过去《申报》《新闻报》《文汇报》的主政报人们，常常在"社论"、"时评"之外写些文史杂文，留在世间。山东路、福州路上，清末的王韬、曾朴、包天笑，民国的陶菊隐、徐铸成、郑逸梅，都有精彩的掌故留在世间。时过境迁，"呼风唤雨"的大文章早已湮没，今天翻看味同嚼蜡。倒是当年不起眼、不经意的作品透着时代底色，让后人读来有滋有味。锦江兄在做报社总编辑的业余，勤事搜罗，"种自留地"，成此一书，实在是继承了上海报业前辈的风气，是心中真有读者的文字。

　　然而，和前辈报人的掌故文字相比，《愚园路》另有特点，那就是作者写愚园路更加仔细，带着个人的经验和热情，具有社区认同感。因为，锦江兄生于此、长于此，本人就曾是愚园路上的居民，在那里出生、读书和长大。和一般作者的泛泛之论相比，《愚园路》常常有许多不经意的印证，发生在家长里短之间，让人觉得真切、可信。叙述过去，描写历史，固然应该出乎其外，但更加需要的却是能够入乎其中。一般作者用外来者的眼光看问题，缺乏"同情的理解"，用一些新、旧批评理论来指手画脚，会是一件很尴尬的事情。众多外在叙述不能令人满意，带着"第一人称"的作者来描写自己身边的历史，虽然细小、具体，是一种新颖、亲切，带有质感的文字。按作者的坦陈，"愚园路"是一条带着"乡愁"的"回家的路"。在这方面，《愚园路》配得上是一种"本土叙述"，专业的历史学作者，未必能及。

愚园路，因静安寺东侧赫德路（常德路）8号的愚园而名，是上海近代城市化进程中的重要一环。1843年开埠以后，上海的人口不断增加，市面持续繁荣，各类房屋密集建造，原先是租界居民出外郊游、打猎、赏园、骑自行车的静安寺地块已经开发殆尽。愚园路东接静安寺路，西至兆丰（中山）公园附近，在1930年代达到了建造高峰。愚园路延续了公共租界静安寺路的"西拓"势头，一路往西，往虹桥路方向的郊区发展。二十世纪上半叶，上海"西拓"的进程由南京路—南京西路—静安寺路—愚园路—虹桥路一线贯通，就像十九世纪下半叶上海市政的"北上"势头由外滩—虹口—提

篮桥—杨树浦—军工路贯通那样。上海的"北上"势头代表
了中外通商贸易初期的巨大成功,愚园路连接起来的"西拓"
进程则表率了1930年代上海民族资本产业的"黄金时代"。
当时的中外商人、大小银行、中产家庭和各地旅居上海的寓
公们都以在愚园路、霞飞路、辣斐德路等西区马路置一份房
产,作为安居乐业之本。"华洋杂居,五方杂处"的融合型文
化特征在此得到延续,愚园路在上海城市发展中的重要性大
致如此。

从"北上"、"西拓"的市政走向来观察上海的一条条马
路,清理城市发展的脉络,是属于"上海史"层面的叙述。近
年来,大家热衷谈论"老上海"的掌故,这是有道理的。相比
大而划之的"中国史"勾勒,地方史的叙述深入一层,贴近自
己的生活。然而,当我们读到《愚园路》这样的作品,又会打
开一重视野,发现上海人的历史叙述又往下降了一层,下降
到马路、弄堂的社区层面。在此层面,我们看到了更加确凿
的细节,以及饱含其中的沧桑变故,可以说是一种"社区史"。
我们一群同道在编写《老上海》(上海教育出版社,1998
年)大型画册时,已经把上海的马路按功能划分,描述了十六
铺、外滩、虹口、杨树浦……此后,我个人又写过一本《南京
路:东方全球主义的诞生》(上海人民出版社,2009年),分析
了上海人的这条"大马路",作为引领近代中国走向全球化的
象征。和《愚园路》相比,我们在较早时期描写的大小"马
路",仍然着眼于和上海史的关系,还没有真正落实到"社区

史"。也就是说,我们还没有从马路走进弄堂,去观察市民生活的究竟。锦江兄讲的完全正确,"马路弄堂(才)是上海人的血脉根系和乡愁",学者若是要做一些有根有攀的"上海史",不靠宏大叙事来唬人,就必须进入基层生活。如果不是深入到马路、弄堂、建筑的里面,沉到基层来看上海,上海便仍然只能是一场外在的、浮光掠影的西洋景,并不能解释什么高大上的"近代史"问题。这是我和锦江兄长期交流,在很多年里形成的一个共同看法。

斗转星移,世事轮替,前辈不断凋零,不经意之间,我们这一代人现在已经成了"上海叙述"的主力人群。一切的幸与不幸,聚在一起,用"乡愁"的笔调谈上海,渐渐地轮到我们这些 50、60 后。生于斯,长于斯的一代弄堂里人,相对于隔代的 80、90 后,以及近年来从全国各地不断涌入的"新上海人",确实可以称为是"老上海人"了。然而,我们一代与60 年前结束的那个"老上海",即书本上常常定义的"近代上海",已经隔了好几年、十多年。1920 年代前后,上海无疑是有过一次城市经济、政治和文化发展的"黄金时代",那一次的社会繁荣,成就了中国民族产业的"黄金时代",奠定了今天所称之为的"老上海"。我们这一代人虽然是在比较切近的老上海氛围中出生、长大,但这份遗产越用越少,且渐行渐远。今天的上海市民,若是要坚守和光复自己优良的文化传统,便也只能更多地借助"文物"。又是锦江兄讲得对:"上海其实有文物。近现代文物不在地下,而在地上。洋房、弄堂就是地上的文物。"锦江兄是通过三个"文",即"文物、文献和文化老人",构成出愚园路的"路史",使得我们这一代人的"乡愁"有了确凿的依傍和传承。

二十多年前在市区开始的大拆大建,已经改变了上海的遗产格局。当年我们编辑《老上海》画册,初衷之一就是为上海各个社区立此旧照,保存影像,祭奠故魂。锦江兄完成的《愚园路》以更加详细的"社区史"、"路史"描写,给我们保存了更加完整的文化遗产。说到文化遗产,上海的外滩源、徐家汇源,以及淮海路(霞飞路)、愚园路……都有资格登上上海,乃至世界级的文化遗产名录。遗憾的是,曾经创造了十九、二十世纪城市发展奇迹的"大上海",全市范围内仍然没有一个被认定为世界级的历史文化胜迹,老市区甚至连一个5A级文化景区都没有。不是真的不够,而是拆得太多。由于拆得太多,保存不够,在很多领域的文脉已经中断。比如,从南京路—南京西路—愚园路—虹桥路的一脉贯通已经断断续续,中间出现了疙疙瘩瘩的肠梗阻。

比较起来,长长的愚园路,在上海的各条马路中拆得不算是最多的,愚谷邨、市西中学以西,至中山公园商圈以东的社区还能维持部分原貌。虽然我们大家都知道,六七十年过去了,上海的各条马路、弄堂、楼房里大多是经历了很多次的世代更替,早已物是人非;但是我们终究能够体会到,上海的文化遗产仍然还在有形、无形地塑造着社区里的每一个人。在历史研究中,本土叙述是十分必要的。乡愁(nostalgia),

带有一点炎症,但并不可耻;城市人,哪怕是国际大都市的市民,也是有"乡土"的;有自己的文化,自然便有那失却了的"乡愁"。用"文献、文物和文化老人"的"三文"方式表达"乡愁",保存自己的生活方式,锦江兄的《愚园路》做出了一个示范,值得展卷一读。

　　本文应徐锦江邀请,为其所著《愚园路》(上海书画出版社,2017 年)而作。本应作为序言,因在国外访问,未及赶上出版时间。本文在《文汇报·文艺百家》(2017 年 9 月 6 日)发表,题为"《愚园路》:城市人的乡愁"。

所谓"海派",并非虚构

唯铭兄掷下一本新作《苏州河,黎明来敲门》,带着那商标式的祝福语:"生命快乐!"命我为序。书与人,都很中意,于是欣然遣笔,贺之庆之。数十年来,目睹王唯铭大笔如椽,坚持不懈地写上海,都是对自己城市的真实记录和无情剖析,很是感佩。1980年代后期,王唯铭的都市生活纪实文学独树一帜,我们一群学者也在用"海派文化"的话题来谈上海。因此缘由,和一批作家朋友结识在《上海文学》《青年报》《生活周刊》《作家与企业家》和《上海文化》的作者圈子里,议论上海。当时和王唯铭的交往不多,只见他介入复苏了的城市生活,调查记录,埋头写作。到了1990年代初期,唯铭兄《欲望的城市》等作品热销书市,还有了一个酷酷的"城市狩猎者"称号。

上海作家热衷非虚构文学的写作,形成群体,具有特色,我以为是一个现象。几十年来,陈丹燕是公认的非虚构文体写上海的代表,文字着意于"风花雪月"时期的"金枝玉叶"们,细节中传递出上海"黄金时代"的神韵。窃以为,王唯铭也是上海文学界纪实体作家的代表。他是男性视角,以猎鹰的姿态鸟瞰上海,看准目标,点掠而去。多年前有一次在张献、唐颖家聚会,他说要写小说了,文学界的主流毕竟是"虚构"。果然,随后在书市、书讯中看到了他出版小说的报道。但是,二年前唯铭兄又回到了"非虚构"发表,出版了一本《与邬达克同时代》,用旅沪侨民匈牙利籍设计师邬达克留给我们城市的建筑遗产,描述了上海文化的曲折命运。这一次归来,王唯铭笔下的时间和空间扩展了,他深入历史,探究过去,我们之间的话题更加接近。

上海作家热衷于自己城市的非虚构文学创作,在中国大陆最突出。当然,贾平凹的西安、苏童的苏州、余华的嘉兴、方方的汉口、王朔的北京,还有莫言的"高粱地",都有地域特点。但是,我们很少见到他们用非虚构体裁来叙述、解说和反省自己的城市。上海作家群不同,有批评家说"上海作家喜欢怀旧!"大约是说这个现象,暗中还曾有过争议。"怀旧",用英文 Nostalgia 来翻译,并不是一个很好的词汇。Nostalgia 从希腊语 Nostos(回家)的意思上加载而来,有人翻译为"乡愁",还是美化了,其实就是"Homesickness"的意思,是一种病态。然而,我却一直以为上海人的"怀旧"是有积极意义的,并不是一种"矫情",或者"复辟",而是一种兼有情感和理智的"光复"。英语文学中的"非虚构"(nonfiction)体裁,包括了游记、传记、日记、报道、散文、随笔、评论等等,而上海作家的非虚构,独独喜欢的是历史——"开埠"以后一百多年里的"中西文化交流历史"。这说明我们生活的这个城市，确实有一层取之不绝的文化底蕴，可以慰藉，像鸦片；可以疗伤，像白药；还可以借鉴，把我们的过去和未来照个清楚。

文学表现的是特性，本质上需要"地方性"，而不是"整体性"。地域文化，包括具有特点的城市文化，无疑具有文学上的正当性，作家们当然不应该放弃。还有，"乡愁"并非就是病态的呻吟，它同时也是一种反省之后的批判性治疗，"怀旧"也是正当的。我曾想，这一代中国人如此的缺乏"乡愁"，不懂"怀旧"，是不是和近三十年大规模人群迁徙运动有关呢？是不是和急于城市化、现代化，需要借着国族化来掩饰自己，隐去真实身份的微妙心态有关呢？然而，看到春节、清明节期间从大城市涌出的返乡潮，那种可歌可泣的动人样子，可以断定当代的迁徙者的心中依然有着浓重的乡恋和乡愁，于是赶紧否定这个疑心。再往下想，我想问题不是出在"个体乡愁"（personal nostalgia），而是在"集体乡愁"（collective nostalgia）。这一代中国人作为个人，都还知道认祖归宗，知道慎终追远；但是作为一个城市人，当历史被圈成一块块的"塔布"，他就无法面对"从哪里来"的质疑，不能触动灵魂深处那一段段含着隐痛，又藏着快乐的经历，也就不能回答要"到哪里去"的问题。当代城市人，缺乏一个共同体意识，面向未来的茫然，其实就是调过头来朝着历史的迷失。

上海的作家、文学家、艺术家和批评家不同，他（她）们附着于自己城市的文化，逃不脱地有着探求欲和使命感。上海的作家们,结为群体,在"海派文化"中探究根源,寻找认同。王唯铭、陈丹燕的"非虚构"文学之外,还有张献、吴亮、陈村、小宝、程德培等人用各种文体对自己城市的生活和历史作出的反省,都是独到犀利的纪实和批判性文字。即便是虚构题材,如王安忆的《长恨歌》、唐颖的《留守女士》等小说也是恍若真实,既击中人性,也针砭历史。还有,近年来交口赞誉的金宇澄小说《繁花》,几乎就是关于这座城市在某一个衰落阶段的纪实作品,是那个时代的"痛史"。1990年代以来,上海作家的非虚构文学持续发展,作者正是我们这一年龄段的1950年代生人。这个群体的作家和作品,既有清晰的城市认同,也有独到的价值取向,更是自觉发掘城市文化底蕴,反省我们这一代上海人、中国人的命运。如果把这些上海题材的"海派文学"作品作为一个整体现象来看待,那是非常突出的,绝不亚于中国大陆上的任何文学现象,也不输给津津乐道的"纽约客"(New Yorker)、"巴黎人"(Parisian)和"老伦敦"(Old London)!

上海曾经是远东最重要的国际大城市,引领过亚洲的"早期现代化"、"第一次工业化",这是确凿无疑的,并不是浮夸;所谓"海派",并非虚构。只要这个历史事实仍然被主流意识形态漠视和曲解,我们就可以一说再说,不惮重复。但是,"黄金时代"已经消失,后来的体制把上海压抑到扁平,洗刷到单纯,类似功能还给了东京、新加坡和香港。如今北、深、广的大都市,人口、市政、产业和GDP规模也已经和上海相当，上海必须面对当下的平凡。值此之际，人们经常在问：上海还有没有什么拿得出手的独特性？思忖再三，答曰：还有……在哪里呢？我认为：上海的"地方性"，不仅仅在于"都市性"，还在于"多样性"。在一个大一统的集权时代，上海文化偶尔还能标新立异，别出一格，用自己的腔调。这种"多样性"已经没有一个稳定的制度作保障，但作为一种曾经遗世独立的生活方式，作为一个仍然孤傲的文化价值，这个城市一贯声张的"多样性"还漂浮在城市上空，残留人心，不坠于地。

文化"多样性"，养成了上海文化传统既承认他者，又不失自我的雍容大度。一般以为"海纳百川"是大家都应该采取的人生态度，作为一种训导原则，固然不错。但是"有容乃大"并不是某种先导，实在是各种力量角逐，百方人士博弈的自然结果。"海派文化"，就是允许大家一起呈现各自的地方性，这是上海文化的民间性；也是本性。比如说，在曾经"多元文化"并存的大上海，同一个名物常常会有二三个不同的称呼。就一个"大"字，在"大世界"（游乐场）里称"DA"；到"大马路"（南京路）上就读为"DU"。马路的"马"字读若"MO"，马拉松的"马"，就会读作"MA"。同一个字，有文读、白读，华文读、西文读、官话读、方言读，除非十分不方便，一般并不需要统一为一个腔调。

再往下说，就可以说到王唯铭描写的那条"苏州河"了，同一条河流，我们一面叫它"吴淞江"，一面又称为"苏州河"，

都是官方用名,同时标在地图。一水二名,按"书同文"的大
一统观念来看,那是僭越、违制和混乱,上海人却安之若素,
交替使用,这不正是一种文化包容吗?"吴淞江",是苏(吴)、
松(淞)二府文人士大夫起的自家名字;"苏州河",却是从英、
美侨民的"Soochow Greek"翻译而来。回译的时候,洋场通
事不加核查地定为"苏州河",这两个名词至今并行不悖。语
言上的驳杂,表现的是个性,反映出我们这个城市在百多年
间生产出来的文化多样性。吴语、粤语、北方话、英语、法语、
俄语都曾经是这座城市通行的大类语言,算上乡音、方言,更
是不计其数。"华洋杂居"、"五方杂处"的情势之下,并没有
一个绝对的强权来干预。各种力量激烈竞争之后形成了均
势,上海就成了全世界文化多样性最为丰富的城市。

　　王唯铭以"城市狩猎者"般的敏锐目光,捕猎到"吴淞江/
苏州河"这个绝佳题材,用来记述上海文化的近代变迁。描
写苏州河,勾勒一幅"吴淞江长卷",作为"清明上河图"、"扬
州画舫记"、"西湖繁盛录"的现代版,正可以表现近代上海人
艰苦卓绝、强劲奋起的劲头。近年来,苏州河开发,两岸在一
百年多来累积起来的无数胜迹,已经被推土机碾压殆尽。面
对苏州河发出的"乡愁",已经有故事片《苏州河》,有流行歌
曲《苏州河》。王唯铭的新作——《苏州河,黎明来敲门》,则
是一部饱蘸激情来诠释历史的非虚构性文学作品。王唯铭
在"题记"中说:"多少年前,当新黎明曙光开始投射在河面上
时,这条河流便拥有了两个称呼,但我们认为,无论它被叫作

吴淞江或叫作苏州河都不重要,重要的是在时间维度和空间界域上这条河流已经发生的那些事实,以及这些事实所派生的指向过去、指向未来的种种喻意。"我明白王唯铭的喻意,他是把从"吴淞江"到"苏州河"的变迁,看作是上海的一次新生,还牵引着中国走向黎明。

《苏州河,黎明来敲门》请了上海本地人张秀兰、陆杰瑞作引导,牵出了一位位华人实业家荣氏、郭氏、方液仙、吴蕴初,还有著名的西方基督教传教士,如马礼逊、郭士立、裨治文、文惠廉、施约瑟、林乐知、卜舫济,更有许多以难民身份进入上海的俄罗斯人、犹太人。王唯铭显然是用他们来象征上海文化的"本土"(吴淞江)和"西方"(苏州河)之间的共存与繁荣。唯铭兄的笔触完全合理,在我看来,上海的"本土"和"西方",既是各自标榜的我和你,又是互相渗透的你中有我,我中有你,是一种复合的身份意识。这么大的时空跨度,出现了如此积极的双重、多重的文化认同,让大家和平相处,这在十九、二十世纪的"国际大都市"中都是非常特别的。差异巨大的宗教、信仰、文化、种族、民族的人群,如此密集地混居在一起,并没有闹出多大的冲突。1920年代前后,罗素、杜威、爱因斯坦等西方思想家访问上海时大为诧异:上海做到了,西方文化做不到!

1950年代以后,中国大陆变成了一个浑一的社会,"地方性"(Locality)被以国家为单位的"整体性"(Totality)吞并,不断改造之后,近代上海的文化传统自然也湮没了。然而，今天的中国与世界，都在重现纷繁的"多样性"，在复杂的跨民族、跨宗教和跨地域背景下，我们目睹二十一世纪国际社会重新泛起的"文明冲突"，眼看华人社会内部时时滋生各种摩擦和纠纷，上海版本的"文化多元主义"就可以对缓和族群矛盾有所助益。"文化多元主义"在很多族群冲突的地区，如印尼、马来西亚、新加坡、缅甸、巴斯克、北爱尔兰、魁北克、苏格兰，都是弥合社会分裂的良药。屡试不爽的普世良药，用在本地也不会例外，因为我们是同样的人类，"圆颅方趾"，心理相通。没有完整的"地方性"，良好形态的"整体性"也不可能存在。文学是描写"地方性"的，好的文学还能够发现"地方性"，解释"地方性"，丰富"地方性"。上海作家群体的"非虚构文学"就有这样的意图，文学精神庶几如此！

1843 年上海开埠的时候，海内外舆论都以为江南文化本性温和，相比排外的广府，上海人易于相处。这条评价，居然很快实现。上海在"五口"中间最成功，1853 年的外贸总额就超过了广州，一路发展为亚洲的全球城市。确实，上海原本的城市文化底蕴里面，是厌恶暴力，鄙视械斗的，甚至连争论都不喜欢。上海文化在历史上积累起来的"文化多元主义"，正是可以提供出来，供当今的人们来借鉴。然而，二十世纪以来的巨变，不同的阅历和经验，令上海文化的性格也发生很大改变，底蕴里面已经渗入了一些异质因素，有些并不健康。面临前所未有的变化，如何才能守住这座城市文化的底蕴？经受外来文化的冲击，怎样才能保存自己原有的自信和自尊？这是所有上海人都不能回避的问题,更是上海作家逃无可逃的处境。王唯铭的《苏州河：黎明来敲门》,为我们勾勒出一幅"非虚构"的画卷,带我们走过了那一段传奇般的历史,还附带着他那标志性的问候语："生命快乐！",这就是——"海派"！

本文为王唯铭著《苏州河：黎明来敲门》(上海人民出版社,2015年)序。曾以"所谓海派,并非虚构"为题,刊登于《文汇报·笔会》2015年8月11日,略有删节。

是格调，不是腔调

淳子有短信过来，说要为她的新书写一些话，放在前面作个序。当时想着简单，贸然答应了。传过来淳子和胡伟立的——《上海格调》，确实是一个有格调的高调，真的让我写序啊？既然答应，只有从命，勉力写些感触，或许能说点什么道道，给淳子的作品开路。

《上海格调》是那种热爱生活，赞美城市，迷恋上海，一唱三叹的咏叹调，调门蛮高的。淳子热爱上海，她在东广新闻台的听众们，早就知道。随她在空中行走上海，常常有精妙雷人的赞词跳将出来，这一回，我们在书里读到了。近几年，上海街头的流行语是"腔调"，常看见一位艺人说："做人要有腔调。"放到书里，作者们抿嘴说："格调"，不是"腔调"。"上海人的腔调，是形象；上海人的格调，是精神。"开宗明义，淳子他们要的就不是形象，而是精神。或者讲:《上海格调》，讨论的是上海人的精神状态。

看《上海格调》那信手拈来，皆成文章的笔调，想得起张爱玲的《流言集》。记得淳子是写过一本《张爱玲地图》的，是有名的"张迷"。张爱玲在大都市里寻俗觅雅，在人情练达中说东道西，这种风格，《上海格调》里有很多。按张爱玲自己的说法，她的《流言集》，是"写在水上"（Written on Water）的，《上海格调》的文风有点像《流言集》，想到了就说，写就像是在说，思考着的也随口就说，并不深究。淳子在电台做主持，是电波 DJ，我猜《上海格调》中的很多素材是在播音节目中积累的。作者们在空中捕捉上海的都市气息，那《上海格调》就是"写在空中"（Written in Air），写精神（spirit）了。

《上海格调》讨论我们这个城市的精神气质，总结了不少"上海人"的特征。说起"上海人"，最有争议的，莫过于书中首先强调的"上海闲话"。如作者描述，"上海人之间都讲上海闲话，他们只跟外地人讲普通话，但是会有意无意地不标准，带点吴音苏腔"。上海人讲自己的语言——"上海闲话"，应该是最自然不过的事情，居然成为争议。争议远不止此：上海人要不要保留自己的生活方式？上海要不要保存自己的街区风貌？一代代的上海人，如何在与外界交往中保持相互尊重、交流的姿态？如何在内部融合时既自我，又合作？这些都没有讨论，缺乏共识，足见目前社会意识之混乱，好在《上海格调》开始讨论了。

我们小时候，"民族主义"有天然的合法性，语文课本有都德的《最后一课》，我们因此知道地方语言和传统文化，那是多么的顽强。今天，"多元文化"更是全世界有识之士的共识，游客们在全世界寻找新鲜好玩、有趣不同的东西。有人说像"国家"、"民族"、"城邦"等等，都是"想象的共同体"，人群各异,靠着很多的"想象",才结为一体。但是,语言和生活方式,确乎不是"想象"出来的,时时要用,天天发生,它们是在长期的历史当中形成的,如果用暴力手段去"改造",去"创新",会出事,要当心。上海人讲"上海闲话",坚持自己的生活方式,常常会被本地之外的人们诟病。官方"推普",要求上海人不要说上海话,居然还有小文人附会说"上海闲话"是没文化、低文明的标志。这种公开的"语言歧视"现象,冠冕堂皇,出现在"国际大都市"的报章中,值得深思。

在现代"多元文化"社会中,人们寻求"地方知识",承认文化的多样性,各种语言,各种生活方式,哪怕是印尼爪哇人、美洲印第安人,都值得珍视和保护。每一种语言、文化和生活方式,只要不侵犯和灭绝别人,都有权利生存下去。语言是交流工具,也是身份象征。既主张身份认定,也主张族群融合,如果仅仅把"上海闲话"作为上海人的身份标志,拿来夸耀,甚至把它和说其他语言的人群孤立和对立起来,拒绝交流,这不能算是"大都市气质",因为它狭隘,自我封闭。但是,"上海闲话"的"孤傲",确实有它正面的含义。"上海闲话"有一个积极性格,就是它不惧"官腔"。如作者指出的一点:"(上海人)彼此之间是不屑讲普通话的,谁开口讲普通话,通常会被揶揄为'开国语'。"环顾全中国,有这种底气的方言,并不很多。一般外人只认为上海人的语言习惯有排外倾向,却不理解"上海闲话"对"官话"的抗拒,有它桀骜不驯的秉性。又如作者说:"大约是由于普通话以北京语言为标

准的缘故，上海人对京城的官僚傲气很敏感，感到官话实在
不如上海闲话的乡音更近人间烟火。"明清历史上，南方儒生
在南京、北京当官，带着乡音，说"江浙官话"、"福建官话"、
"广东官话"，在皇上面前，都带着媚态。近代上海人，士、农、
工、商、学各界，敢于用一隅之方言，抵抗朝廷中央之"官腔"，
这种"腔调"和"格调"，历史上何曾有过？这是要请局外人理
解和谅解的。

　　读着《上海格调》，帮着作者一起想，我是这样觉得：上海
闲话，还有上海人，是现代大都市的产物，基本性格当然都是
开放的，并不保守。上海人起初积极学英语，因为它曾经是
公共租界的官方语言，在商场有用；上海人后来开始说国语，
是因为南京和北京政府"国语"和"推普"的强度很大；还有，
上海人其实很尊重内部群体的方言，苏州话、宁波话、广东
话、苏北话、山东话，都曾经畅通无阻地交流，所以才有互相
欣赏的京剧、沪剧、越剧、锡剧、淮剧。上海人固然自我地说
着母语，坚守生活方式，同时既讲英语，也讲国语，更愿意学
习、尊重其他人，哪怕是弱势群体的语言和生活方式，这不正
是一个现代多元社会下高素质人士的优雅态度吗？为什么
还会针对上海人的语言方式产生非议呢？当然，在一百几十
年的"多元文化"社会培育中，上海人做得并不是十全十美，
是有那种根深蒂固的优越感，但这是人性中普遍的缺点，只
要占据了某种优势，都难免会骄傲。《上海格调》有不少章节
洋溢着优越感，以夸耀的方式谈论"格调"，比较高调。我们

这一代人对上海文化的肯定,有时候会有一些夸张。我们今天遇见的纽约客、伦敦人、巴黎人,固然也都会暗赞自己城市的繁华、丰富和优雅,都市客的夸耀,在所难免,但会比较含蓄。强劲的"现代化"过去以后,骄傲的城市人会比较平静,不再那么傲视"落后"和"乡村",乃至于向往田园,回归自然。现代人更重视对于自己生存状态的批判意识,于是反省和反讽,也就比夸耀和夸张更有力量。但是,作为一个同城同代同思考的人,我对《上海格调》中的高调的夸耀,仍然很能理解。原因很简单,我们还没有完成"现代化",我们还在呼唤"现代性"。"上海格调"中看似亢然的高调情绪,是对长久以来那些压制的反弹。纽约客、伦敦人、巴黎人,都没有上海人如此惨痛地被外力剥夺、丧失了文化家园的经历吧?他们也不曾有过被"改造"自己的"格调",以配合另一种"腔调"的历史吧?有鉴于此,仍然决定以这篇小文,支持《上海格调》,给淳子交差。

　　本文为淳子、伟立著《上海格调》(上海辞书出版社,2011年)序。淳子,上海作家,电台节目主持人,以研究张爱玲生平和作品著名。

后　记

　　《与阁老为邻》是一本序跋集,按前人编订文集的习惯,把历年来写的序言、跋语集为一类。序跋集的形式其实蛮好,它既有对被序被跋的作者朋友们的敬意,也是留给自己的一份纪念。它所要表达的含义,较多的还是一份治学交往中的感悟和友情,因而也就敝帚自珍,舍不得扔。这里收录的序跋文字,较早的是 2001 年为苏尔、诺尔编,沈保义等译《中国礼仪之争:西文文献一百篇》(上海古籍出版社)写的书序,最近的则是 2020 年出版的《保釐云间:上海历史上的神祇、信仰与空间》(王启元、石梦洁著,上海古籍出版社)前言。前书的编者是我在旧金山大学访问进修时"天主教史"的课程老师,后者则是与我在复旦大学哲学学院宗教学系合作的博士后,他主持撰写的作品。二十年间,不知不觉写了这么多的序跋文字,集起来一看,还是有点意外。

　　序跋集的书名是邀稿编辑张钰翰挑出来的,是《徐光启家世》(王成义著,上海大学出版社,2009 年)的跋文。"阁老",就是明末崇祯朝的文渊阁大学士徐光启,徐家汇地区民众惯称为"徐阁老"。"与阁老为邻"这个书名庶几能够统系这本集子,纪念这二十年间的读书生活。二十年前,我还在位于徐家汇的上海社会科学院历史研究所工作,离徐光启墓地(光启公园)是咫尺之遥,只隔了大教堂。从1986年到徐家汇上班,1988年发表《徐光启与明代天主教》(《史林》,1988年第二期),到2005年为台北光启社、江苏电视总台纪录片《徐光启》撰稿,再到2011年帮助朱维铮老师主编《徐光启全集》,徐光启、马相伯和中国天主教问题,一直伴随着我们的研究。钰翰师弟也是朱老师的学生,一筹莫展的情况下,他选了一个满意的书名。

这里的序跋文字大多是应邀而做,各书的主题不同,辑在一起也就难成系统。翻检出来,整理一过,觉得大致还是可以分成三类:一是明末以来的中西文化交流领域,关系到天主教会的内容为多;二是中国思想文化历史领域,关系到中国近代社会中的一些学术和思想问题;三是上海城市文化领域,谈论的是地方社会的一些特征。这三个领域,都是自己一直在从事编撰的地方,或者也是师友们的信任,邀我作序的原因。但是,大部分的序文都是因书论事,顺着作者的研究发一些议论,谈一些相关问题,并不深入。序跋中所说的都未必贴切,作者们的精粹和要义,还是要回到原著中去理解。当然,序跋本身全都出于自己的手笔,对错都需要负文字责。

为朋友作序尽可能不作应酬语,无论是赞扬、推介,抑或是诠释、批评,避免旧式序跋、新派书评中的阿谀之风,这是写作时常常提醒自己的。常常佩服题写《四库全书总目提要》的乾嘉学者们，要言不烦，不益不损，甚至还能够把中肯的针砭寓于并不走形的褒扬之间。向作者们学习自己缺乏的知识，领略他们在研究中的进展，新文献、新见解、新理论，都是写作时非常愉快的事情。例如，陆达诚教授是台湾辅仁大学宗教学系的荣休教授，前系主任。这位 1950 年代离开上海，在台北、巴黎哲学界都卓有成就的耶稣会士学者并不为上海和大陆的学者熟知。引进他的著作《存有的光环》大陆版，为它配写一段后记，令我学到了很多，也升华了精神。陆教授说："一切虔诚终当相遇"，此话足可令人刻骨铭心。如果大家都不放弃当初约定的那些理想和信念，一直保持到最后，或者就会有一天在哪里相遇。

　　这本敝帚自珍的小书，只是收集起来的序跋集。如果再写一篇序言加在前面，序上加序，或有不类，于是就以"后记"略而代之。感谢张钰翰在策划的丛书中纳入本书，感谢倪文君编辑此书中付出的辛劳和努力。

2021 年 12 月 16 日

于北京大学人文社会科学研究院

图书在版编目(CIP)数据

与阁老为邻/李天纲著.—上海:上海人民出版
社,2022
(论衡)
ISBN 978 - 7 - 208 - 17426 - 9

Ⅰ.①与… Ⅱ.①李… Ⅲ.①随笔-作品集-中国-
当代 Ⅳ.①I267.1

中国版本图书馆 CIP 数据核字(2021)第 224004 号

责任编辑 倪文君
封面设计 赤 祥

论衡

与阁老为邻

李天纲 著

出 版 上海人民出版社
　　　　(201101 上海市闵行区号景路 159 弄 C 座)
发 行 上海人民出版社发行中心
印 刷 江阴市机关印刷服务有限公司
开 本 787×1092 1/32
印 张 10.5
插 页 5
字 数 192,000
版 次 2022 年 1 月第 1 版
印 次 2022 年 1 月第 1 次印刷
ISBN 978 - 7 - 208 - 17426 - 9/K · 3156
定 价 68.00 元